〇寿 —— 著

破茧

从石库门到
天安门

人民日报出版社
北 京

图书在版编目（CIP）数据

破茧：从石库门到天安门 / 徐光寿著. —北京：人民日报出版社，2023.7

ISBN 978-7-5115-7893-8

Ⅰ.①破… Ⅱ.①徐… Ⅲ.①纪实文学－中国－当代 Ⅳ.①I25

中国国家版本馆CIP数据核字（2023）第121000号

书　　名：破茧：从石库门到天安门
　　　　　POJIAN:CONG SHIKUMEN DAO TIANANMEN
著　　者：徐光寿

出 版 人：刘华新
选题策划：曹天风　沈　清
责任编辑：张炜煜　贾若莹
装帧设计：李尘工作室

出版发行：人民日报出版社
社　　址：北京金台西路2号
邮政编码：100733
发行热线：（010）65369527　65369509　65369512　65369846
邮购热线：（010）65369530　65363527
编辑热线：（010）65369514
网　　址：www.peopledailypress.com
经　　销：新华书店
印　　刷：大厂回族自治县彩虹印刷有限公司
法律顾问：北京科宇律师事务所　010-83622312

开　　本：710mm×1000mm　　1/16
字　　数：210千字
印　　张：17.75
版次印次：2023年9月第1版　　2024年11月第3次印刷

书　　号：ISBN 978-7-5115-7893-8
定　　价：58.00元

中国共产党创建是百年征程的源头，源远才能流长，根深方可叶茂，重视建党的研究成了应有之义。近几年来，有关中国共产党创建史的研究在中国大地上掀起了一个新的高潮，涌现出一批高水准学术著作和论文的同时，也涌现出一批基于深入学术研究而转化的雅俗共赏的党史通俗读物。我们欣喜地看到，人民日报出版社精心推出上海党史学者徐光寿教授的新作《破茧：从石库门到天安门》，正是这样一部独具特色而又比较耐看的党史通俗读物，形象地展现了建党伟业，引人向往，发人深思。

　　破茧，通常是指蚕通过痛苦地挣扎和不懈地努力，化为蝴蝶的过程。以"破茧"为书名，是把一百年前中国共产党在中国大地上诞生，喻作一个民族再生破茧成蝶之举。以"从石库门到天安门"作副标题，更是突出主题画龙点睛之笔，由此开启了中华民族伟大复兴之路。"从石库门到天安门，从兴业路到复兴路，我们党近百年来所付出的一切努力、进行的一切斗争、作出的一切牺牲，都是为了人民幸福和民族复兴。"《破茧：从石库门到天安门》一书由上海学者完成，是一个很恰当的策划。

　　本书虽是党史通俗读物，但也体现了鲜明的学术性。

按照习近平总书记倡导的"大党史观",作者从李大钊、陈独秀最早传播马克思主义和民主科学思想的重要场所北大红楼写起,以中国共产党在上海诞生的"两年三会"为时间经度,以上海石库门"红色一公里"兼顾浙江嘉兴南湖乃至海外法国巴黎为地理空间,紧扣中国共产党的先驱们创建中国共产党的丰功伟业,遴选出 40 个精彩的党史故事,不仅展示了作者良好的党史研究功力,也彰显了对党史研究前沿的准确把握。

　　既为党史通俗读物,自然要追求内容的真实性和文字的可读性。真实性是党史科学性的生命所在。按照习近平总书记"讲好中国共产党故事"的嘱咐和要求,全书 40 个故事,切口都不大,但内涵很丰富,内容很精彩。如首个部分"引言"就是"故事从北大红楼开始",引人入胜。开篇第一个故事是"北京前门的'三顾茅庐'",引出了一个近代版本的"三顾茅庐"故事。第二部分写中国共产党在上海诞生,用"上海滩长出了'花草的种子'"为标题,是借用了李大钊《欢迎独秀出狱》诗中的名言,无论主题、表达,还是语境、意蕴,都很合适。一个个人物栩栩如生,一件件史实生动感人,把读者带进现场,并从字里行间感悟到中国共产党人的初心使命,领会伟大建党精神。

　　上海作为我们党的诞生地、初心始发地和伟大建党精神孕育地,近些年来各种学术、纪念活动十分活跃。我也经常应邀参加上海党史学界的学术活动,与上海的学者们切磋、交流,结下了深厚的友谊。欣闻徐光寿教授《破茧:从石库门到天安门》一书即将面世,应作者和出版社之邀,我先睹为快并发表观感,以为序言。

邵维正
2023年7月

目 录

CONTENTS

引言

故事从北大红楼开始

一、北京前门的"三顾茅庐"

1916 年 12 月 26 日，寒风凛冽的北京城，前门外的西河沿，一家中等的中西旅馆。

一大早，一位年近半百颇有绅士风度和学者模样的男士，内穿中式对襟袄，外穿呢大衣，戴着一副金丝边眼镜，留着长而对称的山羊胡子。此时他正独自一人来到中西旅馆，探望下榻这里第 64 号房间的一位上海来客。

来者不是普通之人，而是即将由民国总统黎元洪亲笔签发任命状、月薪 600 块大洋的北京大学新任校长蔡元培。月薪 600 块大洋是个什么概念？在当时，除地主、资本家依靠剥削，军阀依靠掠夺获得不义之财外，蔡校长的薪水应可排到全国工薪阶层的第一位，是全国最高薪；参议院议员居其次，为 500 块大洋；总统、总理再其次，为 400 块大洋。内阁一班总长、北大文理两位学长各为 300 块大洋。他们都属当时的高薪人士。

蔡元培（1868—1940）是清朝光绪年间（1892）的进士，获授翰林院编修。这位饱受四书五经熏陶的书生，居然举起了反清义旗，在 1904 年组建了革命团体光复会并任会长。翌年加入孙中山的同盟会，并成为上海分部的负责人。辛亥革命后，被孙中山委任为南京临时政府教育总长。此后，孙中山辞职，袁世凯当权，他愤而弃职，游学欧

洲。回国后，于 1916 年
12 月 22 日从上海抵达北
京，26 日即被任命为北京
大学校长。

在守旧势力盘根错节
的北京大学，蔡元培深知
单枪匹马赴任，是难以驾
驭的。北大前身是创建于

北京大学校长蔡元培的任命状

1898 年的京师大学堂，辛亥革命后模仿西洋教育制度，于 1912 年 3
月改名北京大学，但封建势力根深蒂固，封建余孽颇为猖獗。北大的
行政由封建官吏把持，教师多半是举人或进士出身的老学究，英文教
授辜鸿铭拖着长辫子上讲台，国文教授刘师培则言必称"孔孟"……
北大学生多为官宦子弟，为升官发财而来，吃喝玩乐成风。

蔡元培认定北大已经"声名狼藉"，它存在两大弊端：一是学习
内容杂乱，二是学习风气败坏。他下决心要整顿北大，而且首先从文
科开始。他求贤若渴，急于寻觅一批既有真才实学又志同道合的新人，
作为振兴北大的栋梁之材。所以他在法国接到教育部促他回国任北京
大学校长的电文时，即赶回国内。一到北京，他就问策于北大本校的
沈尹默、北京医专校长汤尔和等浙江籍教授，他们一致推荐上海《新
青年》杂志的主编。这就引出了一位新的主角——陈独秀。

怀着欣喜的心情，蔡元培一大早就赶到中西旅馆，想在陈独秀起
床出门之前找到他。

"他还没起床吧？"门房答复蔡元培。

"不要叫醒他，不要叫醒他。"蔡元培用浙江绍兴口音连连说道。

《青年杂志》(《新青年》) 创刊号封面

"请给我一张凳子，我坐在他的房间门口等候就行了。"蔡校长半辈子东奔西走、南来北往，甚至游学欧洲多年，但乡音依旧未改。拿着门房递来的凳子，蔡元培坐在房间门口静静地等待。

中西旅馆第 64 号房间的这位上海来客，正是在国内思想界崭露头角的《新青年》主编陈独秀。他 37 岁，去年 9 月 15 日在上海创办了《青年杂志》，倡导民主、科学，高举起新文化运动的旗帜。这次是和上海亚东图书馆老板汪孟邹于 11 月 26 日同车离沪，28 日抵京的，为的是在北京为亚东图书馆和群益书社招股，募集资金。陈独秀白天走亲访友不见踪影，夜间看戏迟迟才归，平常总是晚睡迟起，属于年轻人的生活规律。

蔡元培造访之前，陈独秀已在北京活动将近一个月，招股募资之余，拜访过汤尔和，也巧遇了沈尹默。汤尔和是陈独秀 1902 年留学日本的同学和拒俄运动的战友，尽管二人后来没有多少来往，但汤尔和还是从《新青年》杂志见识了陈独秀的胆略和才气。沈尹默则是陈独秀在辛亥革命前夕隐居杭州期间"酒旗风暖少年狂"的诗书好友，"徜徉在湖山之间，相得甚欢"正是他们当年生活情趣的写照。

所以，当蔡元培求助于汤尔和、沈尹默时，二人同时推荐了陈独秀，并把十多本《新青年》交给蔡元培，说道："你看看《新青年》——

那是陈独秀主编的。"蔡元培读了《新青年》，深深佩服陈独秀的睿智和博学，尤爱陈独秀的新思维、新见识，决定聘任陈独秀为北京大学文科学长。

其实，对于这位比自己年轻12岁的陈独秀——当年的陈仲甫，蔡元培并不陌生。早在1904年12月陈仲甫在安徽芜湖创办《安徽俗话报》时，就曾应邀到上海参加光复会①，蔡元培与陈独秀都是光复会成员，他们血气方刚，志在革命，有过合作。此后多年，二人虽无交往，但都参加了孙中山领导的资产阶级革命政权，蔡元培做了南京临时政府的教育总长，是"中央领导"。陈独秀则做了安徽都督府秘书长，属"地方干部"。

有关蔡元培去中西旅馆看望陈独秀一事，与陈独秀同住的汪孟邹在日记中做了清晰的记录："十二月二十六日，早九时，蔡子民（引者注：蔡元培字子民）先生来访仲甫，道貌温言，令人起敬，吾国唯一之人物也。"

"蔡先生，独秀他有个毛病，就是晚睡晚起，现在还在睡觉呢，我来叫醒他吧。"看到坐在门前等候的蔡元培，首先起床的汪孟邹十分抱歉地说。

"还是让他好好休息吧，我再等一会儿。"蔡元培毫不介意地笑着说。

陈独秀打开房门时，见蔡元培已静候有时，愧疚难当，连声道："失敬，失敬。"

蔡元培开门见山，说："我来北大的目的，就是想寻求教育救国

———————————

① 光复会成立于1904年11月，其前身为军国民教育会暗杀团。

之道，但现在的北大还像个衙门，没有学术气氛，学生们把北大当作发财升官的跳板，风气败坏，庸俗不堪。"

陈独秀深有同感："国家的希望在教育，教育的希望在青年。我们国家的新青年，要敏于自觉，勇于奋斗，决不作迁就依违之想，自度度人。应该利刃断铁，快刀理麻。"

"仲甫先生，孑民今日仍为聘请之事而来。"蔡元培话锋一转，便道出了来意。

"谢谢先生好意，只是仲甫才疏学浅，难以担此重任——日前曾再三说明。"看来陈独秀已经知晓蔡元培此番前来的用意，仍坚持着自己原有的态度。

"先生有何难处，望直言。孑民愿尽力为先生排忧解难。"蔡元培真诚地说道。

沉思了一晌，陈独秀说出了心里话："仲甫再三推辞，内中有两个原因。"

"愿闻其详。"蔡元培双目注视着陈独秀。

"第一，仲甫从未在大学上过课，既无博士头衔，又无教授职称，怎可充当堂堂文科学长？"陈独秀毫不隐瞒，将自己的担忧和盘托出。

"先生可以不开课，专任文科学长。"蔡元培立即为之排忧，"至于教授职称，凭先生学识，完全可以授以教授职称——待先生进北大之后，当可办理有关教授职称手续。此事不难。"

"第二，仲甫身为《新青年》主编，每月要出一期杂志，编辑部在上海，无法脱身。"陈独秀又说出另一原因。

"此事亦不难解决。先生可把《新青年》杂志搬到北大来办！北大乃人才济济之地。先生到北大来办《新青年》，一定比在上海办得更有影响。"蔡元培态度坚定，又为陈独秀解决了具体困难。

连解两道难题，陈独秀心中的忧虑渐渐烟消云散，面露感动和笑容。

"先生答应啦？"蔡元培问道。

"我回沪后料理好杂事，即赴京就任。"陈独秀爽快地说道。

"一言为定！"

"一言为定！"两只大手紧紧地握在一起。

握毕，陈独秀却又道："文科学长之职，我只可暂代。我推荐一人。此人眼下正在美国。倘若他返回中国，即请他担任文科学长。此人之才，胜弟十倍。"

"先生所荐何人？"蔡元培赶紧追问。

"胡适先生！"陈独秀道。

"久闻适之先生大名。倘若仲甫先生代为引荐，适之先生归国之后能到北大任教，则北大既得龙又得凤了！"蔡元培兴奋地说，"当然，文科学长一职，仍由先生担任。适之先生可另任新职。"

"不，不，文科学长一职，只是此时无人，弟暂充之。"陈独秀谦让道。

首次见面，蔡元培就与陈独秀"相与商定整顿北大的办法，次第执行"。汪孟邹在日记中给出了这个判断。

1916年12月26日，这是一个值得

北大时期的陈独秀与胡适

纪念的日子。蔡元培经过登门拜访，竭诚相邀，终于成功说服陈独秀担任北大文科学长。随后，蔡元培应信教自由会之邀在中央公园发表演讲，陈独秀不仅到会聆听，还以"记者"名义将其整理为《蔡孑民先生在信教自由会之演说》的新闻报道，刊登在1917年1月1日出刊的《新青年》第2卷第5期上。这是刚刚获任的蔡元培校长与尚未获任的陈独秀文科学长首次合作共事，意义不同凡响。

说蔡元培"三顾茅庐"请出陈独秀担任北大文科学长，主要是在首次面谈之后蔡元培又多次前来中西旅馆向陈独秀问策。首次会晤之后，蔡元培差不多每天都来。有时来得很早，陈独秀还没起床，蔡元培还是关照门房不要叫醒他，自己依旧拿把凳子坐在房门口等候。汪孟邹返沪后向亚东图书馆的同行们说起这些京沪佳话，大家感叹这真像"三顾茅庐"。

蔡元培爱才心切，态度诚恳，因而办事效率极高。中西旅馆首次晤谈后十多天，1917年1月11日，也是蔡元培上任的第5天，蔡元培呈报教育部，要求聘陈独秀为文科学长，称陈独秀"品学兼优，堪胜此任"。13日，北京政府教育总长范源濂签署了"教育部令第三号"："兹派陈独秀为北京大学文科学长。此令。"15日，蔡元培校长签署的布告张贴在北京大学："本校文科学长夏锡祺已辞职，兹奉令派陈独秀为北京大学文科学长。"

消息传出，北大全校震动，遗老遗少不以为意，青年学生则欢呼雀跃奔走相告。有北大学子看到《新青年》说："一眼就觉得它的名字合乎我的口味，看了它的内容，觉得的确符合当时一班青年的需要，登时喜出望外，热烈欢迎，并常与反对者展开争论。"

既然任命已公之于众，陈独秀也就在1月下旬赴京上任。离沪前

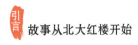

夕，朋友为陈独秀饯行。陈独秀坦言，自己既无学位头衔，也无大学任教经历，表示先试干3个月，若胜任就继续干下去，不胜任就返回上海。到北大后，陈独秀被安排住在与北大校园汉花园（今日的沙滩）仅有一箭之遥的北池子箭杆胡同9号，那里也就成了《新青年》编辑部所在地。

按照与蔡校长的约定，陈独秀立即给远在美国的胡适写信，力邀胡适回国加盟北大，态度极为诚恳。信中说：

> 蔡孑民先生已接北京总长之任，力约弟为文科学长，弟荐足下以代，此时无人，弟暂充乏。孑民先生盼足下早日回国，即不愿任学长，校中哲学、文学教授俱乏上选，足下来此亦可担任。学长月薪三百元，重要教授亦有此数。

半年后，尚未通过论文答辩拿到博士学位的胡适真的来到了北大。

20余年后蔡元培在香港病逝，陈独秀也困居四川江津乡野，贫病交加。听闻蔡元培去世，陈独秀仍情不自禁地提起笔来，在国民党《中央日报》发表感言说："五四

蔡元培 陈独秀 胡适

北京大学的"三只兔子"（蜡像）

运动，是中国现代社会发展之必然的产物，无论是功是罪，都不应该专归到那几个人；可是蔡先生、适之和我，乃是当时在思想言论上负主要责任的人。"蔡元培、陈独秀、胡适，这三位年龄各差12岁、属相都是兔的北大一代风流人物，正好组成"北京大学的三只兔子"。

二、陈独秀成了全国公众人物

如今的网络上、教材中，陈独秀早已是尽人皆知的名人。常见"陈独秀，你最秀""蒂花之秀，陈独秀"等网言网语，更加广泛地传播了陈独秀的大名。

从 1917 年 1 月进入北大，到 1920 年 2 月离京去沪，陈独秀在北京大学度过了整整 3 年的高光时刻。尤其是从 1919 年 6 月 11 日被北洋军警逮捕关押，至 9 月 16 日被保释出狱，这 98 天的狱中生活反使陈独秀名气越来越大，成了全国性公众人物。

陈独秀（1879—1942），出生于安徽省城安庆的一户书香门第。安庆素有"万里长江此封喉，吴楚分疆第一州"之称，也有"千年古城、文化之邦、百年省会、戏剧之乡"的美誉。

陈独秀少时即有才名，1896 年年仅 17 岁就以第一名被录为安庆府秀才，18 岁就写下洋洋洒洒七千余言的《扬子江形势论略》。该文旁征博引，纵论长江的自然、水文、军事、经济、地理等，既有宏观的战略透视，又有微观的战术设想，堪称奇文。

青年时的陈独秀已很有胆识。在家乡，他敢在省城官绅面前为康有为、梁启超推行维新变法辩护，还敢宣传妇女放脚移风易俗，以致被一帮卫道士指责为"孔教罪人"。1903 年他结交省内一批革命志士发起安庆藏书楼演说，揭开近代安徽反清革命的序幕，他也赢得了"皖

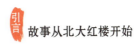

城名士"的雅号。1904 年创办《安徽俗话报》，宣传爱祖国、爱科学、爱自由（笔名"三爱"），独自一人坚持了 19 期，该报"销路之广，为海内各白话（报）冠"。

陈独秀敢作敢当。在日本留学期间，他敢领头惩治清廷派驻日本的学监姚文甫。此人一贯压制留日学生的正当意见，阻挠学生学习军事，且生活作风腐化堕落。激于义愤，1903 年 3 月 31 日晚，陈独秀与张继、邹容等五位青年闯入姚宅，张继抱腰，邹容捧头，陈独秀挥剪，"咔嚓"一声剪掉姚某发辫，并悬挂于留学生会馆，上书"禽兽姚文甫之辫"，演出一幕活生生的割发代首"游戏"，使姚文甫威风扫地。陈独秀也因此被强行遣送回国。

尤其令人钦佩的是陈独秀的一系列勇敢的革命活动：他穿梭于安庆—芜湖—上海长江沿岸，曾应邀赴上海参加光复会，结识了蔡元培，策划了吴樾行刺清出洋考察五大臣行动。1905 年夏，他坐镇芜湖，策动着上起安庆、下至南京、北至淮河流域、南至新安江流域的反清革命力量，建立革命团体岳王会，并于 1908 年策动了著名的熊成基安庆马炮营起义，俨然成了皖江地区的反清革命领袖。

陈独秀在思想文化领域产生较大的社会影响，要从创办《青年杂志》算起。

1915 年 9 月 15 日，陈独秀在上海创办《青年杂志》（1916 年 9 月改名《新青年》）月刊，将思想启蒙的对象指向青年一代，揭开了五四新文化运动的序幕。陈独秀创办、培育了《新青年》，《新青年》也成就了陈独秀的声誉。

《新青年》虽然思想新颖，议论深刻，但由于是陈独秀个人创办，第 2—3 卷（1916 年 9 月至 1917 年 8 月）各期封面上赫然写着"陈独秀先生主撰"，各篇文章作者也主要是安徽人，或在安徽生活、工作过，深受安徽地域文化熏陶，所以《新青年》曾一度被说成是安徽人的刊物。《新青年》的发行量一般只有两三千份，其主编陈独秀的影响力自然也比较有限。

陈独秀社会影响的进一步扩大，要从陈独秀受聘北京大学文科学长、《新青年》迁到北京举办开始。

1917 年 1 月，陈独秀应北京大学校长蔡元培之邀出任北大文科学长。按照蔡元培"兼容并包、思想自由"的办校方针，在蔡校长的支持下，陈独秀有职有权，着手改革北大文科，引进新式人才。此后，北大风气逐渐改变，成为一所新式大学。

陈独秀北京旧居今貌

《新青年》编辑部从第 3 卷起随陈独秀迁入北京，立即吸引了一批北大进步师生的关注。在蔡元培支持下，陈独秀一面着手整顿北大文科，一面遵循北大"兼容并包、思想自由"的办学方针，引入了一批北大新人加入《新青年》编辑部，开始改革《新青年》编辑体制。

一个显著的变化是，《新青年》从 1918 年 1 月 15 日出版的第 4 卷 1 号起，首页去除了"陈独秀先生主撰"的字样，开始从陈独秀个人主编制变为同人轮流编辑制，至 1919 年 11 月 1 日第 6 卷 6 号止。在全部 3 卷 18 期中，前后共有 8 位北京同人担任《新青年》编辑。第 4

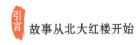

卷各期依次由陈独秀、钱玄同、刘半农、陶孟和、沈尹默、胡适主编，第5卷各期为陈独秀、钱玄同、刘半农、胡适、沈尹默、陶孟和，第6卷各期则为陈独秀、钱玄同、高一涵、胡适、李大钊、沈尹默。

同人轮流主编给《新青年》带来不同的风格。不同的作者具有不同的人生经历和教育背景，因而就有不同的思想观点和学术专长，因而每期主题都有所侧重，但也会采用其他同人的稿件。纵观《新青年》第4卷至第6卷，虽然每期的内容及篇目排序似都与该期编辑的学科背景和个人思想主张密切相关，但他们意趣相投、志同道合，倾注心血、不计报酬地编辑每一期《新青年》，在北大迅速形成了一个以《新青年》编者为核心的革新营垒。

同人轮流主编也给十月革命和马克思主义学说进入《新青年》提供了机会。胡适利用主编第6卷第4期的机会，把自己实验主义思想的代表作《实验主义》置于首篇。李大钊也利用自己和友人主编《新青年》之机，不仅在第5卷5号上连续发表《庶民的胜利》和《布尔什维主义的胜利》，而且在第6卷5号、6号上连载长篇论文《我的马克思主义观》。

《我的马克思主义观》是近代中国第一部系统完整介绍马克思主义三大组成部分政治经济学、科学社会主义和唯物史观基本观点的理论著作，标志着李大钊率先成为马克思主义者。

对于个人成长而言，平台真的很重要。随着陈独秀在北大风生水起，也随着《新青年》作者和编辑队伍的充实和壮大，依托北大进步师生的订阅和支持，从第4卷1号起，《新青年》发行量迅速增加，达到一万五六千份，影响力、号召力日益增大。作为创办者和主编，陈独秀不仅成了新文化运动的精神领袖，也成了五四时期思想界的明星。

新北大和《新青年》，一校一刊，逐渐成为全国新文化运动的中心，也成为全国进步青年心向往之的文化圣地，也引领和推动了全国范围的思想解放。新文化运动为五四运动的爆发和中国共产党的诞生奠定了思想基础，做好了干部准备。借助北大的平台，陈独秀的影响也越来越大，成了名闻遐迩的公众人物。

《新青年》北京同人们（素描）

然而，促成陈独秀成为全国性公众人物的，还是发生在五四运动之后的一起政治迫害事件——陈独秀被捕和关押。

1919 年 5 月 4 日，因巴黎和会中国外交失败而直接引发的五四爱国运动在北京爆发。"二十一条"以来被压抑多年的民族情绪、新文化运动培育起来的民主科学精神被完全点燃，从言论到行动，陈独秀都成了五四运动的总司令。

五四运动爆发后，北洋军警疯狂逮捕游行学生，北京一时间风声鹤唳。5 月 9 日，北京大学校长蔡元培被迫秘密离京，6 月 3 日和 4 日，又有近千名学生被捕。6 月 5 日，上海工人开始罢工，商人开始罢市，加上学生早已罢课，形成了声势浩大的"三罢"局面，就连上海社会底层的苦力、乞丐、妓女等，都奋起歇业以示抗议。全国各地纷纷响应。

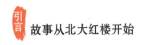

五四运动进入了高潮阶段。

上海市民起来了，北京怎么办？为发动北京市民参加爱国运动，陈独秀在6月9日起草了《北京市民宣言》，对北洋政府提出了最后、最低的要求：（1）对日外交，不抛弃山东省经济上的权利，并取消1915年和1918年的两次中日密约。（2）罢免徐树铮、曹汝霖、陆宗舆、章宗祥、段芝贵、王怀庆六人官职，并驱逐出京。（3）取消步军统领及警备司令两机关。（4）北京保安队改由市民组织。（5）市民须有绝对集会言论自由权。

这五条要求，条条厉害。其实，《北京市民宣言》最后还有一句更厉害的话："我市民仍希望和平方法达此目的。倘政府不顾和平、不完全听从市民之希望，我等学生、商人、劳工、军人等，惟有直接行动，以图根本之改造。特此宣告，敬求内外士女谅解斯旨。"显然，这已清晰地表达出暴力斗争的态度，分明是向北洋政府示威。

《北京市民宣言》起草完后，陈独秀把它交给胡适译成英文。为安全起见，李大钊建议把《北京市民宣言》送到北大平时印讲义的蒿祝寺旁小印刷所印刷。当晚，陈独秀与高一涵前往该处，

陈独秀散发传单被捕之地

印刷所内的两位工人警惕性也很高，事毕将底稿和废纸一概烧得干干净净。

1919年6月11日晚，陈独秀在北京前门外"新世界"游艺场散

发《北京市民宣言》传单时被捕。当晚，陈独秀的住宅即《新青年》编辑部遭到查抄。消息传出，群情激愤。一时间，函电交驰，多方声援。从 6 月 13 日起，北京的《晨报》《北京日报》和上海的《申报》《时报》《时事新报》《民国日报》等各地报刊，纷纷发表消息、评论，刊登各社会团体、名流、学者和青年学生要求释放陈独秀的通电与函件。

在各地声援和营救陈独秀的言论中，湖南毛泽东的言论最为诚恳，也极具特色。毛泽东在其主编的《湘江评论》撰发《陈独秀之被捕及营救》一文，既正气凛然，又热情洋溢，盛赞陈独秀主编《新青年》，标揭民主与科学，实为"学界巨子""思想界的明星"。文末高呼："我祝陈君万岁！""我祝陈君至坚至高的精神万岁！"确实，正如毛泽东后来所说，在当时，陈独秀对他的影响超过了其他任何人。

面对各方声势浩大的营救浪潮，关押陈独秀的京师警察厅最初不为所动。他们硬是关押了 98 天，似乎是故意针对陈独秀发表的《研究室与监狱》的 98 个字短文，要让陈独秀为这篇匕首般的短文付出实实在在的代价：一个字一天牢。在强大的舆论压力下，京师警察厅最终还是做出有条件释放陈独秀的裁决：不得擅自离开北京，不得发表反政府言论。

陈独秀毕竟出狱了，李大钊、刘半农、胡适、沈尹默等《新青年》的北京同人纷纷发表白话新诗，欢迎他的出狱。各地报刊又为此发表消息、文章，表示欢迎和祝贺。此时的陈独秀已经"享有很高声望和有很大影响"了。

上海的《申报》是近代中国发行时间最久、具有广泛社会影响的报纸，是中国现代报业的开端，被时人誉为研究中国近现代史的"百

科全书"。据《申报》统计，1917 年涉及"陈独秀"的文章有 3 篇，1918 年有 2 篇，1919 年则有 36 篇，1920 年更有 54 篇。可以看出，陈独秀在 1919 年迅速暴得大名，出镜率迅速提高；1920 年更上一层楼，处于高光时刻。显然，1919 年以后的陈独秀已成为全国性的公众人物。

经过入狱与释放，陈独秀也认为自己成了公众人物，即"我觉得一切社会上有领袖地位的人都是西洋人所谓'公人'"。至于成为国际知名人士，那要到 1920 年 3 月陈独秀入住上海法租界，开始受到租界当局和俄共（布）代表等多方的密切关注之后了。

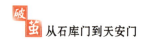

三、仗义疏财的北方汉子

在 2011 年庆祝建党九十周年的电影大片《建党伟业》中，有这么隆重的一幕：

1919 年 9 月 16 日，是陈独秀被保释出狱的日子。在这个凄风苦雨的下午，时任北京大学图书馆主任李大钊率部分北大进步师生，早早来到京师警察厅的监狱门外，等候陈独秀出狱。当陈独秀精神疲惫、胡子拉碴地走出监狱时，李大钊只身走上台阶，紧紧握住陈独秀的手，在郑重地问候"仲甫，你受苦了"后，便缓缓转过身来，面向台下的北大师生，即兴发表了简短的演讲：

> 陈仲甫只身擎国难之重，当为吾辈楷模。国立北京大学为有陈仲甫而骄傲。

台下人群中的北大学生、17 岁的刘仁静喊了一声"陈先生，好样的！"。

当然，这只是电影中的一幕。既为艺术，就允许适当虚构。该片放映十余年来，广大观众总为李大钊的勇敢担当钦佩不已。但如果将李大钊的演讲换成他那首专为欢迎陈独秀出狱而作的三段《欢迎独秀出狱》白话诗，既真实又更有震撼力，效果一定会更好。

你今出狱了，我们很欢喜！他们的强权和威力，终竟战不胜真理。什么监狱什么死，都不能屈服了你。因为你拥护真理，所以真理拥护你。

你今出狱了，我们很欢喜！相别才有几十日，这里有了许多更易：从前我们的"只眼"忽然丧失，我们的报便缺了光明，减了价值。如今"只眼"的光明复启，却不见了你和我们手创的报纸！可是你不必感慨，不必叹惜。我们现在有了很多的化身，同时奋起。好像花草的种子，被风吹散在遍地。

你今出狱了，我们很欢喜！有许多的好青年，已经实行了你那句言语："出了研究室便入监狱，出了监狱便入研究室。"他们都入了监狱，监狱便成了研究室；你便久住在监狱里，也不须愁着孤寂没有伴侣。

这三段诗文堪称五四时期白话诗的经典之作。长期以来中国近现代文学史只提胡适的白话诗集《尝试集》和郭沫若的《女神》，很少有人关注李大钊的《欢迎独秀出狱》，真是埋没了李大钊的诗文才华和深情厚谊。《建党伟业》的银幕上尽管只有简短的两句，也足以让观众们真切地感受到李大钊的真挚友情、崇高人格。热播电视剧《觉醒年代》，则是实实在在地播放了李大钊激情朗诵了前两段。

李大钊（1889—1927），字守常，河北乐亭人，是个标准的北方汉子。他1907年考入天津北洋法政专门学校学习政治经济，1913年冬怀着忧国忧民的情怀，东渡日本，考入东京早稻田大学政治本科学习。日本向袁世凯提出灭亡中国的"二十一条"后，他积极参加留日学生总会的爱国斗争，起草的通电《警告全国父老书》迅速传遍全国，他也因此

李大钊在北京的旧居

成为举国闻名的爱国志士。1916年李大钊回国，积极参与正在兴起的护国运动和新文化运动。

在北京，俄国十月革命的胜利极大地鼓舞和启发了苦苦求索中的李大钊，他先后发表了《法俄革命之比较观》《庶民的胜利》和《布尔什维主义的胜利》等文章和演说，宣称："试看将来的环球，必是赤旗的世界！"五四运动后，他又发表《新纪元》《我的马克思主义观》《再论问题与主义》等几十篇宣传马克思主义的理论文章，系统阐释了马克思主义的三个组成部分，从而成为中国第一个马克思主义者。

李大钊被公认是中国共产主义运动的先驱，伟大的马克思主义者，杰出的无产阶级革命家，中国共产党的主要创始人之一。在1999年、2000年和2019年的李大钊诞辰110周年、120周年、130周年的纪念会上，中央领导给予了李大钊高度全面的评价。

李大钊为人仗义、关爱战友，还有很多感人至深的故事。其中最著名的，莫过于寒冬腊月冒着生命危险化装护送陈独秀离开北京的那一幕。

如前所述，1919年9月16日陈独秀被有条件地保释出狱。此后4个多月，在北洋军警眼皮底下，陈独秀未敢轻举妄动，而是身在北京，一面为开课做准备，一面重新主编《新青年》。其实内心早已飞向政治气氛相对宽松、工人阶级已然觉醒的上海。

1920 年 1 月下旬，陈独秀接到南方国民党人要他去广州创办西南大学的邀请。赶到上海后发现情况有变，却又接到湖北方面要他前去演讲的邀请。2 月 4 日至 7 日，陈独秀在武昌高师和文华大学等讲演《社会改造的方法与信仰》《知识教育与情感教育问题》《新教育之精神》，宣传新思想、新教育，主张消灭私有财产制度。内容被刊登后，引起北洋政府的警觉。北洋军警知道，农历春节就要到了，陈独秀家在北京，会返京过年的。

果然，陈独秀 2 月 9 日刚返回北京家中，就遭到北洋军警登门盘查。为避免再次被捕，陈独秀先躲到缎库后身胡适家中，胡适无计可施。情急之下，陈独秀躲入李大钊家中。关键时刻，李大钊挺身而出，护送他出城，并想出了一个大胆而靠谱的办法。

他俩雇了一辆骡车，陈独秀一改昔日身穿长衫的文人装束，头戴毡帽，身穿一件油光发亮的背心，装扮成厨师模样，坐进骡车里面。李大钊衣着朴素，跨在车把上，随身携带几本账簿，像个下乡收账的生意人。沿途一切住店、交涉，都由李大钊出面办理，不让陈独秀露面开口，以免口音露馅儿。二人从朝阳门出城，一路顺利地到达天津。由于正值农历年关，火车一票难求，李大钊又将陈独秀送上去往上海的轮船后才返回北京。

据胡适晚年口述，陈独秀离家后，警察不知他逃往何处，只好一连两三天在他家门口巡逻，等他回来。若非李大钊挺身而出，勇敢地护送陈独秀及时逃离，而让陈独秀再次落入警察之手，后果显然不堪设想。毕竟，北洋军警手段残忍，什么坏事干不出来！倘若陈独秀真的有所闪失，中国共产党的创建大业恐怕要延迟时间了。

事后，人们都对李大钊的大智大勇表示由衷敬佩。

"南陈北李相约建党"，虽然学界还有争议，但争议的只是相约的

南陈北李相约建党（蜡像）

具体时间和方式问题。李大钊比陈独秀年轻10岁，两人之间有着深厚的历史友谊，同为五四时期中国思想界的精神领袖。在中国共产党创建史上，陈独秀是主要创始人，李大钊是主要创始人之一，相当于第一第二、首先其次的关系。其实，二人的地位各有先后、贡献各有侧重。

李大钊仗义疏财的感人故事，同样也有很多。

在由中国李大钊研究会编辑，人民出版社2006年出版的《李大钊全集》第五卷第290页上，收录了一份1919年9月李大钊《致会计课》的担保单，上书"哲学系学生刘仁静君学宿等费由鄙人暂为担保，一俟家款寄到，即行缴纳不误。此上会计课，李大钊"。刘仁静（1902—1987），湖北应城人，1918年考入北大，喜读马克思主义书籍，有"小马克思"之称，参加了党的北京早期组织，并出席了党的一大，是党的一大最年轻的代表。

此外，李大钊还经常向家境贫穷的学生仗义疏财。据家人回忆，每到发工资时，他就会领回来一把欠条。

1920年3月，李大钊在北大师生中组织了马克思学说研究会，这是全国第一家马克思主义研究机构。10月，中国共产党北京小组成立，9名成员中有7名学生，还有李大钊和北大讲师张申府。成立会上，李大钊主动表示，每月从自己的工资中拿出80块大洋作为"各项活动之需"。须知，此前李大钊月薪仅有140块大洋，这已超出他工资的半

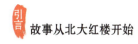

数。他是 1920 年 7 月才被聘为教授的，何况当时还经常遇到北洋政府欠薪事件。

面对此种情况，北大校长蔡元培也看不过去，为了不让李家断炊，他嘱咐会计课每月从李大钊工资中先拿出 50 块大洋，交给李夫人赵纫兰用于家庭开支。这个故事在北大师生中传为佳话，以至 40 多年后原北大学生张国焘在《我的回忆》中仍记忆犹新。

在李大钊的无私奉献和精心组织下，到 1921 年 7 月，北京党组织的成员有李大钊、张国焘、邓中夏、罗章龙、刘仁静、高君宇、缪伯英、何孟雄、范鸿劼、张太雷、宋介、江浩、吴玉铭、李梅羹、陈德荣等 16 人，在所有早期组织中人数最多。他们大多是北大进步师生。

1927 年 4 月 28 日李大钊被奉系军阀张作霖残忍地绞杀于北京西交民巷京师看守所后，军警抄了李大钊的家。随行记者留下了这样的报道，李家"境状萧条，两袖清风，李夫人回家，仅一元生活费。室内空无家具，即有亦甚破烂"。由此感慨"李氏私德尚醇，如冬不衣皮袄，常年不乘洋车。尽散月入，以助贫苦学生"，"李大钊胸怀无私，人格高尚"。

李大钊始终保持乐观的人生态度，对奋斗、对牺牲，他都有独到的见解和优美的表述。讲到奋斗，他说："凡事都要脚踏实地去作，不驰于空想，不骛于虚声，而惟以求真的态度作踏实的工夫。以此态度求学，则真理可明；以此态度作事，则功业可就。"

对于牺牲，李大钊曾撰短文《牺牲》，

李大钊手书的对联

其中写道："人生的目的，在发展自己的生命，可是也有为发展生命必须牺牲生命的时候。因为平凡的发展，有时不如壮烈的牺牲足以延长生命的音响和光华。绝美的风景，多在奇险的山川。绝壮的音乐，多是悲凉的韵调。高尚的生活，常在壮烈的牺牲中。"死亡这种人生悲剧竟被他写得如此高尚美妙！

李大钊牺牲的噩耗传来，正值中国共产党第五次代表大会在武汉召开。与会代表无不为之深切哀悼。中共中央机关报《向导》周报发表《悼李大钊同志》一文指出，他"是创立中国共产党之一人"，"是最勇敢的战士"，并将为中国人民所"牢记不忘"。

李大钊的高尚品质也感染了许多人。因经费困难，李大钊牺牲后，灵柩多年停放在宣武门外的一个庙宇内。1933 年 4 月 23 日，他的家属和许多社会知名人士，为李大钊举行葬礼，将灵柩安葬于香山万安公墓。大批学生、工人、市民冒着白色恐怖参加葬礼，形成一次壮烈的示威运动。许多参加者为此而被捕，甚至被杀害。在为李大钊举行公葬的募捐中，就连当年政见相左、时任国民党副总裁的汪精卫也捐了 1000 块大洋。

李大钊为各个历史时期的共产党人都树立了标杆，受到了长期的尊崇。2019 年 10 月在他诞辰 130 周年之际，他被党和人民誉为"六大表率"：信仰坚定、对党忠诚的表率，坚守初心、为民造福的表率，勇于担当、敢为人先的表率，敢于斗争、善于斗争的表率，坚持真理、实事求是的表率，清正廉洁、品德高尚的表率。这对李大钊而言，完全是实至名归。

李大钊亲自手书的对联是：铁肩担道义，妙手著文章。他终身追求的是国家、民族、人民的大道，探索的是经邦、济世、救民的妙方。

◗ 四、红楼里来了神秘的洋人

1920 年 4 月初的一天，北京春寒料峭。位于北京大学红楼第一层的北大图书馆主任室，迎来了五位高鼻蓝眼的洋人和两位衣着朴素的华人。带头的就是俄国人维经斯基。此人全名格列高里·纳乌莫维奇·维经斯基（Григоий Наумович Войтинскиий），又名查尔金（Эаркин）。此时的他年仅 27 岁，公开身份是俄文《上海生活报》记者，中文名叫吴廷康。

维经斯基之外，其他四位洋人分别是他的夫人、两名助手和北大俄文系讲师柏烈伟，两名华人助手则分别是他的翻译杨明斋和柏烈伟在天津北洋大学即将毕业的进步学生张太雷。而北

李大钊在北大红楼会见维经斯基，
张太雷翻译（油画）

大陪同李大钊会见维经斯基的，有张申府、罗章龙和刘仁静等师生。

这座北京大学红楼，前身为北京大学第一院，始建于 1916 年，落成于 1918 年。当年北大的校长室、校长办公室、文科学长室等都设在此。陈独秀的北大文科学长工作室，位于红楼的二楼。李大钊的图书馆主任室，也就是接待维经斯基一行的地点，位于一楼的东南角，有

两间房，一间是李大钊办公室，另一间是接待室。那间接待室就是当时社会主义者和激进知识分子集会之所。陈独秀与李大钊，人称"北大红楼两圣人"。

其实，维经斯基并不是李大钊在北大红楼接待的第一个俄国客人。

十月革命后不久，为打破帝国主义国家对苏俄的包围，推动东方国家和地区的革命斗争，俄共（布）就开始派人来到中国。但由于可派出的既了解中国情况又懂中国语言的人很少，且俄共（布）党人来华受到严密的防范，于是，他们便利用一些在华的左翼俄侨为其工作。在维经斯基小组首次来华前，在中国的工作者主要是柏烈伟、伊万诺夫、霍多洛夫和阿格廖夫等人。其中，柏烈伟、伊万诺夫、霍多洛夫三人曾在红楼与李大钊见过面。

最早来北大红楼与李大钊见面的神秘洋客人是俄共（布）党员霍多洛夫，又译霍霍诺夫金、哈得洛夫。

霍多洛夫原为罗斯塔社（后改名塔斯社）驻华代表和通讯员，1919—1922年担任罗斯塔社北京分社社长。据英国解密档案，该分社是罗斯塔社在华总部，设有电台装置，可直接接受来自苏俄国内的无线电讯和广播，此后在上海、广州、哈尔滨、奉天（今沈阳）等地成立了分社或派有通讯员。社址设在北京镇江胡同21号，距离北大校园不远。1920年1月底，李大钊在红楼会见了霍多洛夫。

关于这次见面，四年后李大钊在莫斯科参加共产国际第五次代表大会，一次偶遇霍多洛夫后，曾对彭述之讲述了在北京第一次与霍多洛夫见面时的情形。《彭述之回忆录》法文版1983年在巴黎出版，在第一卷《共产国际第一位来华代表》中，有这样几段记述：

那是 1920 年年初时节，我同往常一样，正在北京大学的办公室里工作，突然有人敲门。我说："请进来！"他说："我就是鲍立维（柏烈伟）先生向您提起的俄国人，我名叫霍多洛夫。李大钊同志，我向您致敬！……"这位俄人是共产党党员，他竟把我也当作一个共产党人来看待！好一个突击技术！

我马上表示抗议："哦！不敢当，我不敢自称是你们的同志，至少目前还不是呢！"可是，我这位客人反驳道："好了，好了！不必客气啦！我们早就知道您是一位真诚的马克思主义者，您已经在中国传播马克思主义思想，对布尔什维克革命的胜利，您又是多么热烈欢呼，怎么能叫我们不把您当作自己人呢？"

他说是受到在伊尔库斯克第三国际远东局的委托前来同我联系的，目的是在中国创立一个共产党。我从来没有过这样的设想，心绪顿时被搅动了。他提出的问题，我必须有点时间来思考一下，即将这个意思告诉他，并向他说明反正我不是他心目中的适当人物。

他表示很不同意我的看法，像个雄辩家似的，大发议论道：据我所知，自从"五四"以来，在中国出现了许多刊物，长篇大论地研讨社会主义，有些刊物已经明目张胆地挂起社会主义的招牌。您呢，您是"五四"领袖中的佼佼者，不但公开赞扬俄国革命胜利，而且还毫不迟疑地接受了马克思主义，在这样的情形下，难道不该是在中国成立共产党的时机吗？难道您不是发动这一事业最可胜任的人吗？李大钊同志，没有共产党，社会主义只是一句空话！

霍多洛夫的话打动了我的心。我感觉到他说得有理，但是他提到的这件事情太严重了，我不能单独地解决，于是这样答复他：在中国惟有魄力发动创立共产党这一壮举的人物是陈独秀。陈独秀是一位社会主义者，或者更确切地说他是倾向社会主义的。然而，我晓得他同我一样还从来没有发起过组织什么政党的念头，可惜他已离开北京去上海了，因此我只能用通信方式同他商讨您代表共产国际向我们提出的建议。这是需要一些时日的，您是否可以延长在北京的居留时间，以便让我们作出一个决定？一有着落，我会马上通知您。

霍多洛夫叫我放心，他有耐心等待我们的答复，我就立即去信给独秀。起初，独秀的反应也是慎重的，表示要好好考虑一下，然后才决定是否"下水"。不久，他的犹疑渐渐地消散了，我们一致认为对于共产国际的建议再也没有什么严肃的理由加以推却了。

我一收到他肯定的答复，立即告知霍多洛夫，他欣喜极了，急忙赶回伊尔库斯克，成为陈独秀和我两人接受共产国际建议这个佳讯的传递者。不多日，我在京见到另一位第三国际代表吴廷康（维经斯基）同志，我催促他即速启程去上海……

李大钊的回忆应该可信。李大钊为人一向严谨，不会编造。事情仅仅过去四年，不会有误。彭述之时为留俄中国学生领袖，李大钊对他说起这段往事，合情合理。

霍多洛夫领导的罗斯塔社北京分社中有不少中国人，其中就有李大钊介绍来的。张太雷、刘仁静、黄平、阮永钊等成为中共和社会主义青年团的重要人物。北大学生刘仁静1920年曾在中俄通讯社工作过，负责把北京报纸的消息翻译成英文，再由他人翻译成俄文发回苏俄。北大学生罗家伦也曾以"毅"为笔名翻译共产国际宣言，于1919年8月在《晨报》副刊连载。在天津，霍多洛夫也见过《天津学生联

合会日刊》和《觉悟》的主编周恩来。

大概从与霍多洛夫见面后，也就是自 1920 年 2 月起，李大钊即被北洋政府之密探监视。北洋政府曾发出密电，禁止李大钊在北京大学组织革命活动，但这些命令都由北京大学出面多方掩护，最终取消。其后李大钊又有数次被北洋政府或公开或秘密通缉，直至牺牲。

第二位在北大红楼与李大钊见面的神秘洋客人是伊万诺夫。

伊万诺夫原为旧俄政府驻华公使馆实习译员，十月革命后转向苏俄政府。他到法文《北京新闻》（*Journal de Pékin*）工作，后成为该报编辑。他以伊文为笔名撰写了很多有关苏俄特别是西伯利亚的报道和有利于苏维埃政权的文章，大大影响了远东的中外舆论。

1919 年 9 月，伊万诺夫到北京大学担任讲师，先教法文，兼授西欧文学，后协助成立俄文系并在该系工作。他除了讲授俄国历史和文学，还给学生讲解关于帝国主义的问题。伊万诺夫居住的东四演乐胡同距北大红楼非常近，这样，他与在那里办公的李大钊接触更加方便。但他具体何时到过北大红楼与李大钊见的面，已无确切文献记载。

第三位在北大红楼与李大钊见面的神秘洋客人才是柏烈伟。

柏烈伟早就加入了俄共，十月革命前就来到中国，在北京、天津都有住处，主要在天津北洋大学任教，秘密身份是俄罗斯联邦驻天津文化联络员。他的家实际上是个接待站、联络点。曾于 1920 年 2 月在天津接待了来自北京的陈独秀、李大钊。他利用任教之便，将马列主义书籍通过自己的学生兼俄文翻译张太雷秘密向师生传播，逢周五、周六他到北京大学俄文系任教。维经斯基一行来北京时，他便带着张太雷拜访了李大钊。

会见过上述三位苏俄使者后，李大钊研究和传播马克思主义的信念更坚定，步伐也更大。1920年3月，李大钊在北京大学创办了中国最早的翻译研究马克思主义著作的组织"北京大学马克思学说研究会"，下设一个翻译小组叫"亢慕义斋"，位于景山东街2号。"亢慕义"既是德文"共产主义"的译音，也有敬仰大义的意思。"斋"就是"屋舍"之意。主要开展马克思主义著作的翻译和传播。

北京大学"亢慕义斋"旧址

大家精心布置了这个"亢慕义斋"。据说，房间里摆了马克思像，还贴了一副对联，上联是"出研究室入监狱"，这是陈独秀的话，意思是研究的目的是要改变社会，要不怕牺牲。下联是"南方兼有北方强"，这是李大钊与陈独秀的约定：要在中国南北建党，让它成为中国最强的力量。邓中夏、罗章龙、刘仁静、高君宇、毛泽东是这里的常客。

资料显示，此次来访的维经斯基更不是一个普通记者。他1893年4月出生在俄国维切布斯克州涅韦尔市，20岁时，因贫困潦倒前往美国，边学习边做工，后加入美国社会党，开始介入政治。十月革命胜利后，他欢欣鼓舞地回到俄国，在海参崴加入了俄共（布）。26岁时被白匪逮捕，流放到库页岛做苦役。在严峻的生死考验面前，维经斯基暗中联合了岛上被流放的政治犯，成功地举行了暴动，回到了海参崴。

维经斯基的传奇经历和熟悉俄语、英语等语言优势，使得他成为难得的国际化革命人才。据跟维经斯基接触较多的中共党员们回忆，他为人温和，尊重中国同志，很有亲和力。1920年4月，经共产国际批准，俄共（布）远东局海参崴分局负责人威连斯基·西比利亚科夫，派遣维经斯基和他的两名助手赴华。他们的任务就是了解中国国内情况，与中国的进步力量建立联系，考察是否有可能在上海建立共产国际执委会东亚书记处。

初来乍到，维经斯基等人对于中国的情形十分陌生，于是首先在北京大学拜访了两个俄籍教师柏烈伟和伊万诺夫，寻求他们的帮助。柏烈伟说起了北京大学、《新青年》、五四运动，甚至还谈到了"南陈北李"……两个月前李大钊护送陈独秀离开北京，途经天津时他与陈独秀、李大钊见过面、谈过话。柏烈伟是位货真价实的中国通，他十分准确地勾画出中国共产主义运动的简貌。伊万诺夫的中文名叫"伊文"，比柏烈伟来华更早，他所介绍的中国共产主义运动情况，跟柏烈伟差不多，同样提到了"南陈北李"。

在这种情况下，中国人民特别是先进的知识分子对苏俄抱有好感。维经斯基一行在北京期间与以李大钊为代表的进步人士举行了多次座谈，向他们介绍了俄国十月革命后的实际情况和苏俄的对外政策，使他们对苏俄的情况

北京大学红楼

有了进一步的了解。以李大钊为首的一批信仰共产主义的知识分子，更加坚定了走俄国十月革命道路的决心。

这次密谈谈了什么内容，由于维经斯基两个月后发回国内的报告

丢失，只能根据当事人的回忆了解一个大概。

参加会见的北大进步学生罗章龙在《椿园载记》中写道："我们同维经斯基见面的谈话会，是在图书馆举行的。会上，维经斯基首先介绍了十月革命。他还带来了一些书刊，如《国际》《震撼世界十日记》等。后者是美国记者介绍十月革命的英文书。他为了便利不懂俄文的人也能看，所带的书，除俄文版外，还有英文、德文版本。"

罗章龙还说："维经斯基同我们谈话中，启示我们在中国应建立共产党的组织。我们听后更迫切地希望这一次能解决建党问题，真是'人同此心'！"

另一位参加会见的北大进步教师张申府说得更直白："第三国际的代表维经斯基当时来华，首先到北京，对我们讲，要我们建党。"

一句话，就是要让李大钊在中国创建中国共产党，推动东方国家和地区的无产阶级革命。这些应该就是维经斯基与李大钊会谈的基本内容。

然而，受制于多方面的条件，让李大钊在北京率先建党困难重重。

为加速党的创建，李大钊介绍维经斯基前往上海会见两个月前离开北京的陈独秀。在上海，维经斯基经陈独秀介绍，与当时宣传社会主义的《星期评论》主编戴季陶、李汉俊、沈玄庐，五四运动的研究系报纸《时事时报》张东荪等人会谈。在沪期间，维经斯基还向陈独秀等人介绍了共产国际和俄共（布）的情况，并就中国革命问题交换了意见，他们一致认为中国共产党的创建条件已经成熟。

十月革命一声炮响，给中国送来了马克思列宁主义。正是通过这一批又一批的苏俄使者从十月革命的故乡来到中国，从北京到上海再到广州，给我们送来了科学的理论武器，让中国共产党从成立之初，就有先进思想理论的指导，从而占据了一个较高的起点。

第一章
上海滩长出『花草的种子』

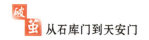

一、上海滩的"五四"不简单

五四运动爆发于北京，扩大于上海，波及全国。

上海最早响应北京学生运动的也是学生。其时上海高校林立，国立、私立和教会学校比比皆是，学生人数众多。5月4日下午，五四运动在北京爆发。5日，密切关注北京学生斗争的上海各校就得到了消息，立即有30多所学校联合致电北京政府和各报馆，表示"为保全全国青年之神圣计，义不独生，誓必前仆后继，以昭正义"。

上海第一个大规模抗议行动是召开国民大会和会后游行。国民大会由上海的世界和平共进会、中华工业协会、江苏省教育会等10多个团体联名发起，5月7日召开。之所以选择5月7日游行，是因为该日是日本通牒中国签订"二十一条"的国耻日。会前一天，在江苏省教育会召集各学校校长会议上，决定召开国民大会时，每校带国旗，学生手执小旗，上书"国耻"字样。

5月7日，上海各校学生与各界人士共2万多人，齐集上海老城厢西门外的公共体育场，召开国民大会，声援北京学生，抗议北洋军阀政府的卖国罪行。会后，手持标语旗的学生和市民举行了声势浩大的示威游行。

上海最早声援学生的是商界，主要方式是抵制日货和罢市。在学生的动员和感召下，5月9日，上海各界为纪念国耻日，除学生停课

上海各界集会声援北京学生

外，工商业停业、戏馆停演一天。为声援爱国学生的正义斗争，5 月 9 日，旅沪商帮协会即召开紧急会议，拟定办法三条：（1）实行提倡国货；（2）不装某国货物；（3）不用某国钞票。此后商业各界公会纷纷宣布抵制日货。

上海抵制日货的方式多种多样，如理发同业聚议，并印发传单通告同业：（1）不扎日本式头；（2）修饰品不用日货；（3）轧刀不用日货，设法改良中国出品；（4）若客人用中国刀剃头，特别优待欢迎；（5）同业不遵，公共议罚。黄包车夫也不为日本人服务，连在茶寮、酒肆兜售臭虫药的小贩也改贩国货。

斗争的第一个月已经涌现出许多感人的场景。汉口路一家五金店学徒桑天恩起草了一份宣传抵制日货的传单，自费印了 500 张，5 月 15 日在汉口路湖北路转角处散发。浦东码头工人数百名于 25 日在老白渡开会，一致表决不替日轮装卸货，并分发传单，影响遍及各码头工人，几乎完全停止卸日货。从 9 日起，上海各界开始抵制日货。

上海最后登场的是工人，将上海人民的"三罢"斗争推向高潮，出现在 6 月 5 日以后。

论资格，在近代中国的两大新阶级中，工人比资本家要老些。论素质，他们除了具备世界各国工人阶级的一般优点外，还具有三个特殊的优点：受压迫最深，反抗最激烈，斗争最彻底；分布较集中，便于团结和组织起来；与广大农民联系密切，便于结成巩固的工农联盟，形成强大的战斗力。故而首次亮相，就能惊艳于世。

上海作为近代中国最大和产业工人最为集中的城市，当时的工人总量占全国四分之一，产业工人更占三分之一。从6月5日开始，上海工人阶级率先开始举行大规模罢工。工人阶级在斗争中第一次以独立的政治力量登上历史舞台，成为运动的主力。

首先举行大罢工的，是上海日资内外棉第三、第四、第五纱厂和日华纱厂、上海纱厂的工人。6月5日上午有五六千工人，下午又有2万多工人加入。同日，上海商务印书馆和中华书局的印刷工人也举行了罢工。6日至8日，罢工继续扩大，电车、机器厂、铁厂、丝厂、铁路总机厂、英资和日资工厂工人及手工业者先后罢工，甚至交通大动脉沪宁、沪杭铁路工人也全体罢工，沪宁、沪杭铁路交通一度断绝。

6月5日以后的一周内，上海有50多个工厂企业、六七万名工人参加罢工。工人突破了行会、帮口的组织和观念，为着统一的斗争目标而进行同盟罢工，显示了鲜明的政治目的。工人们表示，罢工是"为国家之土地，再为学生被拘速求释放"，"对于卖国贼表示我们的愤怒"，目的是要唤醒国民，"格政府之心，救灭亡之祸"。电灯工人、卷烟工人、榨油工人、火柴厂工人也相继罢工，而学界、商界的罢课、罢市也在持续。

在学生们的积极推动、联络和工人阶级的率先响应影响下，上海市各大小商店、影院、饭店、银行等都停止营业，举行罢市。许多商

上海工人"六五"大罢工

店门前贴着"国家将亡，无心营业""挽救学生""罢市救国""不除国贼不开门"等标语，以表示坚决罢市的决心。有的资本家在商店门前贴出"罢市救国""商学一致""挽救北京被捕学生""为良心救国，牺牲私利"等字样。

据海上闲人1919年出版的《上海罢市实录》记载，"三罢"斗争期间，上海有小学生决议不购食日制之奶糖，有牙医明白标示"不医仇人"，有南洋同学提议开除章宗祥学籍，并在校中铸像惩奸……

最让人感动的，还是上海滩三教九流所焕发出来的爱国热情。

上海"花界"的林黛玉、笑意、艳情、花娟娟、洪第、金第等数十名歌妓号召同行于"二十一条"日本通牒中国的"国耻纪念日"停止歌宴一天，以志纪念。各家门首，俱张贴"五月九日国耻"字样。并互相劝告，此后购用国货，以免利权外溢。

上海演艺场所、演艺人员爱国亦不落后于人。如上海舞台名伶冯子和"青楼救国团"，召集同业会议，到者二百余人。冯君当众演说，略谓："天下兴亡，匹夫有责，今以四万万之人民，而不能保三万余方里之中华民国，清夜扪心，能不惭汗。吾辈伶人，同为国民，则扶倾危之时局，挽既倒之狂澜，责任所在，决不能辞。愿与同人共勉之。"钱化佛、张五宝、张振羽诸君相继演说，听者无不动容。

处于社会底层的苦力、小工也上街游行，散发传单。"有小工数百人，游行街市，泥涂手足，油漆未涤，臂圈白布，上书一'救'字。旁有类似排长者，手持小旗，亦书'救'字。前导一横额云：'吾工界同人，从商学两界后，一致行动。'""南市有身穿蓝衣之苦力多人，肩负白布旗，上书'万众一心，坚持到底'八大字，手各摇铜铃，沿途引吭狂呼：严守秩序，万勿暴动。目的不达到，不可开门等语。"也有罢工未成的清洁工退而求其次，"特集资刊印一种传单，于清洁街道时随手布送"。

更值得一提的是乞丐、小偷们的表现。当上海罢市之际，乞丐、小偷也闻令收手。要知道，乞丐、小偷"罢手"，将直接影响到其温饱等基本生计，甚至饿死。别看他们是"小盗"，其觉悟竟比某些所谓"大盗"的觉悟还要高。

上海是全国的经济和舆论中心，上海"三罢"斗争迅速波及全国。由于沪宁、沪杭铁路工人相继罢工，首先响应的是京奉、京汉铁路以及九江等地工人，他们也举行了罢工和示威游行，大江南北随即而起的是南京、长沙、汉口、杭州、芜湖、无锡等地的工人，进行了各种形式的斗争。全国各地，济南、天津、唐山等许多城市的商人也闻风响应，相继罢市。全国22个省150多个城市举行了"三罢"斗争。

"三罢"斗争也吸引了国际社会的视线。上海内外交通联系中断，各业停顿使中外当局感到恐慌。上海租界当局自"三罢"斗争开始，就紧急集中力量，准备镇压。公共租界工部局命令万国商团出动。法

国总领事命令法国商团准备随
时出动，巡捕房通宵值班。外
国水兵在船上随时待命，英、
美、日、葡萄牙等连队分驻各
巡捕房，轻骑队在南京路巡
逻。但因上海人民坚持有序

上海人民掀起"三罢"斗争

组织和文明抗议，没有给租界当局和西方列强提供更多的干涉、镇压
机会。

上海人民的"三罢"斗争，学生罢课是先导，商人罢市和工人罢
工对五四运动的最终胜利至关重要。在全国人民的强大压力下，北京
政府被迫于6月10日免去了曹汝霖、陆宗舆、章宗祥三个卖国贼的
职务。

然而，上海和全国人民不屈不挠，把斗争的锋芒集中到"拒绝和
约签字"上来。6月28日，中国政府正式决定拒绝和约签字。7月2
日中国代表团拒绝在《凡尔赛和约》签字的消息传到上海后，上海人
民的"三罢"斗争才取得了最后的胜利。

从以上上海社会诸阶层表现的爱国热忱，足见人心不死。只要人
心不死，中国就有希望。"三罢"斗争中上海人民所表现出的彻底的、
不妥协的斗争精神，让陈独秀等中国先进分子看到了前途和希望。他
随即草拟了《北京市民宣言》散发于京城街头，以期唤醒北京市民。
然而等候他的，却是北洋政府冰冷的牢房……

二、陈独秀入住石库门

1920 年 2 月 19 日，农历除夕。傍晚时分，从上海十六铺码头一艘天津至上海的客轮上走下一位头戴绅士帽、行色匆匆的中年男子。他在向北京发出一封平安电报后迅即住进公共租界汉口路 50 号惠中旅舍，进了房间便蒙头大睡。

他就是陈独秀。此时，他的身份是北京大学教授、《新青年》主编。

陈独秀此次从北京赶回上海，与其说是"赶"，不如说是"逃"。一路上寒冷与惊险相伴，但一想到"此一行如鱼入大海、鸟上青霄，不受笼网之羁绊也"，内心便不免有几分兴奋，因为他正怀着一个伟大的目标和神圣的约定，准备在上海大展宏图。

对于上海，陈独秀并不陌生。早在南京参加江南乡试时，他就读过梁启超发表在上海《时务报》上的宣扬维新变法的文章，顿觉醍醐灌顶，开始鄙弃科举制度。18 岁那年，他在《扬子江形势论略》的宏文中，对上海的周边地理和军事价值做过详尽的论述。

陈独秀首次到达上海，是在他 20 岁那年。他从家乡安庆出发乘坐轮船顺江而下，首次途经上海转赴东北省亲，看望任职辽宁辽阳知府的叔父，也是继父。此后他五次赴日求学、避难，往返都经上海中转。25 岁时曾应邀从芜湖专程赶到上海，参加蔡元培组织的军国民教

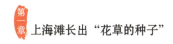

育会，日夜研制炸弹，为暗杀清廷要员推翻满清政府做准备。

陈独秀首次在上海定居，是1915年7月。当时他从日本回国，9月15日在上海创办著名的《青年杂志》，吹响新文化运动的号角。他租住在上海法租界嵩山路21号吉谊里一栋一楼一底的石库门房子里，楼下是杂志社，楼上是住家。一年半后，他应北大校长蔡元培之邀，携《新青年》杂志离开上海迁往北京，由此引领新文化运动的中心从上海到了北京大学。正是在北大的3年，让他成了闻名全国的公众人物。

陈独秀由于领导五四运动而遭北洋政府逮捕、关押，又因擅离北京在武汉发表演讲宣扬新思想而面临北洋军警的再次逮捕。是李大钊这个仗义勇为的北方汉子护送他离开北京返回上海。陈独秀心里想着上海，因为北京"仅有学界运动，其力实嫌薄弱"。上海不仅有他需要的市民阶层和劳工大众，上海"'六五'大罢工"又让他看到了工人阶级的巨大力量。他也想到上海有"国中之国"外国租界，想到租界里那迷宫一般布局的石库门里弄。

说到上海"国中之国"的外国租界，还得从鸦片战争后上海开埠说起。

1843年11月，上海在《南京条约》规定的五个口岸中率先开埠。两年后，英、美、法三国率先在上海开辟租界，且面积不断扩大，逐渐形成了英美租界（后易名公共租界）和法租界两大租界，发展成上海的"北区"。两大租界分别成立了工部局和公董局两个管理当局，从而使上海长期呈现出清政府（后中华民国）统治下的华界、英美控制下的公共租界和法国控制下的法租界等"四国三方"的政权格局。

到辛亥革命和民国初年，两大租界当局又利用清末动荡、上海光复和清帝退位造成的政局混乱之机屡屡"越界筑路"，造成既成事实，不断扩张租界。1914年4月法国领事提出界外道路的警权问题，其实就是迫使民国政府承认这一既成事实。至此，法租界经过三次大扩张，与1849年相比，面积扩大了近20倍。

上海租界辟设和扩大之后，英美法等西方最发达国家的殖民者将其母国的市政建设经验带到上海，规划和设计租界中的各项市政建设。此后，一系列迥异于传统城市的市政设施诸如道路、煤气灯、自来水、电灯、电话、公园、公厕等次第创建和发展起来，并逐渐形成了一整套"卓有成效"的市政管理体制。租界扩张到哪里，城市就建设到哪里。

与此同时，城市的面貌也发生了显著的变化。公共租界、法租界和华界的市政建设和管理近代化，共同构成了20世纪初期上海市政的近代图景。公共租界的市政基本套用西方近代都市的模式，创行最早，规模最大，成效最著；法租界紧随其后，兴建了较为完善的市政道路和公共交通网络；华界的市政状况也有明显的改观。市政的近代化使上海城市布局和整体风貌发生了根本性的变化，它标志着一座不同于旧城区的近代都市已经崛起。

"四国三方"的政权格局为戊戌变法以来资产阶级的维新派和革命派提供了相对安全的斗争环境和栖身之所。陈独秀对此并不陌生。早年参加资产阶级革命，尤其是"二次革命"失败后从安徽逃到上海，他都是在租界暂时栖身的。

此外，在上海建立租界的，毕竟是英美法三个西方最发达的国家。它们都经历过资产阶级革命，资本主义制度已经确立，法律制度

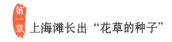

相对成熟，人权意识相对较强。与北洋政府的专制统治相比，租界中革命者的人身安全系数相对较高。

说到上海的石库门建筑的产生，也得从上海开埠后租界的设立说起。

19世纪五六十年代，上海及其周边地区屡遭战乱。先是老城厢爆发了天地会领导的小刀会起义，杀富济贫之下，老城厢的富人纷纷外逃，进入租界。这是租界接纳的第一批移民。

此后，太平军攻占南京、镇江和扬州等地，稍后又东下苏州、常州和杭州等富庶地区。为逃避战乱，"江南十府"的有钱人家纷纷逃入租界。他们是进入租界的第二批移民。

为了安顿这些富人，租界当局开始兴建一批既不同于西洋建筑，也有别于中国传统四合院的新式住房。起初是联排木屋，虽然在形式上采用了西方住宅的联排形式，但材料上用的全是木头，既容易着火，也不够结实。于是，石库门建筑开始在上海出现。

民居是石库门建筑的主体。石库门民居是近代上海外国租界里出现的一种中西合璧的民居，外表借鉴采用了欧洲城市联排之形式，是砖石材质，整齐排列，既结实安全，又美观省地。内部沿用了中国传统的立帖式结构以及江南合院式楼居，符合中国官宦人家传统的居住心理。石库门民居起初专为安排那些背井离乡的移民，他们往往举家迁居上海，每家一栋石库门民居，若干栋就组合成了一个里弄。

20世纪20年代初，上海环龙路（今南昌路）和霞飞路（今淮海中路）之间，分布着一片典型的石库门建筑群，由比利时、法国合资的义品放款银行投资兴建，因该行本部初设于天津，遂选天津古地名统称它为"渔阳里"。陈独秀入住的老渔阳里，内有两层石库门楼房

整齐排列的上海石库门里弄

8幢，就是一个1912年建成的旧式石库门里弄，陈独秀入住的是其中的2号。

其时，老渔阳里2号（今南昌路100弄2号）的室内是这样的：砖木结构，二层楼房。进大门有天井，中间是客堂，陈设沙发四只、椅子数把，壁间挂大理石嵌屏四幅。客堂后有小天井，再后是灶间，有后门通向弄堂。客堂的左边是前、中、后三个厢房。楼上，前面是统厢房，即陈独秀的卧室兼书房，室内陈设有写字台、转椅、大钢床、皮沙发、茶几、缝纫机等。厢房的隔壁是客堂楼，后有晒台。全部建筑面积约160多平方米。

老渔阳里2号本是辛亥革命后安徽督军、陈独秀同乡老友柏文蔚的私宅。此次陈独秀抵达上海后依然无处安身，所以先下榻惠中旅舍，后被接到亚东图书馆养病并暂住。眼见曾患难与共的老友陈独秀居无定所，柏文蔚恰逢另有重任离沪（一说迁居霞飞路新渔阳里6号——今淮海中路567弄6号），便将老渔阳里2号让与陈独秀居住。向来不愿接受他人馈赠的陈独秀终于接受邀请，于3月下旬入住。

陈独秀入住后，屋里的摆设是这样的：楼下的堂屋是《新青年》编辑部，堆满了《新青年》杂志和出版的社会主义小丛书。统厢房前半间有一张假红木的八仙桌，有几把椅子和几张凳子，没有什么红木家具。楼上的统厢房是陈独秀夫妇的卧室，看起来算是很漂亮，有铜床、沙发、梳妆台、写字台，壁上还挂了几张精致的字画。统楼是陈独秀的书房，书柜书架上堆满了书，排列在东、北二方向，靠南的窗下有张写字台，写字台的两边都有椅子，西方靠壁有张小圆桌，圆桌靠壁的南北各放一张普通的椅子。

对于陈独秀为何入住法租界，上海租界当局也有自己的

《新青年》编辑部设在陈独秀寓所

评判。1921年底，英国驻上海总领事馆情报说："陈似乎更愿意在法租界而不愿在公共租界居住，可能是他错误地以为在一个共和国政府管辖下比英国人控制下的公共租界可享有更多的自由。"

1921年10月陈独秀被法租界巡捕房逮捕，在会审公堂庭审时，"法庭陪审推事对陈说，中国和法国都是共和国，他作为一个法国人，同陈一样热爱自由。共产主义在理论上听起来是不错的，但在实践上，却不可避免地失败了"。由此看来，英国驻上海情报人员和法国陪审都认为陈独秀对于法兰西共和文明有着一种感情因素。

陈独秀入住老渔阳里，在上海终于有了相对稳定的住处。他既可以在家里编辑《新青年》，还可联络沪上和外地慕名来沪的志同道合者共同开展革命工作。有当事人记得，在陈独秀去广东以前，这个地方是经常集会之所。此后，他以此为据点，勇敢地做出了许多的第一：自己转变为马克思主义者，开始了组建中国共产党的伟大事业，领导了中共中央早期的工作，从而首次升起了中国革命的新曙光，度过了中国共产党的孕育期。

三、戴季陶关键时刻掉链子

　　说起戴季陶（1891—1949），学过中学历史的人都不陌生。他原籍浙江吴兴（今属浙江湖州），生于四川广汉，一生的主要角色是中国国民党元老，中国近代思想家、理论家和政治人物。戴季陶天赋极高，孙中山说他日本话说得比日本人还好，民国的国旗歌就是戴季陶填的词。

　　在戴季陶58年的人生中，堪称故事多多，有些甚至跌宕起伏。他曾经热衷于传播马克思主义，一度甚至已经参与了中国共产党的创建，差一点成了建党元勋。但他最终还是回到了国民党的立场，不仅在共产党创建的关键时刻掉了链子，而且反对国共合作，甚至参与策划"四一二"反革命政变，大肆屠杀共产党员和工农群众。

　　1905年14岁的他即去日本留学，参加了中国同盟会。同盟会内，他与孙中山、蒋介石私交甚厚。辛亥革命后追随孙中山，任孙中山秘书，参加了二次革命和护法战争。这个时期孙中山很多照片上都能看到戴季陶的身影，可谓如影随形，不离左右。

　　作为资产阶级革命党人，戴季陶也曾很有血性。

　　1912年5月20日，戴季陶在《民权报》上发表署名"天仇"的短文，题为《杀》。全文是："熊希龄卖国，杀！唐绍仪愚民，杀！袁世凯专横，杀！章炳麟专权，杀！此四人者，中华民国国民之公敌也。欲救中华民国之亡，非杀此四人不可。杀四人而救全国之人，仁也；遂革命之初志，勇也；慰雄鬼在天之灵，义也；弭无穷之后患，智也。"

5月22日，法租界巡捕房以"鼓吹杀人"为由，拘捕戴季陶入狱。同牢监犯问戴季陶因何被捕，戴慨然说，"仓颉造字累我，鸦片条约病我，我住租界，我不作官，我弱，我为中国人，有此种原因，我

当年上海法租界的巡捕

遂此矣"。当晚，其妻子探监，勉励说："主笔不入狱，不是好主笔。"次日上午，此案开庭审理，戴季陶被交保释放，改期再审。

"二次革命"失败后，戴季陶追随孙中山逃往日本，1916年初戴季陶随孙中山离日返沪参加护国运动。10月6日蒋纬国在日本出生，其母日本护士重松金子携幼子自日本来沪寻夫，但戴季陶向来有惧内癖，不敢相认，倒是蒋介石有丈夫气概，收下孩子代为抚养。蒋纬国在其自传《千山独行——蒋纬国的人生之旅》中已明确，其父为戴季陶，其母正是日本护士重松金子。亲子不敢认，这大概算戴季陶在家庭生活中掉了一次链子吧！

但戴季陶一生所掉更大的链子，还是在他的政治人生中。

护法运动中，戴季陶历任孙中山大元帅府秘书长、法制委员会委员长兼大元帅府秘书长，一直深受孙中山器重。五四运动前后，戴季陶随孙中山留在上海，住在法租界环龙路44号（今南昌路180号）中

华革命党总部，离老渔阳里不远。

1919年6月8日，由戴季陶、沈玄庐等人正式创立的《星期评论》，以独立的精神、批判的态度，提倡新文化、宣传社会主义、激励工人运动。刊物赢得了社会的良好口碑，曾被誉为"舆论界两颗明星"之一，且与《每周评论》《湘江评论》《星期日》并称宣传新文化的"四大周刊"，发行量也一度达到3万多份。

在戴季陶的《星期评论》社，人人劳动，人人平等，可以听到毫无虚伪客套地相互直呼姓名。三益里17号，会聚着一批初步接受马克思主义的青年才俊，他们指点江山，激扬文字，青春年华在此激情燃烧，红色征途在此傲然启程。

据复旦大学杨宏雨教授研究，《星期评论》主编戴季陶文笔辛辣潇洒，横扫千军。他撰写了不少宣传社会主义思潮的文章，对共产主义也做了广泛介绍。他尝试用共产主义说明中国伦理问题，称赞马克思和恩格斯是"天才"，马克思是"近代经济学的大家"和"近代社会运动的先觉"。他由日文转译的考茨基著《马克思资本论解说》，在进步刊物《建设杂志》陆续登载。

戴季陶的《星期评论》也曾宣传
新思想

1920年2月陈独秀来到上海后，很快就走访了《星期评论》和《民国日报》副刊社，联系了戴季陶、李汉俊、沈玄庐和邵力子等进步学者。戴季陶与陈独秀合作做了几件在当时很进步、很重要的工作。

　　戴季陶参与组织《共产党宣言》首个中文全译本的翻译工作。《共产党宣言》的重要性不言而喻，但也特别难以翻译。此前中国学者翻译《共产党宣言》者不少，但只限于片段，一直没有一部中文全译本。戴季陶随身准备了一本日文译本，很早就想翻译一部完整的《共产党宣言》，在《星期评论》周年庆典连载。这与陈独秀的想法不谋而合。

　　一心革命的陈独秀特地从北京借来一本《共产党宣言》的英译本。陈独秀与戴季陶、邵力子等商议请人全文翻译一事，邵力子推荐了其浙江老乡、留日学生、浙江一师进步教员陈望道。3 月下旬，邵力子执笔给陈望道写信，代表《星期评论》委托他翻译《共产党宣言》，连同陈独秀的英译本和戴季陶的日译本，一并寄给了仍在杭州坚持斗争的陈望道。

　　戴季陶襄助陈独秀组织了上海马克思主义研究会。1920 年 5 月，陈独秀联络戴季陶、沈玄庐等社会主义者，在老渔阳里 2 号成立马克思主义研究会，经常组织专题座谈会，并酝酿组织共产党。戴季陶将《星期评论》作为研究会的宣传阵地，大量发表了会员们研究马列主义和十月革命、苏俄政治制度的文章，在全国学生群众中很有影响。

　　《星期评论》迅速成为五四前后宣传社会主义思想的著名进步刊物，一度与北京大学的《每周评论》齐名。戴季陶也被认为是中国的马克思主义者。当年的浙江一师作为浙江新文化运动的中心，全校共四百多人，订阅《星期评论》就有四百来份，几乎人手一册。不仅如此，《星期评论》的影响力迅速转化为吸引力，读了这个刊物的学生，受其感召，纷纷来沪找到《星期评论》的领导者，希望与之一叙，戴季陶、沈玄庐也是耐心接见，给予指点。

　　戴季陶甚至参与了上海的共产党早期组织的筹建活动。1920 年

6月，戴季陶曾参加陈独秀召集的上海的共产党早期组织成立的筹备活动，是中国共产党最早的一批党员之一。他负责起草《中国共产党纲领》，但没有完成，由李汉俊继续起草。他还将自己租住的霞飞路新渔阳里6号让出来做上海社会主义青年团驻地和外国语学社的校址。

可见，戴季陶在言论和行动上已深度介入马克思主义的传播和中国共产党的筹备工作。有鉴于此，陈独秀等主要创建人也把他看作合作建党的战友，多年后党中央领导人李立三在一次党史报告中，甚至说戴季陶是中国共产党成立的发起人之一。

但是，戴季陶并没有继续朝前进步，而是止步于从马克思主义研究会向创建中国共产党的转变过程中。戴季陶和张东荪在明确了解该会是共产党正式成立前的预备组织后，旋即退出，做了一次"理论的巨人、行动的矮子"。他最终不但没能成为中国共产党的创建人，也没有成为早期党员，反而逐步走到了共产党的对立面。不过，在党的历史上，由共产党人转变成共产党的敌人，这样的事例并不少见，戴季陶只是其中之一罢了。

究其深层次的原因，在于戴季陶本就是个根深蒂固的资产阶级政客，并不属于无产阶级阵营。当处于革命低潮和人生失意时，他确实一度想从马克思列宁主义的学说中寻求出路，找到慰藉。而当资产阶级革命形势再起之时，他就回到他原有的阶级立场上。所以，当《星期评论》被迫停刊，尤其是当孙中山召唤他去广州时，他就毅然决然地退出了共产党，再次追随孙中山继续从事资产阶级革命了。

然而，戴季陶这位曾经的亲共人士最终变成了反共高手。

1924年1月的国民党一大标志着第一次国共合作的正式建立，国民革命的高潮即将到来。戴季陶反对同共产党合作，他力谏孙中山，

不要搞国民党改组，让共产党员加入国民党的政策是养虎为患，只会
壮大共产党的力量，必然"启他日之纠纷"。这些歪论理所当然地被孙
中山拒绝。

　　孙中山去世后，他一手炮制了一套戴季陶主义，与结拜兄弟蒋介
石沆瀣一气，一文一武，成了国民党新右派的旗帜性人物，大力支持
蒋介石的清党行动，扬言要把中国共产党人赶尽杀绝，绝不养虎为患，
成了彻头彻尾的反共高手。

　　戴季陶也参与策划了"四一二"反革命政变。蒋介石建立南京政
府后，戴季陶依仗着与蒋介石的特殊关系，当了国民政府 20 年的考试
院院长。虽然贵为五院之一，执掌官员选拔考核大权，职位不低，后
转任国史馆馆长，但一直没有什么实权。

　　时光荏苒。1948 年底，国民党败局已定，蒋介石准备退守孤岛台
湾。有人劝说戴季陶将来可以去台湾，没想到戴季陶的回答只有两个
字：不必。三大战役结束后，国民党土崩瓦解，又有人劝戴季陶去台
湾，戴季陶的回答是三个字：不必去。

　　其实，作为国民党的大才子兼理论家，戴季陶坚决不去台湾，主
要因为对蒋介石的极度失望，加之身体一直不好，尤其是神经严重衰
弱。1949 年 2 月 11 日，在国民党广东省政府广州东园招待所，戴季
陶神经疾病剧烈发作，因无法忍受，一次吃下 70 粒安眠药自杀了。

　　亲共—脱共—仇共—反共，到眼见国民党为共产党所完败而最终
自杀，这就是当年关键时刻掉链子的戴季陶一生的轨迹。

四、"我的马克思主义导师"

马克思主义在中国早期传播史上,有"三李带回马克思"一说,"三李"就是李大钊、李汉俊和李达。按籍贯,党的一大 13 名代表中,湖北籍代表最多,共 5 名:董必武、陈潭秋、李汉俊、包惠僧、刘仁静。这不能不说同为湖北籍的李汉俊起了重要作用。

李汉俊(1890—1927),出生于湖北潜江一个贫寒的知识分子家庭,6 岁起就读于父亲李凤亭在家乡开办的私塾,打下了深厚的旧学功底,也萌生了救国救民的远大志向。少年李汉俊聪慧过人,勤于学习,有过目成诵的聪慧。小小年纪,就有多方面的知识,并娴于辞令。

李汉俊 14 岁就随兄长李书城留学日本,从中学读到大学,连续留学 14 年。1918 年从日本东京帝国大学毕业,同年回国。在日本留学期间,他结识了日本著名马克思主义经济学家河上肇,受到极大影响。河上肇是日本马克思主义研究的先驱,有志于解决贫困等社会问题。中国许多进步知识分子,就是从河上肇的著作中学到了马克思主义理论和获得革命斗争理论武器的。

工科毕业的李汉俊学识渊博,除精通日语外,法文、英文也能读能译,德文更是说得流利。在日本期间,他对蓬勃兴起的社会主义思潮十分留意,阅读了大量马克思、恩格斯原著,成为中国最早的马克思主义启蒙者之一。沈雁冰(茅盾)回忆说:"现在年青的一代,乃至中年的一代，大概不知道李汉俊是怎样的一个人。我在 1921 至 1922 年，同他有较多的工作关系，我很钦佩他的品德和学问。他是湖北人，中学时代就在日本，直至大学毕业，学的是工科。日文很好，自不待言，甚至日本人也很敬佩。又通英、德、法三国文字。德文说得极流利，此与他学工科有关，法文英文也能读能译。他如果不从事革命，稳稳当当可以做个工程师。"

回国后的李汉俊积极从事著述和马克思、恩格斯原著的翻译工作，创办《劳动界》周刊，并参与《星期评论》和《新青年》等进步刊物的编辑和撰稿工作。五四运动后，李汉俊以人杰、汉俊、汗、先进、海镜、海晶、厂晶等笔名在《民国日报》《新青年》《建设》《劳动界》《共产党》《小说月刊》等报刊上发表了 60 多篇译文和文章，宣传马克思主义，为早期在中国传播马克思主义做出了杰出贡献。

李汉俊对于近代中国革命所做的第一个贡献，就是他对马克思主义的大力传播，并在传播中展现出了很高的理论水平和理论修养。这些成就主要是在《星期评论》社担任编辑期间做出的。

1919 年 6 月 8 日，在五四狂飙推动下，《星期评论》在上海爱多亚路（今延安东路）新民里 5 号创刊。次年 1 月底迁至李汉俊与其胞兄李书城居住的三益里 17 号。他俩提供个人寓所供《星期评论》社使用，李汉俊也做了《星期评论》的编辑。仅在《星期评论》一刊，李汉俊就发表宣传马克思主义的文章 38 篇之多，几乎将《星期评论》变成了"社会主义刊行品"。

确实，李汉俊的马克思主义理论水平在党内有口皆碑。张国焘说李汉俊是"我们中的理论家"，包惠僧评价说"中共成立之初，李汉俊在党内地位仅次于陈独秀"。李达翻译《唯物史观》遇上了困难，李汉俊热情相助，李达说："上面所说的那些补遗的地方，大得了我的朋友李汉俊的援助。"共产国际代表马林也评价李汉俊是中国共产党创建时期"最有理论修养的同志"。

陈望道的《共产党宣言》中文首译本的问世，李汉俊也做过贡献。他不仅支持由陈望道翻译《共产党宣言》，而且率先对《共产党宣言》进行了校对，彰显了李汉俊的理论和外语水平。他参加了1920年7月19日在陈独秀寓所召开的上海革命局成立会，会上决定将《共产党宣言》作为社会主义研究小丛书的第一本，交由社会主义研究社出版、又新印刷所首次印刷。李汉俊翻译的《马格斯资本论入门》，就是其中的一本，李汉俊因此成为中国引入《资本论》的第一人。

李汉俊翻译的《马格斯资本论入门》

1920年3月，陈独秀将《新青年》迁回上海后，李汉俊积极参与了《新青年》的工作。在《新青年》处境困难之时，李汉俊根据陈独秀的安排，既做作者又做编辑。尤其《新青年》成为党的机关刊物后，在陈独秀主持下，李汉俊、李达等协助陈望道负责编辑工作。同时，他还积极为党刊《共产党》月刊撰稿，担任《劳动界》周刊主编。

李汉俊对中国革命的第二个重要贡献，就是对中国共产党诞生的贡献。这是李汉俊对中国革命和中国共产党最重要的贡献。这些贡献主要是在中国共产党创建过程中做出的。

1919年，李汉俊结识来上海寻找救国之路的董必武，积极向这位湖北老乡宣传马克思主义，对董必武产生了重要影响。多年后，董必武还记得："当时社会上有无政府主义、社会主义、日本的合作主义等，各种主义在头脑中打仗。李汉俊来了，把头绪理出来了，说要搞马克思主义。""李汉俊是我的马克思主义导师。"他也是董必武的入党介绍人。

董必武比李汉俊年长 5 岁，尚能如此高度评价李汉俊这位同乡小弟，可见对他心悦诚服。

1920 年 6 月 19 日，在陈独秀位于上海法租界老渔阳里 2 号的寓所，也就是《新青年》编辑部，陈独秀召集李汉俊、俞秀松、施存统和陈公培开会，决定成立社会共产党，又称社会党，陈独秀任书记。这就是中国共产党上海发起组的成立会。参加会议的除陈独秀外，就数李汉俊最为年长、水平最高，也最具社会影响力。8 月正式改名"中国共产党"时，李汉俊也是党员之一。此外，他还接替退党的戴季陶，负责起草党的纲领。

李汉俊还为党做了一件鲜为人知的工作。1920 年 6 月 24 日，《民国日报》副刊《觉悟》上登载了一则启事：《新时代丛书》编辑缘起。文中公布了编辑该丛书的宗旨、内容和编辑人员名单。编辑人员既有陈独秀、李汉俊等中共发起组的成员，也有商务印书馆的沈雁冰、周建人。文末附有通讯处：上海贝勒路树德里一百零八号转新时代丛书社，这是当年李汉俊的寓所，也是后来中共一大会场所在地。直到 1922 年春李汉俊离开上海。

能够反映李汉俊在建党伟业中地位的，是他接替了陈独秀担任上海发起组的代理书记。在 1920 年 12 月 17 日凌晨陈独秀离开上海后，李汉俊接替陈独秀担任中国共产党上海发起组代理书记。虽然他不久即与陈独秀发生分歧而辞职，由李达接任代理书记，但这并不影响他在党的发起组内的仅次于陈独秀的政治地位。

李汉俊在上海的建党工作遭到了日本的秘密监控。根据日本解密档案，施存统正和行踪不明、被认为也是共产主义者的李汉俊一起，和日本社会主义者高津正道、山崎今朝弥等有交往，"目前对上述汉俊的行踪及已在进行暗中侦查的施存统的行动，正在严密注意、秘密侦查"。解密档案中提到的"汉俊"正是比施存统更早留学日本的李汉俊。李汉俊一度被日本驻华情报人员认为是"上海共产党副首领"。

李汉俊不仅参加上海建党，而且也推动了武汉建党工作。1920年夏，李汉俊写信给董必武，希望武汉也尽早建立共产党早期组织。董必武回忆说：李汉俊"在上海帮助建立中国共产党，并到武汉来同我商量，我决定参加，并负责筹组党的湖北支部"。

李汉俊对中国共产党诞生的贡献，还体现在他为党的一大这次秘密的会议提供了会场，承担了不小的风险。因为，党的一大就是1921年7月23日起在法租界南北向的贝勒路树德里3号（今黄陂南路374号）、东西向的望志路106号（今兴业路76号）他哥哥李书诚的家里召开的。

贝勒路树德里建成于1920年夏秋之间，属当时法租界管辖的西门区。法租界对革命党人和政治组织而言，如同一座"安全岛"，原因在于：一是巡捕房任何拘捕行动须获得法国总领事许可才能执行，且批捕程序繁琐；二是法租界警务处的警力有限，尤其是对西门区这样的新区控制力不足。西门区人口流动频繁，里弄建筑内部的四通八达，易于长期隐蔽潜伏。会议期间，除有两天供代表们讨论中国共产党第一个纲领和起草中国共产党第一个决议外，已经持续8天召开了五次

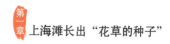

会议,即将召开第六次会议。

7月30日晚上,第六次也是最后一次会议继续在李家召开,计划在通过上述两份重要文件、选举中央局的领导人后就宣告闭幕。但因为会议刚开始就突然遭到了法租界巡捕房的搜查,才不得不从李汉俊兄弟的寓所里转移到浙江嘉兴南湖的一条游船上。李汉俊也与大家一起,坚定地赶到浙江嘉兴,善始善终地完成了党的一大的全部议程。

李汉俊在建党伟业中的突出贡献,受到党内同志们的一致称赞。沈雁冰在《我走过的道路》中谈道:"我是在1920年10月间,由李汉俊介绍加入共产党小组。"岂止是董必武、沈雁冰,包括毛泽东、刘少奇、周恩来等人在内的整整一代革命青年和党内精英,都曾受到李汉俊的思想影响。

然而,从党的一大开始,在建党理念和革命方式上,李汉俊就与多数党员发生了分歧。他主张党只能研究和宣传马克思主义,不能搞实际革命斗争。一切都要合法,不能进行非法斗争。中国无产阶级太落后,夺取政权至少还要几十年。这些显然不符合列宁的建党思想。再加上个人性格因素,致使李汉俊在党的一大后就逐渐淡出党的队伍。

中共二大后不久李汉俊回到武汉,此后,他一直从事马克思主义的研究、宣传和教育工作。但是,反动军阀仍未放过他。1927年12月17日,时任湖北省教育厅厅长的李汉俊在武汉被桂系军阀杀害,留下了年轻的爱人和三个尚未成年的子女,十分凄惨。其爱人陈静珠女士对李汉俊忠贞不渝,未曾改嫁,独自一人拉扯着孩子们长大成人,令人敬佩!

新中国成立后，李汉俊被人民政府首批追认为革命烈士，毛泽东主席签署的"革命牺牲工作人员家属光荣纪念证"上写着"查李汉俊在大革命中光荣牺牲，丰功伟绩永垂不朽"。这也是对这位在建党时期做过重要贡献、曾任中国共产党发起组代理书记、起草了中国共产党的第一个纲领、把自己住所奉献出来作为中共一大会场的一大代表最好的安慰。

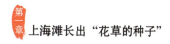

五、"中国红色经典第一书"

2012年11月29日，习近平总书记在参观《复兴之路》展览时，指着一本书讲述过这样一个故事：

> 一天，一个小伙子在家里奋笔疾书，妈妈在外面喊着说："你吃粽子要加红糖水，吃了吗？"他说："吃了吃了，甜极了。"结果老太太进门一看，这个小伙子埋头写书，嘴上全是黑墨水。他旁边一碗红糖水，他没喝，把那个墨水给喝了。但是他浑然不觉啊，还说，"可甜了，可甜了"。这人是谁呢？就是陈望道，他当时在浙江义乌的家里，就是写这本书（翻译《共产党宣言》——编者注）。由此就有了一句话：真理的味道非常甜。

这是一本只有56页的小册子，出自两位不满30周岁的德国青年之手，1848年2月在伦敦第一次以德文单行本的形式问世。它的问世标志着马克思主义的诞生。从此它被世界各国广泛翻译，成为推动世界共产主义运动最重要的理论法宝，成为近现代史上影响最大的政治文献之一。它，就是《共产党宣言》。

它伴随着中国先进知识分子的成长，伴随着中国共产党的诞生和壮大，伴随着中国革命的胜利和发展，畅销百年不衰，几代人深受教

陈望道全神贯注翻译《共产党宣言》（蜡像）

育，共产党人赞不绝口，堪称"中国红色经典第一书"。它，就是陈望道翻译的《共产党宣言》第一个中文全译本。

这本书虽然如此重要，而且其作者的大名早在 1899 年就由西方传教士传入中国，基本观点也差不多同时被介绍到中国，也受到中国各种政治力量的关注甚至传播。但是，20 多年过去了，除了一些节译本外，全中国范围内竟然没有出现一本中文全译本。

对于它，东邻日本比我们要重视得早。1904 年，日本社会主义者幸德秋水和堺利彦合译的《共产党宣言》的部分章节在《平民新闻》上发表。1906 年片山潜、幸德秋水和堺利彦等组织成立了社会党，并于当年 3 月在其机关刊物《社会主义研究》第一号刊载了幸德秋水和堺利彦根据英译本而翻译的《共产党宣言》日文全译本。

正是幸德秋水和堺利彦共同翻译的这本《共产党宣言》日文全译本，着实在当时赴日求学的中国先进知识分子中产生了重大影响，并为《共产党宣言》被译成中文而提供了契机。

在中国讲马克思主义，国民党比共产党要早。朱执信是传播马克思主义文章最多、内容最全、影响最大的资产阶级革命家。他早年留学日本，1905 年 9 月起就在同盟会机关报《民报》第 2 号和第 3 号上接连发表了两篇《德意志社会革命家小传》，介绍了马克思、恩格斯的生平及其主要历史功绩，并且简要归纳了《共产党宣言》的基本内容。

中国的无政府主义者刘师培在宣传无政府主义的同时，也宣传过马克思主义，他最早将《共产党宣言》部分章节翻译成中文。1908年1月，他创办的《天义报》15卷刊载了留日学生署名民鸣翻译的恩格斯为1888年英文版《共产党宣言》写的序言全文。随后几期又陆续刊载了民鸣翻译的《共产党宣言》第一章《绅士与平民》，即《资产者与无产者》。还有刘师培用申叔署名而写的《〈共产党宣言〉序》，这也是中国人第一次为《共产党宣言》所作的译序。

1919年4月，陈独秀、李大钊共同创办的《每周评论》，在第16号《专著》栏目内，刊登了成舍我（署名"舍"）翻译的《共产党宣言》第二章"无产者和共产党人"的最后几段文字，以及十条纲领全文。编者在译文前加了按语，称"这个宣言是马克思最先、最重大的意见"。

同年9月、11月出版的《新青年》杂志第6卷第5、6号上，李大钊发表了《我的马克思主义观》一文。这是我国第一次比较系统完整地介绍马克思主义的文章，文中节译了《共产党宣言》的第一章《资产者与无产者》，并论述了《共产党宣言》的重要理论。然而，陈、李二人期盼着《共产党宣言》中文全译本的出现，却一直未能如愿。1920年3月建立的北京大学"亢慕义斋"摆放着《共产党宣言》的英译本，被陈独秀通过李大钊借到了上海。

在近代中国，最早打算将《共产党宣言》全部译成中文的，是《星期评论》的戴季陶。热衷于社会主义研究的戴季陶，打算将《共产党宣言》译成中文本，但苦于翻译此书太难。这不仅要求译者谙熟马克思主义理论，而且要具有相当高的日语、汉语水平。他在物色合适的翻译者，计划在《星期评论》创刊周年之际进行连载，作为庆典活动的一部分。

时任上海《民国日报》副刊《觉悟》的主笔的邵力子得知此事，便向戴季陶举荐了陈望道，认定"能翻译此书者，非陈望道莫属"。因为陈望道在日本留学期间就受社会主义思潮的影响，对马克思主义有着浓厚的兴趣，且有一定的研究。回国后，陈望道常为《民国日报》和《觉悟》副刊撰稿，文学修养非常高。更难得的是他不仅日语水平高，英语也很出色。邵力子深知陈望道的功底不凡，不仅能完成此重任，而且是担此重任的不二人选。

恰在此时，为躲避北洋军警迫害的陈独秀已经从北京到达上海，在走访《星期评论》时得知此事，不仅十分赞成，而且立即通过李大钊从北京大学"亢慕义斋"借出《共产党宣言》英译本（另一说法是，陈独秀离开北京南下上海时，带来了《共产党宣言》英文本），戴季陶也提供了刊有《共产党宣言》全文的日文《社会主义研究》杂志，供陈望道对照翻译。

经过一个月的商量和准备，1920年3月底，邵力子接受戴季陶的委托，向正在浙江一师坚持斗争的陈望道发出了邀请信。陈望道接信后欣然允诺，立即收拾行囊离开杭州，悄然返回自己的老家——浙江义乌分水塘村。

为了保密，也为避免乡亲的打扰，他躲在老宅中的一间放柴草的屋子里，夜以继日地秘密从事《共产党宣言》的翻译工作。陈望道深知这篇约稿的分量，经过一个月日日夜夜的不懈努力，花费了比平常译书的五倍工夫，终于将这本经典著作译成了中文。

按照约定，4月下旬陈望道带着完成的译稿来到上海，进入《星期评论》社担任编辑。他将《共产党宣言》译文稿连同日译、英译本

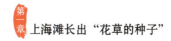

一起交给了戴季陶安排连载。为慎重起见，戴季陶请理论和外语水平都很高的李汉俊对照校阅。然而6月初，《星期评论》周刊遭到查禁，戴季陶也离开了上海。如此，不仅连载《共产党宣言》的计划落空，而且陈望道的工作和生计都成了问题。原本十分美好的计划，顿时陷入停顿的状态。

要成就伟大的事业，必须有坚韧不拔的毅力。困境中的陈望道想到了正在组织马克思主义研究会的陈独秀。6月27日夜，困境中的陈望道将书稿拿给了俞秀松，让他送给陈独秀校对并想想办法。陈望道知道，此时的俞秀松正追随陈独秀建党，他俩往来频繁。次日上午，俞秀松带着书稿赶到老渔阳里2号陈独秀寓所，亲手交给了陈独秀。

正在筹建党组织的陈独秀当然明白《共产党宣言》书稿的价值。为早日让这部经典著作出版面世，指导建党，陈独秀再次进行了校对，也请熟悉俄文的杨明斋进行校对，并于7月19日在陈独秀寓所召开的上海革命局成立会上，向正在上海推动中国建党的俄共（布）代表维经斯基提出印刷成册的问题。维经斯基闻讯极为重视，立即决定提供2000元出版经费，成立社会主义研究社，出版10本社会主义小丛书。

《共产党宣言》的出版终于柳暗花明。陈独秀等人在法租界辣斐德路成裕里（今复兴中路221弄）12号租了一间房子，建立了一家名为"又新印刷所"的小型印刷厂，以上海社会主义研究社名义首次印刷了1000册《共产党宣言》中文全译本。8月，《共产党宣言》作为社会主义研究小丛书第一次正式出版发行，又新印刷所也是我党早期组织办的第一家印刷厂。

首版本的封面上印有马克思半身坐像，采用了水红底色，但由于

又新印刷所旧址

匆忙，将《共产党宣言》错排成《共党产宣言》。首版开本为小 32 开，全书竖排右翻，用三号铅字刊印，共 56 页。首版本的售价大洋一角，印数 1000 册，很快赠售一空。同年 9 月，经校勘首版印刷时排版的个别错字后，又印刷出版了再版本。为有别于初版本，再版本改为蓝色封面，印数也是 1000 册，同样一售而空。

为扩大《共产党宣言》的影响，陈望道还与马克思主义研究会的其他成员一起，在 1921 年的元旦，到大街上分发印有宣传共产主义口号的贺年片，而这些口号都摘自《共产党宣言》。此书很快就成为中国先进知识分子学习马克思主义的启蒙教材。由于需求量很大，《共产党宣言》首译本此后多次被平民社、国光书店、春江书店和长江书店等多家书店再版，仅平民社至 1926 年 5 月就刊印了十七个版次。

也因为需求量大，《共产党宣言》出现了多个版本。从陈望道首译到新中国成立前的 20 多年中，共有四个由中共党员翻译的《共产党宣言》版本，它们分别是 1930 年华岗根据英文版的译本，1938 年成仿吾、徐冰根据德文版的合译本，1943 年博古根据俄文版的译本以及 1949 年谢唯真根据 1848 年德文原版翻译、由苏联外国文书籍出版局出版的莫斯科"百周年纪念版"。

陈望道

《共产党宣言》的翻译出版，对建党前期马克思主义在中国的传播，对中国早期共产主义者的成长，对中国共产党的创立，对推动共产主义运动在中国的蓬勃发展，都起了极其重要的作用。许许多多的中国先进知识分子由此而觉悟，并带领广大劳苦大众走上革命道路。

毛泽东深情回忆，在自己朝着马克思主义方向转变的过程中，有三本书特别深刻地印在了心中，从而建立起对马克思主义的信仰。这三本书是：陈望道

陈望道翻译的《共产党宣言》中文首译本

翻译的《共产党宣言》，考茨基著、李季翻译的《阶级斗争》，以及柯卡普著、恽代英翻译的《社会主义史》。

在抗战相持阶段的1939年底，毛泽东对自己身边的同志说："《宣言》，我看了不下一百遍，遇到问题，我就翻阅《宣言》，有时只阅读一两段，有时全篇都读，每阅读一次，我都有新的启发。"

历经百年风雨，《共产党宣言》初版本存世数量极少。至今全国仅发现12本，其中上海5本，均藏于国家有关单位。它们分别是中国国家博物馆、中国国家图书馆、北京市文物局、陕西延安革命纪念馆、山东东营市历史博物馆、上海图书馆、上海市档案馆、上海中共一大会址纪念馆、上海鲁迅纪念馆、上海社会科学院图书馆、浙江上虞区档案馆、浙江温州图书馆。

如今，这些《共产党宣言》初版本都是各家镇馆之宝。

《共产党宣言》首个中文全译本的出版发行，是中国近现代出版史

上的壮举。它作为马克思主义在中国广泛传播，以及中国共产党酝酿发起的极其重要佐证而永垂史册，不愧为中国革命的指路明灯，不愧为"中国红色经典第一书"！

　　一位伟人说过：《共产党宣言》是"全部社会主义文献中传播最广和最具有国际性的著作，是从西伯利亚到加利福尼亚的千百万工人公认的共同纲领"。以《共产党宣言》首个中文全译本的出版发行为标志，马克思主义不仅深刻改变了世界，也深刻改变了中国。

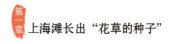

六、"我已成为马克思主义者"

今天的中央档案馆，收藏着一份珍贵的历史文物——毛泽东亲笔填写的中共八大代表《登记表》，在"入党时间"一栏赫然填写着"1920"的年份。

略知中国共产党历史的人都知道，中国共产党是 1921 年正式成立的。毛泽东为何提前成了共产党员？欲知其详，还得从青年毛泽东的人生履历说起。

其实，在 1920 年之前的十年里，青年毛泽东经历了很不平凡的人生轨迹，思想也经历了多次历史跨越：传统学子——"康党""乱党"——共产党。

毛泽东出生在农民家庭，自幼接受私塾教育，读四书五经等传统经典，一读就是 6 年。他虽然熟读这些经典，但并不喜欢。虽不喜欢，但学习起来却也极为认真，这使得他从小打下了深厚的民族传统文化的基础。因此，无论是后来毛泽东那些充满睿智的鸿篇巨制，还是那些大气磅礴的诗赋文章，都无不闪烁着民族文化的光辉。

"天井四四方，周围是高墙。清清见卵石，小鱼囿中央。只喝井里水，永远养不长。"毛泽东决心走出家乡，走出封闭式的私塾学堂，到外面的世界闯一闯，到那些新式学堂学些新知识。在东山学堂，毛泽东眼界大开。在东山学堂学习的半年，毛泽东深受康有为、梁启超的影响，实现了由小时候信佛，以后相信孔孟，到信仰改良主义的转变。

经过争取，1911 年春天，18 岁的毛泽东再次冲破家庭的阻力，挑着行李走到湘潭城，第一次坐轮船到长沙，并顺利地考入了湘乡驻省中学。临行前，他改写了一首诗夹在了父亲的账簿里："孩儿立志出乡关，学不成名誓不还。埋骨何须桑梓地，人生无处不青山！"这首诗，表达了青年毛泽东立志求学和男儿志在四方的豪情壮志。

在省城长沙，毛泽东眼界大开。他第一次看到革命派办的《民立报》，他由此知道了孙中山领导的同盟会，并被孙中山的革命民主主义深深吸引。毛泽东以极大的热情关注《民立报》并成为它的热心而忠实的读者，接触到许多革命言论。于是，他在校园里贴出文章，首次公开发表了自己的政见：必须把孙中山从日本召回，担任新政府的总统，由康有为任国务总理，梁启超任外交部部长。他首次发表政治见解，难免幼稚。

辛亥革命湖南光复后，他还报名参军，在长沙的革命军中度过了半年，并与大多数士兵以及正副目（即正副班长）和排长都建立了友好的关系。有趣的是，1950 年夏天，他曾收到当年同他有过友谊的一个副目的来信，身为中华人民共和国中央人民政府主席的他，还亲切地给这位四十年前参加过辛亥革命的副目回了信。

经历了辛亥革命的风云变幻，青年毛泽东愈加感到读书的重要，学习更加自觉、刻苦。1912 年春，他以第一名的成绩考取湖南全省高等中学校（后改为第一中学）。在这里，毛泽东写的《商鞅徙木立信论》一文，也许是毛泽东现存最早的文章。文章劈头就说："吾读史至商鞅徙木立信一事，而叹吾国国民之愚也，而叹执政者之煞费苦心也，而叹数千年来民智之不开、沦亡之惨也。"不仅文字精练、极具文采，

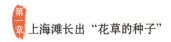

更为重要的是立论和观点非常突出。

1913 年春，毛泽东再以第一名考入湖南公立第四师范（次年春并入第一师范）。校长看了他入学考试作文后连连赞叹："这样的文章，我辈同事中有几个做得出来！"此后，毛泽东安下心来受教于杨昌济、徐特立等名师，用五年半的时间接受了完整的师范教育。

从此，他开始用自己的视角观察世界，用自己的语言和观点分析和解剖世界，他读书的兴趣总是和对时势的关心结合在一起。受杨昌济老师道德救世思想熏陶，毛泽东的作文《心之力》得了许多人羡慕的 100+5 分（满分为 100 分）。

毛泽东也看到了《新青年》，爱不释手，陈独秀成了他的新偶像。毛泽东非常佩服陈独秀的文章，说陈独秀"代替了梁启超和康有为，做了我的崇拜人物"。在新文化运动影响下，毛泽东在思想上发生了一个重要变化，就是彻底抛弃康、梁维新变法思想，开始向激进民主主义思想转变。他极力推崇陈独秀，十分赞成其好友张昆弟所言"前之谭嗣同，今之陈独秀，其人者魄力雄大，诚非俗学之可比拟"。

青年毛泽东首次在《新青年》发表了论文。1917 年 4 月 1 日，《新青年》第 3 卷第 2 期上，同时刊登了毛泽东的《体育之研究》和李大钊的《青年与老人》。《体育之研究》不但是毛泽东第一篇有代表性的学术论文，也是中国现代体育史上最早的文献之一。巧合的是，《青年与老人》也是李大钊首次在《新青年》上发表文章。同期发表文章的，都是新文化名家。

1918 年 6 月，毛泽东结束了五年半的师范生涯，标志着他完全走向社会。

1918 年 8 月，为筹备新民学会会员赴法勤工俭学，毛泽东第一次来到北京。10月，为便于在北大听课，也出于生活需要，经杨昌济介绍，毛泽东在李大钊任主任的北大图书馆做助理员。由此他不仅能方便地读到那些进步的书刊、报纸，能在学术空气最为浓厚的北大听课、参加学术活动，而且有机会与李大钊等最早接受马克思主义的先进分子接触，也有机会接触当时新文化运动的头面人物陈独秀，直接站在了新文化运动的前沿。

青年毛泽东在陈独秀的影响下坚定地走上了革命道路。这次在北京，毛泽东首次见到陈独秀，通过短暂接触，陈独秀那对社会问题的精辟见解，深深地影响着青年毛泽东。毛泽东说陈独秀：对我的影响也许超过了其他任何人，使我的政治兴趣继续增长，我的思想越来越激进。我回到长沙以后，就更加直接地投身到政治中去。

1919年3月，毛泽东和湖南籍的赴法勤工俭学的学生去上海，在上海的20多天中，他两次参加学生们的联欢会。组织、发动了驱逐湖南军阀张敬尧的斗争，最终取得了胜利。后回到长沙主持新民学会

新民学会旧址新貌

会务。陈独秀被北洋政府逮捕后，7月毛泽东在《湘江评论》创刊号发表《陈独秀之被捕与营救》一文，称陈独秀为"五四运动时期的总司令""五四时期思想界的明星"。12月，毛泽东率领驱张代表团第二次去北京，从事请愿、联络等活动，再次见到了刚出狱的陈独秀。

毛泽东此次来京，正逢北大教授杨昌济病重，1919 年 12 月在北京同济医院治疗。病重之时杨昌济曾给滞留上海的章士钊写信，向他推荐了毛泽东、蔡和森，称："吾郑重语君，二子海内人才，前程远大，君不言救国则已，救国必先重二子。"

此时的毛泽东，人生可以有多种选择。他可以留在小学任教，终身做一个教员，成为一名优秀教师；他可以去法国勤工俭学，但他帮助他人出国，而他自己没去；他甚至可以留在北京大学图书馆，继续做助理员。但是，他最后选择留在祖国，留在湖南，不仅领导了湖南驱除军阀张敬尧的斗争并取得了胜利，而且一步一步地朝着马克思主义的方向发展。

此时的毛泽东，对改良主义、空想社会主义抱有很大的热情。他甚至设想，自己邀上一群志同道合的人，租一所房子，办一所自修大学，在里面"实行共产的生活"。

毛泽东这一时期的许多想法，在他主编的《湘江评论》的《创刊宣言》中表达得很清楚。他说："主张群众联合，向强权者做持续的'忠告运动'，实行'呼声革命'——面包的呼声，自由的呼声，平等的呼声——'无血革命'。"

其实，在这个时候，毛泽东的思想属于自由主义、民主改良主义、空想社会主义等观念的大杂烩。他对"十九世纪的民主"、乌托邦主义和旧式的自由主义，抱有一些模糊的热情。但是，他始终是一位明确地反对军阀和反对帝国主义的爱国者。

毛泽东是爱国的，也是务实的。善于从中国的实际出发，这是青年毛泽东最可贵的品质。有了这样的品质，最终总会走到正确的轨道上。

毛泽东真正的转变发生在 1920 年 5—7 月的上海之行。

5 月，毛泽东从北京辗转来到上海，和彭璜等人在民厚南里租了几间房子，成立上海工读互助团，大家一起做工，一起读书，有饭同吃，有衣同穿，可以说，实现了他办"自修大学"的设想。抵达上海时，毛泽东的关注点还停留在改良主义的层面。

启发和引领毛泽东成长为马克思主义者的是陈独秀、李大钊，但关键人物是陈独秀。促进毛泽东思想发生决定性转变的场所，就是陈独秀寓所老渔阳里 2 号。毛泽东在老渔阳里 2 号拜访陈独秀，陈独秀一改"闲谈不超过十五分钟"的规定，热情接待了这位他一向欣赏的年轻人。两人深入讨论了马克思主义和湖南改造等问题，促使毛泽东的思想开始发生重大转变。

真所谓"听君一席话，胜读十年书"！青年毛泽东锐意进取、注重实践的作风也给陈独秀留下了深刻的印象。因此，关于建党问题，陈独秀明确表示"湖南由毛泽东负责"。

16 年后在陕北高原保安的窑洞里，毛泽东用了数个通宵，向第一位深入红色根据地采访的美国记者埃德加·斯诺回忆起他在北京、上海的学习和成长经历，斯诺在他的《西行漫记》(*Red Star Over China*)中留下了这些珍贵的内容：

——"我和陈独秀讨论我读过的马克思主义书籍。陈独秀谈他自己信仰的那些话，在我一生中可能是关键性的那个时期，对我产生了深刻的影响。""他对我的影响也许超过其他任何人。"

——"我一旦接受了马克思主义对历史的正确解释以后，我对马克思主义的信仰就没有动摇过……到了 1920 年夏天，在理论上，而且在某种程度的行动上，我已成为一个马克思主义者了，而且从此我也

寓所楼上毛泽东的卧室

毛泽东寓所旧址陈列内景

1920年毛泽东在上海的住处

认为自己是一个马克思主义者了。"

1920年11月，在毛泽东、何叔衡等人的积极活动下，长沙的共产党早期组织秘密成立。至此，毛泽东在思想上和行动上都已成为一个坚定的马克思主义者。

思想是行动的先导。关于自己的入党经历，毛泽东在1945年回忆："我们开始的时候，也是很小的小组。这次大会（指中共七大）发给我一张表，其中一项要填何人介绍入党。我说，我没有介绍人。我们那时候就是自己搞的。"作为中国共产党的创始人之一，毛泽东将自己创建长沙党的早期组织认定为入党之时，是合理的。

中国出了个毛泽东。毛泽东走向中国共产党，并开始在湖南建党，是中国革命的福音。

◗ 七、远方归来的"忠厚长者"

在党的创建过程中，有这样一位长者。他是中国人，国外打工时加入了国外的共产党，后来被派回国内，身份是翻译，但却做出了很多翻译以外的重要工作：帮助创建中国共产党和社会主义青年团，而且也加入了中国的党团组织。周恩来评价他是一位对党多有贡献的"忠厚长者"，但他也是个公道正派、是非分明的共产党人。

杨明斋（1882—1938），山东平度县人，16 岁辍学务农，1901 年"闯关东"时辗转来到海参崴做工谋生。1908 年后在西伯利亚地区边做工边读书，与那里从事开矿、修路等繁重劳动的华工联系密切。他积极参加了布尔什维克领导的工人运动，并被推选为华工代表。十月革命前，他加入列宁领导的布尔什维克，是目前已知的第一个加入布尔什维克的中国人。他也曾被派到帝俄的外交机关当职员，但秘密地为党工作。

十月革命胜利后，新生的苏俄政权动员华工参军参战。杨明斋响应号召，参加了保卫苏维埃政权的斗争，为保卫十月革命胜利成果做了努力。后入莫斯科东方劳动者共产主义大学学习，1920 年初被派回当时日本人占领的海参崴，以华侨负责人的公开身份从事党的秘密工作。北大红楼相见时，李大钊用"万里投荒，一身是胆"来赞美他的特殊经历和贡献。

1919 年 3 月，在列宁主持下成立了共产国际，也叫第三国际，以领导全世界的共产革命。4 月，即以共产国际名义向中国派出了维经斯基小组。维经斯基小组在北京受到李大钊的欢迎和接洽，其中担负翻译、联络重任的就是俄共（布）党员、俄籍华人杨明斋。

北大红楼会见时，李大钊建议维经斯基小组南下上海与陈独秀联络。经过在山东济南的短暂停留后，杨明斋即随维经斯基抵达上海。

在上海，他们首先与陈独秀见面，并经陈独秀引见，与《星期评论》的戴季陶、李汉俊、沈玄庐和《时事新报》的张东荪、《民国日报》的邵力子等人接触。他们在上海的工作进展得很顺利，1920 年 5 月便促成了马克思主义研究会的成立，杨明斋担任负责人。

7 月 19 日，维经斯基在老渔阳里 2 号陈独秀寓所主持召开上海革命局成立会，杨明斋与陈独秀、李汉俊等出席会议。有学者认为，上海革命局就是中国共产党上海发起组。但更多学者不同意，认为两者不是一回事，上海革命局只是共产国际远东局的一个下设机构，主要职责是指导包括中国、日本和朝鲜在内的远东各国共产党组织。

1920 年 8 月中旬，杨明斋和陈独秀、李汉俊、李达、陈望道等在《新青年》编辑部开会，正式将 6 月 19 日成立的中国的第一个共产党组织"社会共产党"定名为"中国共产党"，陈独秀仍为书记，杨明斋也加入其中。从此，杨明斋由俄共党员转为中共党员。8 月 22 日，他又指导成立了中国第一个社会主义青年团组织——上海社会主义青年团。

杨明斋随后参与党的一些理论宣传和教学活动。他经手在新渔阳里 6 号租赁了一幢房子，开办中俄通讯社和外国语学社，并担任社长，对外称校长，团中央机关也设在这里。1920 年至 1921 年，他具体安排刘少奇、任弼时、萧劲光等 20 余人赴苏俄学习。11 月 21 日，他还指导建立

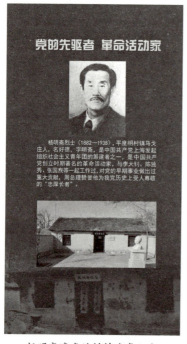

党的先驱者 革命活动家

杨明斋烈士（1882—1938），平度明村镇马戈庄人，名好德，字明斋，是中国共产党上海发起组织社会主义青年团的筹建者之一，是中国共产党创立时期著名的革命活动家，与李大钊、陈独秀、张国焘等一起工作过，对党的早期事业做出过重大贡献，周总理赞誉他为我党历史上受人尊敬的"忠厚长者"。

杨明斋遗存的材料非常之少

了中共领导的工会——上海机器工会。

1920年秋天，杨明斋回山东，在济南与王尽美、邓恩铭等会见，带着陈望道翻译的《共产党宣言》中文首译本回平度向乡亲们宣传俄国革命和马克思主义。因此，今天存留于世仅有的12本中，就有一本藏于山东省东营市历史博物馆。

1921年春，杨明斋与张太雷作为中共代表赴伊尔库茨克，向共产国际远东书记处汇报中共建党情况及与共产国际建立关系等问题，并起草了关于建立共产国际远东书记处中国支部的报告，提交共产国际第三次代表大会。6月，他与张太雷、俞秀松赴莫斯科出席了共产国际第三次代表大会，为中国共产党争得共产国际的正统地位贡献了力量。

党的一大后杨明斋回到中国。9月10日，陈独秀由广州回到上海，正式担任中共中央局书记。10月中央局决定成立党的地方委员会，杨明斋任上海地方委员会委员，陈望道为委员长。此后，杨明斋从事党的理论教育和新闻宣传工作。他曾在上海党内讲授过《马克思主义浅说》《阶级斗争》和《帝国主义》。1921年10月，杨明斋和陈独秀、包惠僧、柯庆施、高君曼一起，在陈独秀寓所被捕，后经党营救出狱。

1922年7月，杨明斋出席了中共二大，积极参与制定党的民主革命纲领。后任苏俄驻华顾问团翻译，在广州做促进国共合作的工作。

他先后在《工人周刊》（中共北方区委党报）、劳动通讯社任编委，还参加了北京马克思学说研究会的工作。他以马克思主义理论研究中国思想文化，成为建党时期党内屈指可数的几个马克思主义理论家之一。

1923年6月，中共三大在广州召开，中心议题是讨论和国民党实行党内合作。据张国焘《我的回忆》，"一向以崇拜陈独秀先生著称的杨明斋"，反对以党内合作方式与国民党合作，为此他"与陈独秀大闹一场"，并声称不愿与陈再见面。其实杨明斋也明白，实行党内合作正是共产国际坚定不移的组织决定，并非陈独秀的本意。陈独秀也曾反对过，但又不得不服从指令，并帮助做党内其他同志的思想工作。

国共合作后，杨明斋被安排到中共北方区委从事宣传教育工作，并在1924年6月出版了洋洋洒洒14万言的《评中西文化观》一书，严肃批判了反对马克思主义在中国传播的复古主义思潮，在当时的思想战线产生了一定影响，也发挥了重要作用。

1925年夏，杨明斋回到国共合作中心广州，和张太雷、黄平、傅大庆、卜士奇、胡志明等一起担任苏联驻华顾问团的翻译。10月，为中国革命和国共两党培养干部，他受党的委托在上海接收和选送学员，率领包括张闻天、王稼祥、乌兰夫、伍修权等在内的第二批学员百余人赴苏联到新组建的莫斯科中山大学学习，后在中山大学负责总务工作。

1927年大革命失败后，杨明斋奉命经上海秘密回国，到京津地区开展工作。在大革命失败后的白色恐怖下，他积极进行理论思考，用两年时间写作出版了18万字的《中国社会改造原理》一书，明确指出中国"要采纳社会主义"。

此后，杨明斋被党组织安排到河北省丰润县车轴山中学任教。他对革命同志亲切和蔼，教育许多学生投身革命。

1929 年 10 月 5 日，中共中央政治局作出《中央关于反对党内机会主义与托洛斯基主义反对派的决议》，点名批评了大革命时期党内"右倾机会主义"的代表陈独秀，并在 11 月 15 日把陈独秀、彭述之等人开除出党。得此消息，杨明斋认为共产国际没有从中国实际出发才导致革命失败，应该负主要责任，决定越境赴苏俄，开始了为陈独秀申诉的艰难旅程。可是，1931 年初他被流放西伯利亚托木斯克。

流放期间，杨明斋继续写信申诉。他曾致信张国焘、王明和共产国际负责人，但无人理会他的质问和要求。只有正在苏联西伯利亚保卫机关工作的师哲，在 1934 年前后到托木斯克去看望过杨明斋两次。师哲劝他与中共驻共产国际代表团团长王明取得联系，可他根本瞧不起王明，愤然表示"决不愿为五斗米而折腰，更不愿向他人求助"。

至 1934 年 8 月行政流放期满后，杨明斋到了莫斯科并进入苏联外国工人出版社工作。16 日，他向共产国际东方部副部长米夫写信，要求回国工作。未获批准后又埋头写作。随后杨明斋又提出要求恢复因流放失去的中共党籍，但因王明拖着不办而一直未果。

祸不单行。1937 年，在苏联声势浩大的肃反运动中，杨明斋被当作"动摇分子"逮捕，不久获释。但 1938 年 2 月 7 日，莫斯科内务部以捏造的"日本间谍、托派恐怖分子"罪名，再次逮捕了他。杨明斋这次以沉默相抗，于是未经诉讼就被判处死刑，并于 5 月 26 日惨遭杀害。

杨明斋在山东平度的故居纪念馆

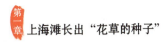

历史是公正的。杨明斋牺牲半个世纪后，1989 年苏共中央为其彻底平反，恢复名誉。8 月，中华人民共和国民政部批准他为烈士。2012 年，山东省青岛市委组织部在杨明斋诞辰 130 周年之际，拨付专款 40 余万元在杨明斋的家乡重修故居，2016 年 9 月开馆并正式对外开放。"铁肩担道义创我党伟业，妙手著文章擎理论明灯"，正是他一生最好的写照。

八、立志利国利民的"东西南北人"

1920年6月27日，正是上海滩的炎炎夏日。夜晚10时许，在法租界白尔路三益里17号《星期评论》社，一位30岁左右、中等身材的男子把一包书稿交给一位20岁左右、戴着眼镜的小伙子，并嘱咐了几句。小伙子没有耽误，第二天一早就赶到老渔阳里2号面交一位40岁左右的男子，议论了一番时下译书状况后小伙子便匆匆离去，因为小伙子中午还要赶到苏州河北虹口的厚生铁厂上班。

这位文质彬彬的小伙子就是浙江诸暨年仅21岁的青年俞秀松，托他送书稿的是其浙江一师的老师陈望道，书稿就是《共产党宣言》第一部中文翻译稿，接书稿的正是大名鼎鼎的陈独秀。小伙子办事稳当，得到了陈独秀、陈望道的信任。

俞秀松堪当如此评价。他不仅有远大抱负，而且一旦选择党的队伍后，就信念如磐，始终不渝地坚守初心。更重要的是，作为革命者，他的感情世界是高尚的。他不仅重父母兄弟的亲情，也重夫妻之间的爱情，还重党内同志的友情。

俞秀松（1899—1939），浙江诸暨人，出身书香门第，受到良好家教。17岁从山村考入杭州浙江省立第一师范学校，读到《新青年》，开始接受思想启蒙。

1919年北京发生五四爱国运动，他的灵魂受到震动，与同学积极发动 14 所学校 3000 名学生举行声援北京、上海学生的爱国反帝大会，并举行了浙江历史上第一次大规模的反帝反封建的示威游行。后成立浙江新潮社，创办了《双十》半月刊（后改为《浙江新潮》），俞秀松任主编，传播新文化新思想，成为杭州学生运动的领袖。

在《双十》发刊词中，俞秀松大胆提出一个改造社会的纲领："要本着奋斗的精神，用调查、批评、指导的方法，促进劳动界的自觉和联合，去破坏束缚的、竞争的、掠夺的势力，建设自由、互助、劳动的社会，以谋人类生活的幸福和进步。"他还提出以"改造社会"为宗旨，认为社会的责任在于"转变农工劳动者的思想和地位"，方法就是"自觉与联合"。

在这里，他破天荒地指出改造社会的责任要落实到劳动阶级身上。提出知识阶级里面觉悟高的人，应该打破知识阶级的观点，投身劳动界中和劳动者联合一致，向共同的目的奋斗。这个认识与同时期李大钊、陈独秀不分先后，显然是十分先进的。

《浙江新潮》是五四运动时期浙江宣传新思想最鲜明的一面旗帜。浙江一师老师、被誉为"四大金刚"之一的陈望道称赞《浙江新潮》是"浙江的一颗明星"！

陈独秀也在关注《浙江新潮》杂志。1920 年 1 月 1 日陈独秀在《新青年》第 7 卷 2 号发表"随感录"，称赞《浙江新潮》的议论更彻底"，尤其称赞施存统和沈端先两篇文章"天真烂漫，十分可爱，断断不是乡愿派的绅士说得出的"。"我祷告我这班可敬可爱的小兄弟"，就是报社被查封了，也要从别的方面发挥"'浙江潮'的精神"，"永续和'贫困和黑暗'奋斗"。给予了热情的鼓励和支持。

俞秀松是个追求进步、信仰坚定的人。他参与到党的创建过程中，

俞秀松（后排中）与部分外国语学
社学员（前排左为罗亦农）

成为首批党员。

1920年3月底，因北京工读互助团难以为继，俞秀松和同学施存统南下上海，受戴季陶、沈玄庐等挽留，入住《星期评论》社。根据戴季陶"投靠军队，不如投身工厂"的建议，4月俞秀松进入虹口厚生铁厂做工，了解和感受工人的苦难。5月，他参加了马克思主义研究会。6月，便追随陈独秀、李汉俊等筹建中国共产党，成为5名最早的党员之一。

8月22日，党的上海发起组成立中国第一个社会主义青年团组织——上海社会主义青年团，俞秀松是陈独秀指定的团书记。团章中明确规定"正式团中央机关未组成时，以上海团机关代替中央职权"。因此，俞秀松实际上也是团中央的负责人，担负着指导各地团的建设发展和筹备召开全国团代会、正式成立中国社会主义青年团的重任。

从1920年3月30日由北京来到上海，脱下长衫进入工厂车间做工，到8月又穿上长衫担任上海青年团的书记和外国语学社的秘书，俞秀松完成了一段重要的人生历练，实现了一次思想升华，成功转变为一个马克思主义者和中共党员。

与少数半途而废者不同，俞秀松政治信仰始终坚定不移。

1935年6月，俞秀松受联共（布）中央委派来到新疆学院任教。他结合新疆实际，提出了"以民族为形式，以马列为内容"的教育思想，掀起了轰轰烈烈的抗日救国宣传活动，新疆学院也被誉为"抗大第二"。他将马列主义理论列为必修课，将自身的坚定信仰传递给青年学生，在新疆埋下了马列主义的革命火种。

1937 年俞秀松含冤入狱。虽然蒙受冤屈，身处逆境，但他仍旧坚守革命的理想信念。他安慰年轻的爱人说："要坚强，不要悲伤，坐牢是革命者的家常便饭，要革命就不怕杀头，革命者是杀不完的，革命一定会成功。"

最让人钦佩的是，在早期中共党员中，俞秀松堪称政治与道义双馨的楷模。

信仰坚定的俞秀松，也是一个极重感情的人。他重亲情、爱情，尤重友情，情感世界不仅博大、丰富，而且深沉、高尚，其短暂的一生堪称中华民族优秀道德品质的典范。家书和日记记载了他的内心世界，尤其是家书。在奔走于革命斗争时，他时刻牵挂着家人和亲友，留下了一封封情真意切的红色家书，流露出对亲人的思念、对革命的执着。

俞秀松的情感首先表现为对广大劳苦大众的博大、深沉的爱。他热爱祖国，立志为中国劳苦大众的翻身解放而奋斗。1919 年，俞秀松离开家乡前曾对送别的大弟说："我这次出去，几时回来没有数。我要等到大家有饭吃，等到讨饭佬有饭吃时再回来。"为实现此目标，他说："我的志愿是要做一个有利于国、有利于民的东西南北人。"

俞秀松参与创建中国共产党、接受马克思列宁主义后，他的思想认识得到进一步升华。他在家书中表示，"我要救中国最大多数的劳苦群众，我不能不首先打倒劳苦群众的仇敌——其实是全中国人的仇敌——便是军阀"，抒发了他打倒军阀、解救人民的崇高理想和以身报

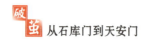

国的豪情壮志。这个理想符合当时中国社会改造的需要。

俞秀松也重视亲情，敬重父母长辈，关爱弟妹成长进步。他在给父亲的信中自称"是富感情也知自勉的人"，"是个自爱自奋的人"。即便在为革命而奔波各地时，也几乎每到一处都要写信告知父母，报个平安。给父母写的信是他留存至今最多的文献。

1921年4月6日从哈尔滨出发前往莫斯科前夕，他在家书中写道："父亲，你训诫我的几件事，我当时刻记在心头；你给我的两封信，我带在身边，不时诵读。"读罢这些家书，总给人以深沉的眷念之情。俞秀松留下的珍贵日记和书信，清晰地记载了他虽远离父母亲人却一直没有忘记对他们的思念之情。这些日记和书信至今仍保留在上海龙华烈士陵园。

尤其可贵的是，俞秀松极重友情，对革命战友和党内同志都以真诚相待。遍观他的日记，无论对无政府主义者沈仲九、刘大白等，还是受原浙江一师的老师陈望道的深夜之托，次日赶在上班前一早就将《共产党宣言》首个中文全译本送到老渔阳里2号陈独秀寓所，都反映了青年俞秀松对待朋友的真诚、对待师友的敬重。

在这方面最突出也最感人之处，还是他对陈独秀的态度。

俞秀松早年阅读《新青年》走上革命道路，随后追随陈独秀选择马克思主义、创建中国共产党，他十分感念陈独秀的知遇之恩、栽培之情。非常可贵的是，当陈独秀离开中央领导岗位，甚至被开除党籍、被扣上中国托派"匪首"、被污蔑为"日寇的奸细"、党内人人"谈陈色变"之时，俞秀松仍能坚持一分为二、实事求是的正确态度。

在残忍恐怖的苏联内务机构审判台上，面对弥漫法庭的对陈独秀的指控，他没有随波逐流，而是从实际出发表达自己的观点。他

说:"应当说,我同陈独秀过去有很好
的关系。我同他自始至终有很好的关
系。我反对他的错误路线,但他是中
国共产党真正的、典型的领袖。这样
的中共领袖是很难找到的……陈独秀
是一个好领袖,陈独秀无论如何是个
好人。"他既批判了陈独秀的错误,又
坚持了实事求是的态度。

俞秀松与盛世同的甜蜜结婚照

俞秀松的可贵品质,还在于他对
爱情的执着和坚守,堪称忠于爱情、
洁身自好的表率。

革命者也需要爱情。早年他因反对封建包办婚姻而离家,无论在
繁华的上海、浪漫的莫斯科,还是在西伯利亚大铁路的漫长旅途中,
在这些极易产生爱情也确实产生了很多爱情甚至奇特爱情的地方,俞秀
松能一直守身如玉,保持着高度的自爱和自重。

他的真爱出现在新疆迪化。1935年,俞秀松被派到新疆开展统战
工作。在这里他遇到了自己的真爱。爱人是新疆军阀盛世才的胞妹盛
世同,是一位青年学生。俞秀松按照党内组织程序申报了婚事,得到
了斯大林的批准。斯大林还送上了一箱礼品,除了名贵照相机、工艺
品外,还有一些布料。盛装礼品的漆布木箱至今仍珍藏在上海龙华烈
士陵园。

原本以为这段受到多方祝福的婚姻会有完美的结局,不料厄运转瞬
降临。因为遭到王明、康生的诬陷,1937年俞秀松含冤入狱,后来又
被押解到苏联审判、关押。

更令人痛心的是，1939 年 2 月 21 日，俞秀松在莫斯科遭到苏联内务部的秘密杀害。

俞秀松的挚爱获得了年轻爱人毕生的真情回报。为表达对盛世才的愤恨、对爱情的忠贞，盛世同毅然改名安志洁。为寻找俞秀松，她拒绝去台湾，不顾安危，以柔弱之躯，万里迢迢，先到重庆后到南京、上海、杭州，万里追寻爱人足迹，最终找到烈士家乡浙江省诸暨县次坞镇溪埭村。得知俞秀松牺牲的噩耗，她忍住悲愤，嫁给尚未娶亲的烈士胞弟，并商定将长子、长女都过继给俞秀松，以延续烈士香火，使革命后继有人。其缅怀之情、拳拳之心，足以感天动地、垂范后人，不仅成就了一段值得大书特书的美丽佳话，而且在党内矗立起了一座道义的丰碑。

俞秀松的革命业绩最终获得了党和人民的认可。1962 年 5 月 15 日，俞秀松被中央人民政府追认为革命烈士。

1983 年 8 月 14 日，《人民日报》发表了《共产主义事业的开拓者——俞秀松烈士》的长篇报道。8 月 16 日，中国青年报发表《共产主义事业的先驱者——纪念中国社会主义青年团创始人俞秀松烈士》的重要纪念文章。两篇文章都高度评价了俞秀松烈士在建党、建团、培养我党高级干部、推进中国革命中所做出的贡献，赞扬他为共产主义事业坚持原则的高尚品质，以及为捍卫真理而奋斗的牺牲精神，恢复了俞秀松在党内和共青团内的历史地位。

九、刘少奇、任弼时从这里走出

新文化运动打破了青年一代的思想禁锢，五四运动更加速了思想解放的进程。一批正在探索和追求思想解放的进步青年纷纷向新文化运动的中心北京和上海聚集，有的从内地赶来，有的从海外归来。由于北洋政府推行专制统治，更多的进步青年向上海聚集。

上海的《星期评论》社是五四时期最早聚集进步青年的场所。但由于 1920 年 6 月《星期评论》被迫停刊，更由于新文化运动的旗手和五四运动的总司令陈独秀携《新青年》编辑部从北京来到上海，入住法租界环龙路老渔阳里，这里就成为进步青年向往的地方。

越来越多的进步青年为追求理想来到上海，区区一座 168 平方米的陈独秀寓所显然难以承载。因此，当 1920 年 8 月陈独秀领导创建了中国共产党上海发起组，22 日又成立了上海社会主义青年团后，设立一所供进步青年学习外语知识、选拔留学苏俄的新式学校，就显得十分必要。维经斯基一行的到来，就为这所学校的开办提供了经费和师资等必要条件。

时机已经成熟。为了培养党的干部，也为了掩护党团工作，在维经斯基的支持下，1920 年 9 月，党的上海发起组和社会主义青年团决定开办留俄预备班——外国语学社，地址就在距老渔阳里百米左右的法租界霞飞路（今淮海中路）的新渔阳里 6 号。

新渔阳里有旧式石库门建筑 33 幢，这里很适合设秘密机关。这里交通比较方便，步行去南京路（今南京西路）或南市老城厢（今中华路、人民路环线内）都仅需半个多小时，在附近乘电车转赴徐家汇、虹口、杨树浦也不太费劲；由于属上海法租界迟开发的僻静地段，房屋租金比东部旧城区、西部西式住宅区要低不少；对口的霞飞路巡捕房管辖范围广，巡捕人手不足，无法对各种思潮和政治活动实施严密监控。

尤为重要的是，作为石库门里弄，弄堂有多个出口，每幢自成独立空间的建筑均辟前、后门，遇紧急情况从二楼晒台翻越到隔壁也挺容易，安全系数高。

外国语学社的校舍，就被安排在其中一幢两楼两底的旧式石库门房屋里。这里本是戴季陶寓所，戴离开上海后，经陈独秀和维经斯基筹划，在这里办起了由杨明斋主持的中俄通讯社，不久又被作为上海社会主义青年团机关驻地。楼上办公和住宿，楼下设了教室。

外国语学社由杨明斋担任社长，青年团书记俞秀松为秘书，协助工作。内设英、俄、日和世界语等班。俄语教员初由维经斯基的夫人库兹涅佐娃和杨明斋担任，后又延请陈独秀老友王维祺的女儿王元龄执教。英语教员是北大毕业生袁振英、沈雁冰，法语教员是李汉俊，日语教员为李达，世界语教员为俄国新闻记者斯托比尔，马克思主义理论教员是陈望道。

9 月 28 日至 10 月 3 日，上海《民国日报》连续刊出公开招生广告《外国语学社招生广告》，称"本学社拟分设英、法、德、俄、日各班，现已成立英、俄、日语三班。除星期日外，每日每班授课一小时，文法读本由华人教授，读音会话由外国人教授，除英文外各班皆从初步教起。每人选习一班者，月纳学费银二元。月内即行开课，名额无多，有志学习外国语者，请速向法租界霞飞路渔阳里6号本社报名。此白"。

外国语学社所在的新渔阳里6号

虽然对外公开招生，但学员主要由各地党团组织和个人引荐，多来自湖南、浙江、安徽三省。湖南进步青年刘少奇、任弼时、萧劲光等成为首批学员，并从这里奔赴苏俄，踏上了中国革命的艰难征程。

刘少奇（1898—1969），出生于湖南省宁乡县花明楼炭子冲，幼时上过六年私塾。少有大志，为表达保卫中华民族的决心，曾将名字"渭璜"改为"卫黄"，曾受武力救国思想的影响，入湖南陆军讲武堂学习半年军事。1919年中学毕业后，曾入保定育德中学附设高等工艺预备班（即留法预备班）半工半读。后于1920年8月经湖南船山学社贺民范介绍，进入上海外国语学社学习俄文和马克思主义知识。

刘少奇在外国语学社期间，常抽空阅读《新青年》杂志、上海《民国日报》"觉悟"副刊、《时事新报》"学灯"副刊等，还借助词典为杨明斋主持的中俄通讯社翻译、校对文稿，配合上海共产党早期组织创办的《劳动界》周刊做收发、进行缮写。

1921年3月，在杨明斋和俞秀松的带领下，刘少奇离开外国语学社前往苏俄，在莫斯科东方大学系统学习《共产党宣言》《共产主义ABC》《政治经济学》等马克思主义著作，坚信马克思主义"确实是真理，确能救中国"，当年冬天正式转为中共党员。

与刘少奇一起到上海外国语学社学习，并一同奔赴莫斯科东方大学学习的，还有湖南汨罗县的任弼时。

任弼时（1904—1950），出生于湖南汨罗县一个教员之家，5岁就随父亲读书，7岁入明德小学，12岁去长沙考入师范附属高小，后入长沙长郡中学学习。在校内受五四运动影响，积极参加游行宣传等爱国活动。他也是联系旅法勤工俭学未成而受长沙俄罗斯研究会选派，来到上海外国语学社的。

与任弼时中学同学、一起受长沙俄罗斯研究会选派到上海外国语学社学习，并一同奔赴莫斯科东方大学学习的，还有湖南长沙的萧劲光。

萧劲光（1903—1989），出生于长沙一个贫苦的小手工业者家庭，幼时也读过私塾和新式学校。1917年在长沙长郡中学与任弼时同学并成为好友。同样受五四运动影响，积极参加了游行宣传等爱国活动。

刘少奇、任弼时、萧劲光一同进入的，是共产国际为培养东方国家革命者而专门设立的莫斯科东方大学。1920年9月1日，共产国际召开东方民族大会，决定在莫斯科创办东方劳动者共产主义大学，次年4月，东方劳动者大学在莫斯科建立，简称"东方大学"。直属于苏俄教育人民委员部，10月21日正式开学。斯大林任名誉校长，经常亲临指导。

这三位湖湘子弟虽然后来的人生各不相同，但都坚守着在外国语学社学习时的初心，始终坚持革命斗争。1922年春，刘少奇根据组织决定回国。先到上海中国劳动组合书记部工作，8月奉陈独秀的指示从上海来到长沙，从事湖南粤汉铁路工人运动的领导工作。他首先要找位于清水塘的中共湘区区委接头，在这里他见到了区委书记毛泽东，开始在毛泽东的直接领导下开展工作，与李立三等领导安源路矿工人大罢工并取得胜利，初露锋芒。

任弼时1922年初出席了远东各国共产党及民族革命团体第一次代表大会。12月由中共旅莫支部会议通过转为中共正式党员，并接替瞿秋白担任莫斯科东方大学中国班西方革命运动史课堂俄语翻译。1924年1月曾为列宁守灵。8月奉派回国，被留在上海共青团中央机关工作兼到上海大学教授俄语。因时任团中央书记张太雷长期留在广州担任苏俄顾问鲍罗廷的翻译兼助手，此后两年间任弼时代理团中央书记，从而崭露头角。

萧劲光1922年也在东方大学转为中共党员，后一度转到苏联红军学校学习军事。1924年1月列宁逝世后也曾为其守灵。同年秋萧劲光回国，被派到湖南安源路矿从事工会工作。后被派赴广东，任国民革命军第二军第6师

外国语学社旧址

党代表。北伐战争中，曾率部参加南昌、南京、鄂西等战役。大革命失败后，萧劲光再次奉派赴苏，入列宁格勒军政学院，系统学习了军事理论和政治理论知识，从此走上军事斗争道路。

其时，与刘少奇、任弼时、萧劲光同在外国语学社的学生，人数最多时有五六十人，赫赫有名的就有罗亦农、彭述之、任作民、王一

飞、李启汉、曹靖华、许之桢、汪寿华、柯庆施、傅大庆、周兆秋、蒋光慈等，他们中有 30 多人先后被派赴苏俄深造，度过了半工半读的岁月。他们后来有的成为党中央领导人（罗亦农、彭述之），有的成为著名学者。

1921 年 7 月，党的一大召开，外国语学社结束了自身使命，逐渐停止了活动。

办学不到一年时间的外国语学社，为培养中国共产党的干部发挥了重要作用，是党创办的第一所外国语学校，也是党创建的第一所培养干部的学校，被称为"中国共产党的第一所党校"。

外国语学社有明确的办学目标，就是学好俄文，出国深造，去俄国学习先进的革命真理。学员们学习也特别努力。萧劲光回忆：我们的学习目的很明确，就是要到俄国去，学习革命道理，回来搞革命，改变落后黑暗的旧中国。所以，我们学习俄文都很用功、很刻苦。

外国语学社特别重视政治学习，组织学生学习《共产党宣言》和《共产党》月刊等。每周都要举办一次政治报告会，有时还邀请陈独秀、沈玄庐、李达等来社演讲。除提供外语教材外，还把上海共产党早期组织成员李汉俊翻译的《马格斯资本论入门》、陈望道翻译的《共产党宣言》作为必读书籍。萧劲光就曾说到他读的第一本马列的书就是外国语学社发的《共产党宣言》，"书的封面上有一个大胡子的马克思像"。

外国语学社也是上海共产党早期组织开展革命活动的场所，上海社会主义青年团在此吸收了二十余名新团员。包惠僧回忆：当时党的一些公开的或半公开的集会，如李卜克内西和卢森堡纪念会、纪念五一劳动节、马克思诞辰、"三八"妇女节等集会，都是在这里举行的。

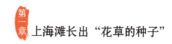

除了学习，学生还在党团组织的领导下，参加革命实践，外国语学社的很多成员后来也加入了团组织。刘少奇就曾和学员们一道，积极参加了各种革命活动，而且也曾深入工厂，了解工人群众的疾苦，帮助建立基层工会组织。党领导的第一个红色工会上海机器工会就是1920年11月在外国语学社正式成立的。

外国语学社留给师生的记忆也是深刻的。王元龄多年后仍能清晰地回忆起当年给学生上课的情景："教室在楼下客堂，黑板挂在中间，黑板面朝东。学生约有50人，课桌放得很挤，中间有两条走道。"

外国语学社的进步活动引起了租界当局的警觉。为破坏五一劳动节大会，法租界巡捕房1921年4月29日搜查了外国语学社，没收了部分传单等宣传品。此后，外国语学社便逐渐停止了政治活动和教学活动。

十、他被毛泽东称为"救命菩萨"

美国记者埃德加·斯诺在《西行漫记》中记载了毛泽东谈过的一件生动而有趣的从北京去上海的往事。

"1919 年初，我和要去法国的学生一同前往上海。……可是我到达浦口的时候又不名一文了，而且没有车票。没有人可以借一点钱给我，我不知道怎样才能离开浦口。"毛泽东风趣地告诉斯诺，"更糟糕的是我仅有的一双鞋子也给贼偷去了。哎哟！怎么办呢？可是'天无绝人之路'，我的运气不坏，在火车站外，我遇见了从湖南来的一个老朋友，他成了我的'救命菩萨'。他借钱给我买了一双鞋，还足够买一张去上海的车票。就这样，我安全完成了我的旅程。"

公开称人家为"救命菩萨"，这在毛泽东还是第一次。毛泽东所说的"救命菩萨"，就是他在湖南第一师范学校的同学和一师附小的同事李中。

李中（1897—1951），原名李声澥，字印霞，湖南湘乡（今属双峰）人，李中自幼聪明好学，乐善好施，深得父母钟爱。13 岁时李中在父亲所办的乡间私塾读书，听到辛亥革命爆发的消息，就毅然带头将自己脑后的小辫子剪掉，以示追求进步，拥护革命。随后李中的思想更为进步，渐渐对旧学产生反感，而对新学心向往之。1913 年秋，他报考湖南省立第一师范学校，与同乡蔡和森一同被录取，并在这里与毛

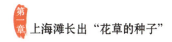

泽东、罗学瓒等结识。

刚入校时，李中只知埋头苦读，但受毛泽东、蔡和森等进步同学的影响，很快他便积极投身于各类社会活动。1915年春期末，为反对由校长张干提议、省议会作出的要学生缴10元杂费的新规定，一师学生在毛泽东等领导下掀起了驱逐张干的学潮，李中积极参与。

李中还协助过毛泽东开设工人夜校。当时，由一师学友会开设的工人夜校分甲、乙两班，李中是乙班的管理员，每周二、四、六晚上，他都坚持到夜校组织工人学习。在与工人群众的接触中，李中亲眼看到了他们身处社会最底层的辛酸苦楚，由此迸发出的深切情感也让他在今后岁月里，与这个阶层血脉相连。

1918年夏，李中从一师毕业，先留在本校附小执教，成了毛泽东的同事。后来到了上海，在一家古玩商店做会计，帮工糊口。受过正规的教育，加上十里洋场的眼见身触，亲身的生活艰辛，令李中忧国忧民，追求进步，颇有正义感。他经常要为店主到浦口、南京去收购古董，就是1919年3月这趟偶遇了路过浦口、身无分文的毛泽东，就毫不犹豫地助了一臂之力。

李中素来敬慕陈独秀和《新青年》。1920年3月，陈独秀入住上海老渔阳里，李中闻讯后多方打听，几经周折，才找到陈独秀的寓所，并常去拜访请教。陈独秀亦逐渐了解了这位热忱且有文化的青年工人，不仅鼓励他离开古玩商店进入沪东江南造船厂做产业工人，而且经常送给他新出版的《新青年》等进步书刊，引导他一边做钳工（一说锻工），一边广结工友，从事工人运动，启发他到广大工人中去传播新思想。

上海江南造船厂是一所创办于洋务运动时期的近代化大型军工企

业，有 3000 多个产业工人，他们大多来自曾国藩、李鸿章的家乡湖南、安徽。李中可以找到不少湖南家乡的工友，便于组织工会开展工人运动。所以他毅然决然辞去古玩店的工作来到江南造船厂做工，并特地改名李中，意为要做工人中的一员。这个做法得到了陈独秀的赞同。

5 月，毛泽东再次来到上海时，李中不仅向毛泽东介绍了自己在江南造船厂帮助陈独秀筹建工会的经历，畅谈了当工人的体会，并劝说毛泽东也入工厂，还陪同毛泽东拜访了陈独秀，成就了那次对毛泽东的一生产生"决定性影响"的长谈。毛泽东很想入工厂做工，但为了"湘事"，即建立党团组织和开展革命活动，毛泽东还是离开上海返回了湖南。

8 月初，李中受邀搬来老渔阳里与陈独秀同住。正是在陈独秀寓所居住期间，李中得以结识上海发起组的成员李汉俊、李达、陈望道、李启汉、包惠僧和俞秀松等同志。

8 月 22 日，上海社会主义青年团成立，李中成了第一批团员。在与这批马克思主义知识分子的接触中，李中的政治觉悟和思想理论水平渐渐提高。此后，他积极为上海共产党发起创办的工人刊物《劳动界》组稿、撰稿，宣传马克思主义。

9 月 26 日，他在《劳动界》第 7 期刊出署名"海军钳工李中"的《一个工人的宣言》，阐述了马克思主义关于"全世界无产者，联合起来"的观点。文中说："将来的社会，要使它变成工人的社会；将来的中国，要使它变成工人的中国；将来的世界，要使它变成工人的世界。"这篇宣言一直被史学界作为工人阶级觉醒的先声而广为引用。此后，他更以通俗晓畅的语言，向广大工人宣传马克思列宁主义。

李中在上海党团组织的领导下开始筹备上海机器工会，并与陈独秀一起起草了《上海机器工会简章》，宣称组建机器工会的目的是：……以公共的力量，改良地位，增高生活，谋相互的亲睦，互相的扶助事业，研究劳动市场状况，要求雇主增加工资，减少工作时间，设立病伤保险费，

上海社会主义青年团旧址

设置卫生设备，其他关于增进本会会员福利的各种事业。这是中国历史上第一个工会章程。

10月3日，上海发起组在外国语学社召开上海机器工会发起会。11月21日，上海机器工会在白克路（今凤阳路）上海公学召开成立大会，李中受命为常驻办事员，主持日常工作。当天有近千人参加，孙中山、陈独秀"同框"出席大会，这是非常罕见的一幕。在演说中，陈独秀对机器工会寄予厚望，肯定了工人阶级作为社会"台柱子"的重要地位。

在第一个工会组织——上海机器工会的影响下，上海印刷工会、纺织工会等相继成立，推动了党领导工人运动的发展。

1921年5月，上海社会主义青年团因观点不一、分歧颇多而解散，李中由此脱团。7月，中国共产党在上海建立，李中赞成党的政治主张，被转为中共正式党员，从而成了上海也是全党第一个工人党员。

入党后，李中更加积极地投入上海的工人运动事业。他继续在杨

树浦沪东造船厂主持上海机器工会，并曾试图联合上海印刷工会组织上海各业工会联合团体。

1927 年，蒋介石在上海发动"四一二"反革命政变，大肆屠杀共产党员、国民党左派及革命群众。李中被迫转移至浙江，不幸被捕，经各方营救后获得释放。

不久，李中脱离了党组织，返回家乡湖南双峰从事教育工作，开办求实学校，教授新学。至新中国成立，培养学生数以千计。李中祖上四代皆为私塾先生。从前，祖辈们教的是四书五经，灌输的是仁义礼智信的儒家之道。此后，李中教的是数理化生，传播的是马列主义思想。他以青春热情投身革命洪流，用淡定从容培育栋梁之材，始终不变的，只有那份爱国情怀。

毛泽东也感念他的"救命菩萨"李中。全国解放后，李中几次写信给毛泽东要求参加党的工作。毛泽东曾接连三次回信，邀他进京。1951 年 7 月，李中于赴京途中不幸病逝，年仅 54 岁。

作为我党工人运动的先驱，党和政府并没有忘记李中。改革开放新时期，李中入选了中国中共党史人物研究会组织编写的《中共党史人物传》第十二卷，这比他所崇拜和追随过的陈独秀要早得多。陈独秀直到第五十一卷才入选其中。

2016 年 9 月，湖南省双峰县委、县政府隆重举行了纪念李中诞辰 120 周年座谈会，来自全国各地的专家、学者和新闻媒体出席。这是党、政府和社会对中共党史上第一位工人党员最好的怀念。

第二章

『被风吹散在遍地』的火种

一、霞飞路上的俄国红色使者

上海的淮海中路旧称霞飞路，百年前已是车水马龙、一派繁华。其716号，尽管原建筑早已不复存在，但翻开中国共产党创建史的厚重画卷，这个门牌号码从未被抹去；这里住过的一批俄国的"神秘房客"，也从未被历史遗忘——他们，就是"红色使者"维经斯基小组，领头的人叫维经斯基，中文名就是令人熟悉的吴廷康。

入住霞飞路的这批俄国记者，刚从北京经山东济南而来。

1920年四五月间，这五位来自苏俄的神秘客人悄然住进了霞飞路716号。彼时的维经斯基才27岁，公开身份是俄文《上海生活报》记者，一直有"采访"任务，由于不会说中文，随身带着一个旅俄华人担任翻译，叫杨明斋。

《上海生活报》不是一张普通报纸，维经斯基也不是一个普通记者。十月革命胜利后，欧洲革命进入高潮。1919年7月，苏俄发表"第一次对华宣言"，1920年3月，《上海生活报》率先刊登了宣言原文。维经斯基受俄共（布）远东局海参崴分局外国处的派遣，来中国了解五四运动后中国革命的状况，以及围绕建立共产党组织开展工作。同年5月，他在沪建立了中俄通讯社，不久成立了共产国际东亚书记处。

来上海之前，维经斯基已经在北大红楼会见了李大钊，又经后者

介绍，前往上海找陈独秀。刚到上海，维经斯
基和杨明斋入住永安百货楼上的大东旅社，与
陈独秀接上关系后，才搬离旅社，迁往霞飞路
716号。这一地址几乎无人注意，1933年3月
陈东晓在东亚书局出版《陈独秀评论》一书后，
才偶然透露了这一鲜为人知的住处。

维经斯基

维经斯基既是俄共（布）远东局的代表，
也是共产国际的代表。这是他首次使华，其使命是什么？来自两个渠
道。远东局赋予其任务是：在上海建立共产国际东亚书记处；与中国、
日本、朝鲜的先进分子建立联系，帮助建立共产党组织；通过出版刊
物、小册子和印刷传单等来宣传马克思列宁主义和俄国十月革命。此
外，"向中国介绍苏俄的远东政策、远东共和国情况"，"召开一次全
中国的革命代表大会"等。共产国际赋予其使命有三项：一是同中国
社会主义团体联系，帮助组织正式的中国共产党和青年团；二是指导
中国工人运动，成立各种工会；三是物色一些中国进步青年到莫斯科
东方大学学习，并选择一些进步分子到苏俄游历。两方面的任务基本
一致。

维经斯基为何意属上海？由于上海是当时中国最大的工业中心，
有着数量众多的产业工人，又聚集了一批具有初步共产主义思想的先
进知识分子，具备建立共产党组织的条件和优势，自然是进行共产主
义宣传和创建中国共产党的最佳地点。

在霞飞路716号安顿后，他来回奔波于法租界的老渔阳里2号陈
独秀寓所（即《新青年》编辑部）、新渔阳里6号，还有白尔路三益里
17号（今自忠路163弄17号）《星期评论》社之间。从霞飞路716号

维经斯基首次来沪时居住的大东旅社旧址

走到新老渔阳里，都只要步行十来分钟，非常方便。

维经斯基随身带来了大量与共产主义、俄国革命相关的第一手文献资料。为了让不懂俄文的人也能看懂，他们的书还有英文版、德文版。维经斯基通过苏俄或共产国际解释的马克思主义，即以武装革命论和无产阶级专政为中心内容的列宁主义，在中国的共产主义运动中起着重要作用。

维经斯基一到上海，就开始为他的三大使命而忙碌。

首先是区分中国各种社会主义思潮。初来乍到，维经斯基联系的不仅有陈独秀，还有其他政治力量，包括无政府主义者，甚至还有资产阶级改良主义者胡适。6月维经斯基在给上级写信汇报工作时得意地宣布："现在实际上我们同中国革命运动的所有领袖都建立了联系。"

不久，维经斯基就发现自己错了，对中国实际不够了解。他很快就发现："中国现在关于新思想的潮流，虽然澎湃，但是，第一，太复杂，有无政府主义、有工团主义、有社会主义、有基尔特社会主义，五花八门，没有一个主流，使思想成为混乱局势；第二，没有组织，做文章、说空话的人多，实际行动一点都没有，这样决不能推动中国革命。"

其次是组建共产国际东亚书记处。1920 年 5 月，亦即维经斯基来华次月，就在上海成立了指导东亚各国工作的临时集体中心机构共产国际东亚书记处，驻地也设在上海，内设出版部、新闻报道部、组织部，下设中国科、日本科和朝鲜科。

此事不仅有早期来华工作的苏俄情报人员鼎力配合，更有陈独秀、戴季陶等沪上马克思主义者的竭诚帮助，办到也不难。

还有就是与中国各地的革命者建立了联系。也是得益于陈独秀等积极协助，维经斯基很快与其他地方的进步分子取得了直接和间接的联系。工作推进得如此顺利，维经斯基也很激动，1920 年 8 月，维经斯基在从上海给俄共（布）中央远东局的信中得意地宣称："当地有一位教授陈独秀，声望甚高，影响很大，他正在给各城市的革命者发信，以确定代表会议讨论的议题，以及会议地点和时间。"

此外，维经斯基还在新渔阳里 6 号成立了苏俄在华最早的新闻机构中俄通讯社，建立了社会主义青年团，开办外国语学社，资助开办了《新青年》《劳动界》《共产党》《上海伙友》等书刊，成立上海机器工会，并开展了对中国旧军队的策反工作。要完全描述清楚维经斯基在上海的活动几乎是不可能的。

尤为可贵的是，维经斯基在这里居住了大半年，还与中国早期共产主义者建立了深厚的信任和友谊，被陈独秀、李汉俊等认为"是可以深谈的同志"。在华期间，他还短暂去过北京和广州，次年 1 月就离开上海，经北京从陆路回国了。

关于维经斯基在上海的活动，中国共产党上海发起组的多位成员及其他一些当事人在后来的回忆中，都把维经斯基第一次来华的身份

看作是共产国际派来的使者。

在上海，他热情向大家介绍十月革命后的苏俄，陈独秀等人则介绍五四运动后的中国。上海共产党早期组织的成员、广东东莞人袁振英曾回忆道，"维经斯基到中国后，宣传共产主义，宣传组织共产党"，还"常到这里（即《新青年》杂志社，也就是陈独秀寓所）同陈独秀密商组织共产党问题"。

中共一大代表李达也与维经斯基接触较多："由于李大钊同志的介绍，威琴斯基（即维经斯基）到了上海，访问了《新青年》《星期评论》《共学社》等杂志、社团的许多负责人，如陈独秀、李汉俊、沈玄庐及其他各方面在当时还算进步的人们，也举行过几次座谈，其经过也和在北京的一样，最初参加座谈的人很多，以后就只有在当时还相信马列主义的人和威琴斯基交谈了。"

维经斯基不仅顺利地完成了重要使命，而且赢得中共党内交口称赞。

维经斯基虽然没能出席中共一大，但在中国共产党早期党员的心目中，他待人谦虚、坦诚、热情，尊敬和团结陈独秀等中国早期共产主义者，并与他们建立了革命友谊。工作中只是指导而不作指示，推动而不包办，工作经验丰富，工作方式合理，因而深受陈独秀等中国早期共产主义者的欣赏和欢迎，取得了良好的工作成效。

在北京多次见过维经斯基的罗章龙说：维经斯基"文质彬彬，学者风范"，"谈话辩才横溢，感情奔放，他的说理内容切实新颖动人，一席话使我们在政治方面的视野与过去显然不同了，大家憧憬共产主义远景，更是信心十足，一往无前"。

从建党到大革命的 1920 年至 1927 年间与维经斯基有过密切接

触的张国焘回忆："他充满了青年的热情，与五四以后的中国新人物气味相投。他的一切言行中并不分中国人与外国人或黄种人与白种人，使人觉得他是可以合作的同伴。他那时对中国情形还不熟悉，也不妄谈中国的实际政治问题。他这种谦虚的态度表现在他很推崇陈独秀先生和他在上海所接触的中国革命人物，总是说他们都是学有专长的。他的这种气质表示他确是俄国革命后的新式人物，也许这就是他能与陈独秀先生等相处无间的最大原因。"基于此，张国焘认为："他给我的最初印象不是一个学者型人物，而是一个具有煽动能力的党人。"

大革命时期与维经斯基接触较多的李维汉回忆并认为："我有机会同吴廷康接触过几次，觉得他还是有问题可以商量的同志。"

苏俄方面也有类似的评价：认为"他有出色的外交能力，能以诚相见，待人友好，善于了解到他人的性格、思想和习惯，这就大大帮助了维经斯基同中国共产主义者之间建立紧密的关系……共产国际使者深刻的共产主义精神和他朝气蓬勃的热情，强烈地吸引了1919年五四爱国运动中锻炼出来的一代中国革命者。中国最高的马克思主义者从维经斯基身上第一次看到了'俄国革命中诞生的新型政治活动家'的形象"。

与后来来华的共产国际代表马林刚愎自用、颐指气使、包办代替、打小报告等工作作风相比，维经斯基自然能够受到陈独秀等中国共产主义者的欣赏和欢迎，以至于维经斯基奉命回国后陈独秀仍然对他念念不忘，甚至撇开共产国际驻华代表马林向维经斯基写信，直接请求共产国际改派维经斯基代替马林担任驻华代表。

后来，维经斯基奉派一共五次来华，1920年4月是第一次来中国，到 1927 年 6 月最后离开中国。在这七年中，累计在中国的时间达四年之久。虽然他没有直接参加中共一大，但正是他"使命必达"，从中国北方来到南方，播撒了共产主义火种，促使中国共产党在上海、北京孕育，在上海诞生，中国革命开启全新征程。

二、"明目张胆"地建立共产党

在中国共产党创建过程中，最早提出建立无产阶级政党的，可能是陈独秀、李大钊或李汉俊，但明确"主张建立共产党"的，不是别人，却是时年25岁的蔡和森。

蔡和森是中共中央早期的重要领导人，杰出的共产主义战士，无产阶级革命家、理论家和宣传家。说他是中央早期重要领导人，那是因为蔡和森是中共第二、三、四、五、六届中央委员，第三、四届中央局委员，第五、六届中央政治局委员、常委。他还担任过中共中央代理秘书长、中共中央宣传部部长、中共两广区委书记。

蔡和森

但他更主要的身份还是理论家和宣传家。

蔡和森（1895—1931），别名蔡林彬，祖籍湖南湘乡县，出生在上海江南机械制造总局的一个小官员家里。1899年四岁那年的春天，蔡和森跟随母亲葛健豪回到了家乡湘乡县。不久，父亲也从上海回到故乡，几经辗转，最后定居于山清水秀的永丰镇。

蔡和森自幼深受湖湘文化滋养，培养了"天下兴亡，匹夫有责"的爱国主义思想和"敢为天下先"的英雄主义精神。13岁的蔡和森到蔡广祥辣酱店当学徒。蔡和森立志读书，所以在三年学徒期满后，进入了永丰国民小学读三年级，用了一个学期，就越级考入了双峰高等小学。1913 年 18 岁时考入著名的湖南省立第一师范学校。次年春，由于第四师范并入第一师范，蔡和森得以结识毛泽东，并结为挚友。

在湖南一师，蔡和森可谓大名鼎鼎。因为喜欢文史，蔡和森得以结识杨昌济、徐特立等文学部教师。1917 年秋从湖南第一师范毕业后，寄居在半学斋杨怀中先生寓所，与毛泽东、罗学瓒、张昆弟等青年畅谈理想，探讨人生观，准备建立革命团体。

更重要的是，他与青年毛泽东志同道合。在当时湖南进步青年中就盛称"毛蔡"，并奉之为表率："和森是理论家，润之是实践家。"1918年 4 月 14 日，他与毛泽东及其他有志青年在蔡和森家中正式成立了新民学会，这是五四以前全国最早成立的革命团体之一。难能可贵的是，他们很有章程意识，制定并通过了《新民学会章程》。也很有档案意识，还编印了《新民学会会员通信集》，给我们留下了许多宝贵的第一手资料。

他是新民学会会友中第一个吹响了欢迎十月革命号角的先进分子。1918 年 6 月 23 日，蔡和森受学会的委托，赴北京组织赴法勤工俭学事宜。在北京，他拜访了北京大学校长蔡元培和正在研究俄国十月革命的李大钊，在给毛泽东的信中说"近来俄之列宁颇能行之，弟愿则而效之"，明确表达了效仿之心。

蔡和森与毛泽东的突出表现，使他们不仅赢得了新民学会会员广泛的认同，也得到了已经调入北大任教授的杨昌济的器重。1919 年12 月，杨昌济病重之时曾给滞留上海的章士钊写信，向他郑重推荐了

蔡和森和新民学会部分会员在长沙

毛泽东、蔡和森。杨昌济如此赏识自己的两位弟子，应该不是没有原因。

在中共党史学界，最早提出建党思想的人，历来受到人们的敬仰。目前只有三种说法：一种是陈独秀与李大钊，一种是李汉俊，另一种就是蔡和森，认为蔡和森最早明确、系统地提出建党思想，而且涉及马列主义建党学说基本内容的各个方面。而且这三个人之中，要数蔡和森最年轻。

1920 年 7 月 6 日至 10 日，新民学会在蒙达尼公学的教室里举行了 5 天会议，会上蔡和森明确主张"建立共产党"、以"改造中国和世界"为学会的方针，得到了大家的赞成。须知，国内的陈独秀、李汉俊等人虽然已经建立了党的上海发起组，但党的名称是"社会共产党"，简称"社会党"，还没有蔡和森说得直接明了。

1920 年 8 月 13 日，蔡和森致信毛泽东，提出"无产阶级革命运动之四种利器"，"先要组织党——共产党"，作为"发动者、领袖者、先锋队、作战部，为无产阶级运动的神经中枢"，无产阶级专政是"现世革命唯一致胜的方法"。

1920年9月13日，蔡和森再次致信毛泽东，明确指出，要发展中国革命，"明目张胆正式成立一个中国共产党"。蔡和森认为：（1）这个党必须是无产阶级革命政党，是无产阶级的"先锋队、作战部"。（2）这个党必须以马克思主义为指导思想。（3）这个党必须采取彻底革命的方法，反对改良主义。彻底革命的根本问题是发动工农群众夺取政权，打碎旧的国家机器，"实行无产阶级专政"。（4）这个党必须密切联系群众。（5）这个党必须有铁的纪律。

当从毛泽东的信中得知陈独秀已在上海建党后，蔡和森于1921年2月11日给陈独秀写了一封长信，开门见山地表示："和森为极端马克思派，极端主张：唯物史观、阶级战争、无产阶级专政。""我是极端主张无产阶级专政的。"不仅旗帜鲜明，而且对列宁无产阶级政党的思想精髓把握得十分精准。

此信寄到了陈独秀在上海法租界的家里，陈独秀因在广州而没能及时收到。整整7个月后陈独秀见信立即回信，不仅表达了与蔡和森完全一致的观点，"主张革命是我们创造将来历史之最努力最有效的方法"，而且很盼望与蔡和森"加以详细的讨论"。

坚定的共产主义理想信念，深厚的马克思主义理论素养，以及对无产阶级政党内涵的准确把握，具备了这些条件的蔡和森，理所当然地引起了中共中央的关注。

就在陈独秀给蔡和森发出回信的次月，蔡和森被法国政府强行遣送回国。

1921年10月，蔡和森因领导留法勤工俭学学生斗争被法国政府强行遣送回国。年底，蔡和森在上海经陈独秀等介绍加入中国共产党，并在中共中央从事党的理论宣传工作，成为党早期重要的理论家和宣传家。1922年5月5日，蔡和森当选第一届团中央执行委员。会议后，他为团中央主编机关报《先驱》。

恰在此时，党内首次出现重要的思想分歧。

如前所述，党的一大后，由于在建党理念和革命方式上，李汉俊、李达、陈望道等理论家就与中央局发生了思想认识的分歧。他们主张党只能研究和宣传马克思主义，不能搞实际革命斗争。一切都要合法，不能进行非法斗争。中国无产阶级太落后，夺取政权至少还要几十年。这些显然不符合列宁的建党思想。这些分歧加上个人性格等因素，致使"二李一陈"在党的二大前后就逐渐淡出党的队伍。

很多人把"二李一陈"脱党的主要因素归结为陈独秀的家长制作风，看来不是那么简单的事。思想分歧才是根本。不过，"二李一陈"组织脱党但思想不退，他们仍然从事着马克思主义理论的教育、研究方面的工作，有的还做出了很大的学术成就。

蔡和森的归来正好弥补了党内优秀理论人才的缺乏，而且在工作中展现出深厚的理论修养和宣传才华。正在筹备召开党的二大的陈独秀，当然十分欣喜。

1922年6月，蔡和森为党中央起草了《中国共产党对于时局的主张》，并发表在团中央机关刊物《先驱》第9期上。这是中国共产党第一次在报刊上公开提出"打倒国际帝国主义"的口号。7月，党的二大通过了陈独秀、蔡和森等起草的《中国共产党章程》。这是党的历史上第一部党章，在全部6章29条中，第四章就是党的纪律。

党的二大不出意外地选举蔡和森为中央执行委员会委员，并担任党中央宣传部部长。此时他才 27 岁。一年后的党的三大上，蔡和森以与李大钊并列第二的得票数继续当选中央委员。最高票是陈独秀。

蔡和森在短暂的人生中留下了宝贵的学术和理论著作，不仅有《社会进化史》，更有《中国共产党史的发展》《党的机会主义史》《论陈独秀主义》等重要党史著作传世。

《社会进化史》是蔡和森于 1924 年 8 月在商务印书馆出版的学术著作，是中国人以马克思主义唯物史观写成的第一部社会发展史，是此类著作的奠基之作。此书的出版离不开陈独秀的鼎力推荐。为《社会进化史》的出版及稿费支付等事，从 1923 年底至 1924 年初的短短两个多月内，从来不为私事求助他人的陈独秀六次致信时任商务印书馆总编辑、早与自己政治分途的老朋友胡适，可见他对此书重视的程度。

中共党史是一门党性与科学性很强的学科，很难驾驭，尤其是刚刚成立不久的党史，非有深厚的史学和政治理论功底不可。蔡和森是中国共产党的第一部党史著作的作者。

1925 年底，接替李大钊担任中共驻共产国际代表的蔡和森，应邀在莫斯科中山大学作《中国共产党史的发展》长篇讲演。他详细回顾了从建党到 1925 年中央第二次扩大执委会议的历史，对中国革命的性质、党的历史任务和各阶级在革命中的作用作了深刻的分析，指出资产阶级的两面性，无产阶级是"革命的领导阶级"，农民是"工人阶级的同盟军"。史实清晰，分析透彻，论断精辟。其学术才华由此可见一斑。

当然，才华出众、理论修养高深的蔡和森也有性格上的缺点。他忠于爱情但不擅长表达，是个"直男"，埋头工作而缺乏生活情调。久而久之，"向蔡同盟"在情感上出现了裂痕。1926 年，向警予与蔡和森终于在莫斯科友好分手。

1931 年 6 月，时为中央政治局常委的蔡和森在香港因叛徒顾顺章出卖而被捕牺牲，年仅 36 岁。

毛泽东曾深情地说："一个共产党人应该做的，和森同志都做到了。"1980 年，邓小平题词说："蔡和森同志是我党早期卓越领导人之一，他对中国革命作出了重大贡献，中国人民永远记着他。"

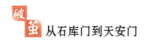

◗三、渔阳里的第一缕红色曙光

新年到了，上海租界的洋人们正沉浸在跨年的兴奋中。就在1920年元旦这天，上海《星期评论》周刊发表《红色的新年》的新年宣言：

一九一九年末日的晚间，

有一位拿锤儿的，一位拿锄儿的，黑漆漆地在一间破屋子里谈天。

……

他们俩又一齐说：

唉，现在我们住的、看的、用的、吃的、喝的、抽的，都没好好儿的！

我们那些锤儿下面作的工程，锄儿下面产的结果，

那儿去了！

冬！冬！冬！

远远的鼓声动了！

劳动！劳动！

不平！不平！！

不公！不公！！

快三更啦！

他们想睡，也睡不成。

朦朦胧胧的张眼一瞧，

黑暗里突然的透出一线儿红。

这是什么？原来是北极下来的新潮，从近东到远东。

那潮头上拥着无数的锤儿锄儿，直要锤匀了锄光了世间的不平不公。

……

这红色的年儿新换，世界新开！

上海滩上，戴季陶、沈玄庐于1919年6月创办的《星期评论》，与北京大学李大钊、陈独秀创办的《每周评论》齐名，被时人称为"舆论界最亮的两颗明星"。随着陈独秀南下上海，全国舆论界南北两地共执牛耳者终于有了地理和思想的交集。

从1920年2月19日陈独秀踏上上海十六铺码头，尤其是3月下旬入住老渔阳里，到他12月17日凌晨从十六铺码头登船前往广州，在这差不多300天中，陈独秀的行踪十分重要，值得追寻。只有厘清他的行踪，中国共产党上海发起组的头绪才会清晰起来。

离开惠中旅社，陈独秀来到附近的亚东图书馆继续养病数日。2月23日《申报》发表《陈独秀过沪之谈片》，透露了陈独秀在上海的消息，此后一月以内，"各界纷请演说，殆无虚日，如南洋公学、青年会、沪江大学等处，言论均备受听者欢迎"。

其实，陈独秀入住老渔阳里前，活动就已经开始了……

2月27日，应邀参加了全国各界联合会召开的上海工读互助团筹备会，并给予指导。

3月20日，在青年会演说《新文化运动是什么》。

陈独秀入住老渔阳里后，活动更加频繁，堪称马不停蹄……

3月25日，南洋公学学生分会邀请陈独秀演讲，这条消息没有点出演讲的题目。

3月29日，陈独秀应邀在位于上海西门的江苏省教育会演讲《现今教育之缺点》。

3月31日，孙中山在环龙路宴请陈独秀，国民党要员廖仲恺、胡汉民等作陪，席间为《新青年》"劳动界纪念号"题词"天下为公"。

4月2日，与吴稚晖、沈玄庐、沈仲九等人应邀出席上海船务、栈房工界联合会成立大会，并发表《劳动者底觉悟》的演讲。

4月13日，商界总联合会开会，添聘陈独秀等人为名誉董事。

4月16日与18日，又应邀先后出席中华工业协会等工会组织的会议，即席发表演讲。

陈独秀此时定居之处，位于上海法租界环龙路老渔阳里2号。这是一栋建成于1912年、内部是两上两下外加亭子间、面积168平方米的旧式石库门民居。这里本来是陈独秀安徽同乡辛亥老友柏文蔚的私宅，号称"柏公馆"，恰逢柏文蔚奉派外地参加护法斗争而离沪。眼见陈独秀半生东奔西走、南来北往，在上海一直居无定所，因而力邀陈独秀入住柏公馆。盛情难却，大约3月23—26日间，陈独秀入住了老渔阳里。

自1920年3月下旬正式入住老渔阳里，至1922年9月下旬离开，正好两年半时间。这既是中共创建进程中的重要岁月，也是陈独秀一生最重要的时光。上海的马克思主义者在这里集聚，《新青年》编辑部从北京迁入，中国共产党的第一个早期组织在这里成立，党的一大在这里筹备，一大成立的全国性的领导机关中共中央局在这里运转……

这里成了上海马克思主义者的集聚地。据《李汉俊》一书介绍，陈独秀从北京一到上海，立即来到白尔路三益里 17 号与李汉俊联络，并成为《星期评论》的常客。有了老渔阳里 2 号这个稳定住所，陈独秀就联络沪上和外地慕名来沪的志同道合者共同开展革命工作。"在陈独秀没有去广东以前，这个地方是经常集会之所。"

陈独秀在这里组织马克思主义研究会，并从这里出发，开始走进工人群众中宣传马克思主义，推动马克思主义与中国工人运动相结合。他联络了上海一批马克思主义者，而且接纳了来自全国各地的进步青年；在中国历史上第一次策划了"五一"节庆祝大会的召开，推出了《新青年》五一"劳动节纪念号"。

《新青年》编辑部被安排在一楼，陈独秀首先把陈望道招入编辑部，专门编辑《新青年》和《劳动界》。又吸收李达、李汉俊、沈雁冰、袁振英等进入编辑部，协助陈望道编辑《新青年》，促使《新青年》向马克思主义的方向转型，成为党的理论刊物。

据陈望道回忆，当时"大家住得很近（都在法租界），经常在一起，反复地谈，越谈越觉得有组织中国共产党的必要。于是，便组织了'马克思主义研究会'，这是一个秘密的组织，没有纲领，会员入会也没有成文的手续（参加者有陈独秀、沈雁冰、李达、李汉俊、陈望道、邵力子等）"。俄共（布）代表维经斯基也多次来老渔阳里 2 号拜访陈独秀。

马克思主义研究会只是一个研究团体，不能等同于中国共产党的组织机构，但毕竟有了建党的基本队伍。关于党的第一个组织建立的时间，历来说法有别。我们还是采用当事人的日记和回忆录为证。

据施存统《中国共产党成立时期的几个问题》回忆："一九二〇年六月间，陈独秀、李汉俊、沈仲九、刘大白、陈公培、施存统、俞秀松，还有一个女的（名字已忘）（引者按：应是丁宝林，又名丁崇侠，曾参与《星期评论》编辑部活动），在陈独秀家集会，沈玄庐拉戴季陶去，戴到时声明不参加共产党，大家不欢而散，没有开成会。第二次，陈独秀、李汉俊、俞秀松、施存统、陈公培五人，开会筹备成立共产党，选举陈独秀为书记。并由上述五人起草党纲。不久，我和陈公培出国。陈公培抄了一份党纲去法国，我抄了一份去日本。"

好事多磨，上海发起组的成立会开了两次，第二次才开成，参会的是5人。但究竟是6月的哪一天，党的名称叫什么，时间、名称都不明确，遗憾！

好在另一当事人俞秀松留下了日记，而且记载不止一处。据《俞秀松日记》记载：第二次开会的当天夜间，施存统坐船赴日本留学，俞秀松亲自去码头送别。施存统是6月19日夜间乘船离开上海东渡日本留学的，因此可以确定，第二次会议召开的时间就是6月19日，也就是说，党的上海发起组初步成立于1920年6月19日。

关于党组织最初的名称，据《俞秀松日记》记载和陈独秀《对于时局的我见》表述，都提到党的名称是"社会共产党"或"社会党"。两证相佐，可见上海发起组最初的名称是"社会共产党"。这不奇怪，同时期的英国、美国、日本等国的共产党都叫社会党。

7月19日，维经斯基在渔阳里召开上海革命局成立会，决定出版社会主义研究小丛书，组建又新印刷所进行印刷，由无政府主义者郑佩刚负责。

陈独秀和建党群英（油画）

8 月上中旬，陈独秀致信李大钊征询对党的名称的意见。李大钊与张申府商量后，于 8 月中下旬复信陈独秀，明确"就叫共产党"。接信后陈独秀改称"共产党"。这就标志着中国共产党第一个组织的正式成立。渔阳里的第一缕红色曙光已然升起。

据当时往返京沪并长期寄居老渔阳里 2 号的张国焘回忆："约在八月二十日左右的一个晚上，我从外面回到陈家，听见陈先生在楼上书房里和一位外国客人及一位带山东口音的中国人谈话。他们大概在我入睡后才离去，后来才知道就是维经斯基和杨明斋，这是我在陈先生家里发现他们唯一的一次聚谈。"看来维经斯基也同意定名"共产党"。

此后，陈独秀坐镇渔阳里，推动和指导各地建党。

除党的上海早期组织外，在其他地方 7 个党的早期组织中，经陈独秀直接推动建立的是北京（托张申府转告李大钊建党）、济南（亲自致函王尽美、邓恩铭建党）和留欧学生（分别致函赵世炎和陈公培与张申府联系建党）3 个；指导重建的是广州（指导谭平山、谭植棠、陈公博等北大毕业生对无政府主义色彩明显的原小组进行改组）；指定人员创建的有武汉（他先后派出李汉俊和刘伯垂回武汉发展党员，建立组织）、长沙（亲自函约毛泽东在湖南建党）和留日学生（指定施存统负责）3 个。除留欧学生外，7 个小组都派代表出席了党的一大。

权威党史著作《中国共产党的九十年》中写道："在中国共产党创建过程中，陈独秀起了重要作用。"而且首次确定了上海共产党组织是中国共产党全国性组织的唯一发起组地位。"在上海成立的共产党早期组织，实际上是中国共产党的发起组织，是各地共产主义者进行建党活动的联络中心。"突出了陈独秀和上海早期组织在建党中的地位和作用。

陈独秀还曾资助过长沙、武汉两地建党。据陈独秀亚东图书馆老板汪孟邹的侄子汪原放回忆，1920 年 7 月，毛泽东从上海返回长沙时，陈独秀给他写了一份担保书，毛泽东凭此担保书从亚东图书馆支取300 块大洋，以支持新民学会宣传马克思主义、建立党团的工作。同样，为支持恽代英返回武汉开展利群书社的建党工作，陈独秀也向亚东图书馆担保支取了 300 块大洋。1922 年陈独秀编成《独秀文存》交给亚东出版，以用版税偿还担保。

老渔阳里成了党的酝酿地。出入渔阳里的不仅有党的一大召开前上海早期组织的全部 14 个党员，即陈独秀、李汉俊、李达、陈望道、沈玄庐、邵力子、袁振英、林伯渠、沈雁冰、沈泽民、杨明斋、俞秀松、李启汉、李中，还有其他一些党内精英。

走笔至此，不禁想起了白居易的《长恨歌》：渔阳鼙鼓动地来，惊破霓裳羽衣曲。九重城阙烟尘生，千乘万骑西南行。

"中国产生了共产党，这是开天辟地的大事变。"

四、奋发有为的湖北建党群英

"惟楚有才，于斯为盛。"

每一位去过湖南长沙岳麓书院的读者，大概都会记得那里的这副著名对联。但要说明的是，湖南湖北合称"两湖"，这里的"楚"，更多的是指湖北。湖北是个人杰地灵的地方，它的省会武汉自古就有"九省通衢"之称，位置重要，交通便捷。

武汉位于长江中游，地处汉江与长江的交汇处。长江和汉江将武汉自然划分成武昌、汉口、汉阳三镇。近代随着汉口成为通商口岸，长江中下游的轮船航运业从 19 世纪 60 年代兴起，号称"黄金水道"的长江自西向东将武汉与上海连接起来，大大缩短了这两大中心城市之间的距离。成语"一衣带水"，说的就是长江。从汉口到上海，轮船顺江而下，一般 48 个小时（两天两夜）左右即可抵达。

优越的自然条件让武汉能"得风气之先"，不仅成为近代中国最早开埠的口岸之一，也是民族工商业和产业工人又一个集中地。创建共产党的经济基础、阶级基础都比较好。

武汉还是辛亥革命首义之地，革命的基础较好。辛亥革命后，许多资产阶级革命分子转向马克思主义，参与建党伟业。在党的 8 个早期组织中，武汉党组织的人数虽然不多，但有个突出的特点，就是群龙奋起，各尽风流。至少有三支力量在同时推进着建党伟业。

第一支力量是董必武、张国恩二位律师。他们接受马克思主义的时间较早，主要是接受了在上海从事马克思主义传播和中国共产党创建的李汉俊的指导。李汉俊在思想上影响了董必武，被董必武誉为"我的马克思主义导师"，同时也是董必武的入党介绍人。

董必武既是中国同盟会的元老，又是中国共产党的创建人之一。从辛亥革命到五四运动，他和林伯渠、吴玉章等，都是从资产阶级民主主义者向马克思主义者转变的典型代表。

护法运动失败后，董必武等避居上海，湖北老乡李汉俊向他介绍十月革命和苏俄的情况，推荐了一些马克思主义的书籍和中日进步杂志《新青年》《黎明》《改造》等。通过对革命失败的反思，也通过李汉俊的启发，董必武的思想发生了彻底转变，"遵从马列无不胜，坚信前途会伐柯"。马列主义向董必武打开了一扇光明的天窗。他如饥似渴、废寝忘食地学习，认真研读马克思主义的书籍，领略其中的精髓要义。

1919 年 8 月，董必武、张国恩回到湖北后，开始办报纸，但因为经费等原因没能办成。于是他们计划办学校，创办私立武汉中学，以培养进步青年。但现实又使他们遭遇挫折。在忧国忧民的情感和苦无出路的焦虑中，董必武写信向李汉俊诉说。

10 月 6 日，李汉俊写了封 1.5 万字的回函，回答了董必武急迫想解决的问题。他用唯物史观剖析经济、政治制度与文化教育的关系，指出只有实行根本制度改造，文化教育等上层建筑的弊端才能得到根本解决。此后，董必武思想发生了质的飞跃，开始树立起对共产主义的信念，成为坚定的无产阶级战士。

1920 年 8 月，在与陈独秀发起成立党的上海发起组后，李汉俊便函约董必武在武汉建立党的早期组织。

第二支力量就是包惠僧、郑凯卿，他们接受马克思主义的时间比董必武等稍晚，但直接的联络对象是陈独秀。

1920年2月上旬，陈独秀应邀到文华大学（今华中师范大学）参加学生毕业典礼，并在武昌高师（今武汉大学）做学术演讲。在为期4天的武汉之行中，陈独秀席不暇暖，积极宣传新思想，结交新朋友。

此次武汉之行，陈独秀与慕名而来的新闻记者包惠僧结识。

2月5日上午，包惠僧怀着崇敬的心情聆听了陈独秀在文华大学的演讲，随后又以记者的身份专程到文华大学访问了陈独秀。

8日晚上，陈独秀乘车北上返京。包惠僧又特地赶到汉口火车站为陈独秀送行。他给陈独秀留下了深刻的印象。

陈独秀给了包惠僧很多的思想引导和人生启发，后来发展他为中共武汉早期组织的首批成员。陈独秀成了包惠僧革命道路的引路人。包惠僧政治生涯的转机，是从采访陈独秀以后开始的。

这期间，包惠僧认识并影响了负责他饮食起居的郑凯卿，向他传播马克思主义思想，使他成为中共武汉早期组织的第一个工人党员，也是全国最早的工人党员之一。陈独秀委托郑凯卿调查武汉工人阶级状况，还向他传授了调查的内容和方法。作为一个文化水平不高的校工，得到新文化运动主将的信任，自然非常乐意参加这个组织。

数月后刘伯垂从广州经上海回到武汉时，带来了陈独秀的亲笔信。刘伯垂到金家客栈找到包惠僧，先将陈独秀写的一封信交给包惠僧，然后才说明自己的来意。他说这次路过上海，拜会了陈独秀，陈介绍他参加了他们创建的共产党组织，并要他回武汉找几位同志，一起创建武汉的共产党组织。

刘伯垂找到包惠僧后，又找到了郑凯卿。很显然，这也是陈独秀

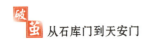

的安排。

第三支力量，就是刘伯垂、陈潭秋。他们直接接受陈独秀的委派，把武汉的三支力量联络起来，最终成立了武汉早期组织。

刘伯垂是陈独秀的留日同学、湖北人刘弼丞之子，也曾赴日留学，并接受了马克思主义。回国后，他开始是做律师，后于1919年在广州参与创办《惟民周刊》，宣传社会主义思潮。刘伯垂1920年在上海被陈独秀吸收为党上海发起组成员后，被专门派回武汉，与董必武、包惠僧等联系，组建中共武汉早期组织。

陈潭秋1919年毕业于武昌高等师范学校，在五四运动中积极组织学生运动。后来，他又率领武昌高师同学赴南京、上海等地参观学习，在上海时认识了董必武，一起讨论革命道路问题，谈得很投缘。陈潭秋回到武汉后，一面研究马克思主义，一面以记者身份，深入学校、工厂、机关等调查研究。他积极支持董必武的革命活动，和董必武一起开展革命宣传和组织工作，成为武汉地区传播马克思主义的先驱之一。

陈独秀1920年6月在上海创立中共上海发起组后，专门派刘伯垂持亲笔信回到武汉，与董必武、包惠僧等联系，把三支力量汇聚起来，共同组建中共武汉早期组织。

此外，他们还联系了省立一师的黄安人赵子健。赵子健参加过五四运动，1920年初从省立一师毕业后，应董必武的聘请到武汉中学任教，积极追求进步。这样，通过董必武等人的积极活动，这些思想上一致的年轻人很快会聚在一起，党员一下子就有了7名，组党工作快速发展。

1920年10月的一天，秋高气爽。董必武、陈潭秋、刘伯垂、张国恩、包惠僧、郑凯卿、赵子健怀着激动的心情，克制着兴奋，来到武昌蛇山北麓，齐聚抚院街（现民主路）97号董必武、张国恩的律师事务所。这个律师事务所是为了掩护党组织的秘密活动而开办的。在这里，他们举行了创建中共武汉早期组织的秘密会议。

会议由刘伯垂主持，他宣读了从上海带来的党纲草案，介绍了中共上海早期组织的组织和活动情况。参照上海的模式，他们研究了中共武汉早期组织的组织生活制度和工作安排。大家认为，中共早期组织成立以后，应该加

武汉早期党组织所在地旧址

强马克思主义的学习和宣传，加强党在工人中的工作。会议要求早期组织每周开会学习一次，每次会议都做读书报告或国内外时事报告。

会议推举包惠僧为负责人，刘伯垂租用了多公祠5号为党组织的机关驻地。中共武汉早期组织就这样正式成立了。

这一天，似乎很平常，没有宣传报道，没有石破天惊，甚至没有留下一丝痕迹。但就在这一天，在大江之滨，在黄鹤楼下，董必武等人在沉沉黑夜中燃起了一个新的革命火种。

武汉党组织成立后，大家一道致力于积极发展党的组织，开展革命活动，先后组建了武昌社会主义青年团和武汉马克思学说研究会，主办了支部机关刊物《武汉星期评论》。党的工作迅速开展起来。

需要说明的是，武汉党组织出席中共一大的代表是董必武、陈潭

秋，这主要是李汉俊推动的结果。因为筹备党的一大时，陈独秀正在广州，是李汉俊、李达所在的上海发起组承担了筹备工作。1921 年 7月，董必武与陈潭秋接李汉俊信邀到上海后，还去寓所拜访了他。

五、毛泽东在长沙"奋斗造桥"

1920 年 1 月 5 日，陈独秀在北京家中看完毛泽东主编的《湘江评论》，联想到几天前会见过率领"驱除军阀张敬尧"使团来京的毛泽东和易培基，他奋笔写下《欢迎湖南人底精神》一文，满怀喜悦地说："我们奋斗不过的精神，已渐渐在一班可爱可敬的青年身上复活了。我听了这类声音，欢喜极了，几乎落下泪来！""我们欢迎湖南人底精神，是欢迎他们的奋斗精神，欢迎他们奋斗造桥的精神。"

造什么"桥"？学识渊博的陈独秀借用的是南非女作家 Olive Schreiner 夫人小说中"蝗虫过河"的悲壮故事，以勉励毛泽东等"一班可爱可敬的青年"效仿湖南从王夫之到曾国藩、左宗棠、谭嗣同、黄克强、杨度和蔡锷等人前赴后继、勇敢顽强的牺牲精神。

1920 年 7 月，带着陈独秀的建党嘱托，也带着陈独秀从亚东图书馆为他担保取得的经费，毛泽东回到了湖南长沙。8 月，毛泽东、易礼容等即在潮宗街 56 号租了 3 间房，开办起长沙文化书社。文化书社经营的书刊，包括李汉俊翻译的《马格斯资本论入门》、李季翻译的《社会主义史》和邵飘萍翻译的《新俄国之研究》等译著。

这群 20 多岁的年轻人，面临的首要问题就是经费的严重短缺，他们通过融资，发动大家来入股。半年时间共收到股金 690 多元，其中当时的长沙县知事姜济寰投股 300 多元，长沙总商会会长左学谦投股

200元，入股的还有省长公署秘书长，兼任省教育厅厅长和一师校长易培基和仇鳌、朱矫等湖湘名流。

易培基是辛亥志士易白沙的胞兄，不仅是毛泽东在一师的国文老师，还是湖南"驱张"赴京请愿的"同行者"，更是毛泽东的赏识者。毛泽东创办文化书社，得到他的积极支持。他自愿充当书社发起人，出面邀集长沙各界有声望的人士，共同参与书社的发起和创办。这些有识之士的参与促成了一种"统一战线"，文化书社也就披上了合法的光环。

毛泽东运作有方，文化书社的影响力越来越大，购销书籍的品种也越来越多。文化书社经营了近300种书刊报纸，比如《新青年》《劳动界》等，销售火爆。这些革命进步书刊，把马克思主义传播到湖南各地，唤醒并提高了湖南青年的革命觉悟。

毛泽东与新民学会会员在上海半淞园

在文化书社宣传马克思主义的同时，毛泽东并没有完全放弃社会改良的主张。他对谭延闿推行的"湖南自治""还政于民"的政策仍抱有某些期许，但他起草的湖南自治运动请愿书中的要求，却遭谭延闿断然拒绝。由于湖南的军阀统治特别残暴，毛泽东的活动就需要隐蔽一些。况且峥嵘岁月、动荡之秋，年轻人的思想出现彷徨甚至反复，都是正常的。

无情的现实迫使毛泽东冷静下来。他在 11 月 25 日给新民学会会员向警予、罗章龙等人的信中说，"几个月来，已看透了"，"政治改良一途，可谓绝无希望"，我们"要造成一种有势力的新空气"，新民学会要"变为主义的结合才好"，"主义譬如一面旗子，旗子立起了，大家才有所指望，才知所趋赴"。这个主义，就是马克思主义。

文化书社披着商办书店的"马甲"，其实还是长沙共产党早期组织，以及党的创立时期中共湖南支部的秘密联络点。新民学会的一些重大活动，都是在文化书社内开展，由毛泽东发起组织的俄罗斯研究会在这里成立，外地共产党早期组织给长沙共产党早期组织的来信也多由文化书社转交。

文化书社还承担了融资和中转站的功能，湖南党组织成立初期，经费拮据周转不过来时，通过文化书社向钱庄贷款。中国共产党成立后，党中央每月拨给湘区的 60 元活动经费，也是寄给文化书社转交。

毛泽东一边以文化书社作掩护、筹经费，一边开始在湖南建党。

从上海回长沙，毛泽东通过新民学会会员联络进步分子，开展建党的宣传、组织活动。不久，陈独秀致信毛泽东，明确请他在长沙建立与上海同样的共产党早期组织，并先后寄来上海共产党早期组织创办的《共产党》月刊和上海出版的《共产党宣言》等。毛泽东把刊物送给青年朋友阅读，在志同道合者中间推荐、传播，播下建党的种子。

除陈独秀嘱托之外，远在万里之外法国蒙达尼小城的蔡和森也在向国内发出明确的呼吁。蔡和森于 1918 年与毛泽东等在长沙创建了新民学会，以"革新学术，砥砺品行，改良人心风俗"为宗旨成立新民学会，这是五四以前成立最早的革命团体之一。还发起和组织留法勤工俭学运动，并举家赴法。54 岁的葛健豪带着儿子蔡和森和儿子的女朋友向警予，也带着女儿蔡畅和蔡畅的追求者李富春一道赴法勤工俭学，更被传为佳话。

蔡和森从 1920 年初到达法国勤工俭学起，就如饥似渴地阅读上百种介绍马克思主义和俄国革命的书籍，废寝忘食地"猛看猛译"，并逐渐坚定了以马克思主义改造中国社会、挽救民族危机的信念。他认识到，要救国救民，就必须走俄国十月革命的道路，就必须建立一个无产阶级革命政党。

1920 年 7 月 6 日至 10 日，新民学会在法会员在蒙达尼的杜吉公园召开会议，确立"改造中国与世界"的学会宗旨。蔡和森更明确提出组建中国共产党，走俄国十月革命的道路，并与主张无政府主义和"温和革命"的会员展开了讨论。

经过深思熟虑，蔡和森向万里之外的祖国传播马克思主义和关于建党问题的一系列理论主张，他写给毛泽东和陈独秀的三封长信堪称"建党问题的鸿篇巨著"，成为"宣告中国共产党即将成立的光辉文献"。

1920 年 8 月 13 日，蔡和森从法国蒙达尼写信给毛泽东，提出必须建立中国共产党，提出"主义明确，方法得当，和俄一致"等原则。认为这个党应该是革命运动的发动者、宣传者、先锋队、作战部。他第一次提出"明目张胆正式成立一个中国共产党"的主张，并就建党原则、步骤等提出意见和设想。他也给上海的陈独秀写信，表达了建党的意愿。

毛泽东回信："我对和森的主张，表示深切的赞同。""你这一封信见地极当，我没有一个字不赞成。"其实，毛泽东、何叔衡等正在秘密地进行着建立党团的工作。

经过紧张而又隐蔽的准备，1920 年 11 月，毛泽东、何叔衡、彭璜、贺民范、易礼容、陈子博等6人在建党文件上签了名，在长沙成立了共产党早期组织，毛泽东任书记。6位具有共产主义觉悟的湘籍革命者，于暗夜中寻找光明，谋求进步；从实践中检验真理，发展真理。这一探索和追寻，为湖南有志青年指明了前进的方向。

长沙共产党早期组织特别重视建党思想、建党原则等问题。小组创建之后，毛泽东一方面以新民学会为依托，以马克思主义研究会、文化书社、俄罗斯研究会的名义，开展马克思主义宣传活动；同时创办工人夜校，向工人宣传马克思列宁主义，组织工会、领导工人进行斗争，促进了马克思列宁主义与工人运动相结合。

陈独秀曾用湖南革命者杨度"若道中华国果亡，除非湖南人尽死"的名言勉励湖南新青年，五四以后湖南年轻一代星汉灿烂，参加党组织的进步青年人数居全国第一。除长沙共产党早期组织外，湖南人邓中夏、何孟雄、缪伯英、罗章龙、李梅羹等均为北京共产党早期组织成员，李启汉、李中、陈公培等均为上海共产党早期组织成员。

湖南这些先进分子的入党年纪基本都在25岁以下，陈公培和李梅羹年仅19岁。其中，还创造了多个"第一"：缪伯英是中国共产党第一位女党员；李中原名李声澥，是毛泽东的湖南一师同学，也是中国共产党的第一位工人党员……

据统计，到1921年5月，全国留法勤工俭学学生有1600余人，其中，湖南有360名，约占四分之一；留法女生60名，湖南占40名。到1921年7月党的一大召开时，全国50多名早期共产党员中[1]，湘籍

---

[1] 中国共产党早期组织成员的具体人数，一直存在不同说法，多表述为"50多名"。中共中央党史研究室所著的《中国共产党的九十年（新民主主义革命时期）》认定是58名。

131

共产党员就有 20 名。中国共产党 8 个早期组织中，湘籍先进青年竟参加了其中的 6 个。

毛泽东在湖南"奋斗造桥"，其实就是"开天辟地的大事变"。毛泽东在长沙的建党工作，受到了上海发起组负责人李达的肯定，他说："当时党的工作很注重马列主义的宣传与工人运动两项，长沙小组的宣传与工运都有了初步成绩，从当时各地小组的情形看，长沙的组织是比较统一而整齐的。"毛泽东因此出席了党的一大。

中共一大结束后，共产国际代表马林从上海去桂林会晤孙中山，途经长沙时特意在文化书社停留，专门与毛泽东、易礼容等人交谈了很长时间。这给长沙党组织以极大的鼓舞。此后，湖南党的工作发展迅速，执行中央的指令成效显著。

两年后，在广州召开的党的三大上，中央执行委员会委员长陈独秀在政治报告中公开表扬了湖南党的工作，原话是"只有湖南的同志可以说工作得很好"。这也是三次党代会政治报告中唯一点名表扬、也是党中央第一次公开表扬党的地方组织，这是对湖南党的工作，也是对毛泽东党建工作的充分肯定。从此，毛泽东被选入中央领导机构，首次进入了党的领导核心。

六、不做"星二代"的小哥俩

1927 年 4 月 27 日至 5 月 9 日，中国共产党第五次全国代表大会在武汉召开。在大会选出的 31 名中央委员中，陈独秀和他的两个儿子陈延年、陈乔年都在其列。父子三人同时当选中央委员，这在我党历史上是空前绝后、绝无仅有的。

陈独秀继续当选，早在人们意料之中。但陈延年与陈乔年同时当选中央委员，看似令人惊讶，实则并不奇怪。这对一起长大、学习、为党工作的兄弟，不愿仰仗总书记父亲的庇护做"星二代"，而完全依靠自己的努力成为党内政治新星。

陈延年是陈独秀的长子，1898 年出生于安庆。陈乔年是陈独秀的次子，生于 1902 年。小哥俩自幼很少得到父爱，因为陈独秀终日为革命奔波在外，不仅极少回家，而且多次遭到清政府通缉，小哥俩只能跟着慈爱的母亲留在老家安庆。

然而，1913 年，陈独秀在家乡安庆领导安徽的"二次革命"，讨伐袁世凯。讨袁斗争失败后，陈独秀被迫经上海东逃日本。袁世凯在安徽的爪牙倪嗣冲奉命抄家并扬言斩草除根，陈延年、陈乔年小哥俩幸得邻居和友人相助，总算虎口逃生。

此时，已是翩翩少年的小哥俩一身正气，从小就对反动军阀充满了仇恨。他们对母亲说："我们要找父亲去，这个仇一定要报！"而不像有的作品所描述的那样，对父亲陈独秀成见很深，既缺少起码的亲情，也缺乏起码的尊重。

"斩草风波"后，陈独秀将小哥俩接到上海，陈延年进入法语补习学校学习法语，陈乔年则由父亲自教并跟着陈延年学习。陈独秀就任北大文科学长后，小哥俩被迫开始独立生活。为磨炼意志，陈独秀每月仅给小哥俩10元钱生活费，交了学费以后，所剩无几，小哥俩不得不半工半读，谋生自给。白天在外做工，晚上以地板为床，吃粗粮饼，饮自来水，夏天蚊咬无蚊帐，冬天寒衣无着落，一件夹衣一年四季不离身，面带饥色，身体消瘦。

1919年6月，陈独秀被逮捕入狱，已经成了全国性的公众人物和政治明星。同年底，作为"星二代"的兄弟俩却在华法教育学会资助下登上邮轮前往法国，在异国他乡一边求学一边读书，每天只能以面包蘸酱油充饥，日子极为艰难。在法国，兄弟俩结识了留法同学周恩来、蔡和森、赵世炎等，正式告别了无政府主义，成为共产主义战士。

1923年，旅欧中国少年共产党临时代表大会代表在巴黎合影
（前排左起：2为赵世炎，6为陈乔年，8为陈延年，11为王若飞；
中排左起：3为刘伯坚，5为李慰农；后排左起：5为傅钟，10为周恩来）

1922 年 8 月，兄弟俩经阮爱国（胡志明）介绍，加入了法国共产党。经中共中央研究，正式承认加入法国共产党的同志为中国共产党党员，组成中共旅欧支部，陈延年、周恩来、赵世炎等被推选为支部负责人。1923 年 4 月，在陈独秀直接过问下，中共旅欧支部选派包括兄弟俩在内的 12 位留欧学生赴莫斯科东方劳动者共产主义大学学习。

在国共合作形势下，1924 年夏陈延年奉命回国，奉派广州工作，不久接替周恩来担任广州区委书记。同年秋冬之交，陈乔年亦奉命回国，担任北京地委组织部部长。兄弟俩一南一北，陈独秀坐镇中间的上海，共同为中国革命披肝沥胆。

陈延年生活艰苦，作风朴素。在广州工作期间，陈延年经常穿着一身破旧的粗哔叽学生装，油渍斑斑，袖领破烂。深入一线参加体力劳动，出入于工棚，与工人打成一片，甚至经常替黄包车夫拉车，全然看不出是党的高级干部。时任国民党总政治部主任、国民党中央监察委员的吴稚晖提起陈延年就说："陈延年简直就是个黄包车夫！"

陈延年的办公、食宿都在一间只有十余平方米的房子里，房里只有一张条桌，一把藤椅，一个书架。书架顶上放着一个简单的铺盖卷，深夜工作完毕，将铺板一摆，打开铺盖，就草草入睡。他一心扑在工作上，从不为个人打算，也未顾及个人的恋爱和结婚。但是，他却是周恩来和邓颖超婚礼上的主婚人，见证了一对相爱终身的模范夫妻。

在陈延年、周恩来等共同努力下，处于国共合作前线的广州党组织，不仅党员数量由几十人迅速发展到数千人，而且"工、农、军各方面的工作，都得到长足的发展"。

有趣的是，作为中共在两广地区的主要领导，陈延年难免经常与在上海领导中央工作的陈独秀产生工作联系。有时是延年来上海中央开会，有时是工作书信或电报往来，怎样称呼对方是个难题。不意父子二人不落俗套，心领神会地一律互称"同志"：独秀（延年）同志。父子之间是一种亦师、亦友、亦同志、亦上下级、亦父子的平等关系。

1927 年春，陈延年奉派离开广州，前往武汉，在"四一二"反革命政变前从武汉被派往上海，调任中共上海区委代理书记（后任中共江苏省委书记）。陈延年到达上海之时，蒋介石就已发动了"四一二"反革命政变，大批共产党员和工农群众惨遭杀害，上海滩顿时血流成河。中共五大在武汉召开，选举陈延年、陈乔年兄弟俩为中央委员，父亲陈独秀继续当选中央委员、中央政治局委员、中央政治局常委和中共中央总书记。

沧海横流，方显英雄本色。党的五大后，党中央任命陈延年为中共江苏省委书记，机关设在白色恐怖之中的上海。

平心而论，此时上海已经处于极度的危险之中，是不折不扣的险境。而武汉的汪精卫尚未叛变革命，形势相对安全。陈延年本可暂留武汉，但为了党的工作，陈延年服从党的安排，冒着个人生命危险，毅然决然从武汉"逆行"上海。

不幸的是，6 月 26 日，因叛徒出卖，陈延年在上海江苏省委机关开会时被捕，被关押在北伐军司令部上海看守所。

上海淞沪警备司令部司令杨虎企图从陈延年嘴里掏出我党的核心秘密，对陈延年严刑拷打，结果一无所获。蒋介石获报后直接下令：此子之恶，胜过其父十倍，立即斩首严惩。这份电令至今仍保存在台湾"国史馆"。6 月 29 日夜，杨虎下令将陈延年等斩首。30 日，杨虎等给蒋介石发电汇报陈延年被处决。陈延年从被捕到牺牲，仅有短短的3天时间。

得知陈延年被捕和牺牲，反动派兴奋不已，吴稚晖更是欣喜若狂。他一向痛恨陈延年，认为他是共产党里不好对付的人物。陈延年牺牲后，吴稚晖当即给杨虎打来电报，祝贺他抓住了陈延年。

当天刑场的情景不同寻常。

一辆囚车鸣着凄厉的声音驶向上海龙华塔下的枫林桥畔。车停以后，从车上跳下5个刽子手。"下车！"刽子手高声吆喝着。一个五花大绑的青年被押下车。

"你叫什么？"监斩官例行公事，验明正身。"陈延年。""跪下！"刽子手一边厉声高叫，一边推搡着陈延年。陈延年一身正气，怒视敌人，立而不跪，正义凛然地说道："共产党人宁可站着死，不愿跪着生。"

刽子手将陈延年按倒在地，制止他高呼口号。刽子手一松手，陈延年就站起来，继续高呼口号。凶残的刽子手们一拥而上，挥舞手中的砍刀，竟然丧心病狂地将陈延年乱刀砍死，情景惨不忍睹。陈延年牺牲时，年仅29岁。

更让陈延年没想到的是，此后不到一年，他的弟弟陈乔年竟在同一座城市不远处地点英勇就义。

党的八七会议以后，陈乔年被从北京调到武汉，担任湖北省委组织部部长。几个月后，陈乔年也奉命调往形势继续严峻的上海，担任中共江苏省委组织部部长。这时，陈延年已英勇就义，陈乔年踏着兄长的血迹在上海与国民党反动派作斗争。

陈延年、陈乔年兄弟俩

然而，叛徒又出卖了陈独秀的第二个儿子。1928年2月16日，陈乔年正在上海开会期间，由于叛徒告密，会场被特务包围，陈乔年等11人同时被捕。陈乔年当时身份没有暴露，党组织决定让已经被捕、但身份也未暴露的共产党员周之楚顶替陈乔年。周之楚同意党的决定，表示将以自己的生命换取陈乔年的生命。谁知，周之楚的父亲是海外巨商，闻知儿子被捕的消息后，不惜重金将周之楚营救出狱。这样，陈乔年的身份完全暴露。

淞沪警备司令部司令杨虎，这个亲手杀害陈延年的刽子手用同样严刑拷打的手段审讯陈乔年。但陈乔年像他的哥哥一样坚贞不屈，始终严守党的秘密。狱中同志见他受了重刑，十分难受，他却淡淡地说："受了几下鞭子，算个啥！"

关押期间，陈乔年受尽酷刑，多次被折磨昏迷，但他宁死不屈。每当他苏醒时，就挣扎着给狱中难友讲故事。每讲一个故事，都不放过抨击国民党反动派的机会。

与一年前审讯陈延年一样，杨虎什么也没有得到，恼羞成怒。6月6日，陈乔年被押赴龙华刑场。陈乔年不知道的是，这里距离他亲爱的兄长壮烈牺牲的地方不到二里。

监斩官问陈乔年有何话可说，陈乔年大义凛然地说："共产党人何罪之有？该杀的是你们这些祸国殃民的卖国贼！"牺牲前，监狱中的战友为他即将被害十分难过。陈乔年却仍然乐观地说："让我们的子孙后代享受前人披荆斩棘换来的幸福吧！"

一声罪恶的枪声，年仅26岁的陈乔年倒在血泊中。

本可以只做"星二代"的兄弟俩，一年之内接连惨遭杀害，年纪轻轻就成了"兄弟英烈"。陈乔年在上海龙华被杀时，陈独秀就隐居在上海。他为中国革命连续牺牲了两个优秀的儿子，可悲可叹，可歌可泣。

毛泽东曾深有感触地说："在中国，本来各种人才都很缺乏，特别是共产党党内。因为共产党成立还没有几年，所以人才就更缺乏。像陈延年，的确是不可多得的人才。"

周恩来对老同学、老搭档、老战友陈延年的工作给予了高度的评价，他说："广东的党团结得很好，党内生活也搞得好，延年在这方面的贡献是很大的。"

董必武也称赞："延年是党内不可多得的政治家。"

2009 年 9 月 14 日，陈延年被中央宣传部、中央组织部、中央统战部、中央文献研究室、中央党史研究室、民政部、人力资源和社会保障部、解放军总政治部等 11 个部门联合组织评为 "100 位为新中国成立作出突出贡献的英雄模范人物" 之一。

七、为求真理他寻遍东西两洋

1979 年 10 月 16 日下午 4 时，法国政府和巴黎市在巴黎戈德弗鲁瓦旅馆前为周恩来的纪念牌举行隆重的揭牌仪式。这块带有墨绿色花纹的大理石纪念牌悬挂在戈德弗鲁瓦旅馆外墙上，纪念牌上端镶嵌着周恩来的半身铜像，下面镌刻着几行金字：

"周恩来（1898—1976），1922 年至 1924 年在法国期间住在这所房子里。"

在"周恩来"法文名字的上方，还刻有"周恩来"三个中文字，这是邓小平亲笔所书。

时任法国总统吉斯卡尔·德斯坦和巴黎市长、后来也是法国总统的希拉克都在纪念仪式上发表了讲话。两位领导人都用诗一般的语言赞颂了周恩来一生的革命业绩，回顾了他在法国勤工俭学的生活以及他对法国的情谊。

德斯坦总统说："对这位从不希望为自己树立纪念碑的人，我们希望在他开始自己的战斗生涯和对法国产生友好情谊的地方向他表示我们的敬意。"希拉克市长说，所有的巴黎人和全体法国人民对周恩来都有着怀念之情，而"这是对法国的一位朋友的怀念"。

纪念牌的揭幕标志着这种怀念将在法国人民中世世代代传下去。

周恩来，生于江苏淮安，自幼受到资产阶级民主思想的熏陶。民族危亡、山河破碎，使他在少年时代就萌发强烈的社会使命感，懂得了"为中华之崛起"而努力学习的道理，树立了以救国救民为己任的伟大抱负。

进入中学后，为挽救"积弱不振""外侮日逼"的祖国，周恩来积极组织进步团体，主持出版会刊，"研究各种学识"，探求救国真理，并大声疾呼"天下兴亡，匹夫有责"。

周恩来 1918 年在日本
东京留学

随着时代的发展、年龄的增长以及对国情了解的加深，周恩来忧国忧民的心情更加炽热。1917 年 9 月，周恩来东渡日本求学，出发前他写下了一首诗歌《大江歌罢掉头东》："大江歌罢掉头东，邃密群科济世穷。面壁十年图破壁，难酬蹈海亦英雄。"这首诗激情豪放、气势恢宏，表达了他矢志报效祖国的豪情壮志和伟大情怀。

周恩来思想的发展也与《新青年》杂志密不可分。就在这次东渡途中，他看了临行前朋友给他的《新青年》第 3 卷第 4 号，感觉很好。到东京后，他就把《新青年》第 3 卷全部借来细看，觉得自己"从前的一切谬见"被打退了好多。

在日本求学期间，他阅读了大量介绍社会主义和马克思主义基本原理的书籍。他在日记中写道：想要想比现在还新的思想，做要做现在最新的事情，学要学离现在最近的学问。思想要自由，做事要实在，学问要真切。他在留日期间进一步坚定了要用实际行动追求真理，探索救国道路的决心。

1918 年春节期间，彷徨中的周恩来再次把《新青年》第 3 卷找出来，重新反复阅读。其中所持的新思想、新观点，使他感到眼前变得豁然开朗。他开始树立这样一个信念：在"思想""学问""事业"上，都要毫不犹豫地抛弃"旧"的，追求"新"的，"去开一个新纪元才好呢"。他在那天的日记里兴奋地写下两句诗："风雪残留犹未尽，一轮红日已东升。"不过，这个"新"到底是什么，他还不是很清晰。

俄国十月革命的影响已经传到日本，马克思主义在日本广泛流传。周恩来又先后阅读了反映俄国十月革命的《震动环球的十日》、日本早期宣传马克思主义的重要著作——幸得秋水的《社会主义神髓》以及河上肇的《贫乏物语》，内心燃起了新的希望。

1919 年 1 月，河上肇创办的月刊《社会问题研究》出版，开始连载他自己撰写的《马克思社会主义的理论体系》。周恩来立刻成为该刊的热心读者。他由一个单纯的、处于彷徨之中的爱国热血青年，开始迈出走向社会主义、共产主义道路的关键性一步。他在一首诗中写道："潇潇雨，雾蒙浓；一线阳光穿云出，愈见娇妍。人间的万象真理，愈求愈模糊；模糊中偶然见着一点光明，真愈觉娇妍。"

周恩来（后排右一）与天津觉悟社部分成员

五四运动爆发后，周恩来从日本回到天津，立即积极投入轰轰烈烈的五四爱国运动，并应邀主办《天津学生联合会报》，以革新和革心为主旨，以改造社会和学生思想。还组织一个独立的团体觉悟社，出版《觉悟》杂志，并邀请马克思主义者李大钊来天津演讲，产生了不小的影响。

1919年9月25日，南开学校大学部开学。周恩来于9月8日注册入学，是南开大学的第一期学生。12月10日，由男女合组的天津中等以上学校学生联合会正式成立，并发出了抵制日货的号召。

1920年1月，周恩来组织学生和各界代表奔赴直隶省公署抗议学生被日本浪人殴打事件，反遭军阀当局的逮捕，直到7月17日才获释放。这是他第一次遭到反动当局逮捕。在狱中他和其他代表一起同敌人进行了英勇机智的斗争，迫使军阀当局无条件释放被捕学生。

出狱后不久，周恩来在觉悟社的一次会议上提出，只有把五四运动以后在全国各地产生的大小进步团体联合起来，采取共同行动，才能改造旧的中国，挽救中国的危亡。他认为，当时团体很多，思想复杂，必须加以改造，才能真正团结起来。

失去自由的半年，是周恩来马克思主义世界观形成的一个重要时期。正如后来他在讲到自己如何确立共产主义信仰时所说的，"思想是颤动于狱中"。从这个时候，他真正产生了一种革命意识的萌芽。出狱后，周恩来从一个关心国家民族的兴亡、积极参加进步学生运动的青年，逐渐走上了职业革命家的道路。

五四运动以后，国内掀起一股赴欧勤工俭学的热潮。周恩来也产生了这种想法。他想到马克思的故乡去实地考察资本主义社会的真相、深入了解各种改造社会的学说。在此基础上，选择一种适合中国国情的理论，运用到拯救中华的具体实践中。他还同天津《益世报》商定，以旅欧通讯员的身份，为该报撰写通讯，以所得稿费补贴在欧洲的生活费用。

1920年底，周恩来和其他中国学生一起从上海北外滩码头扬帆起航，远涉重洋，前往欧洲继续寻求革命真理。他从法国马赛转乘火车抵达巴黎，开始了在法、德两国近 4 年的留学生活。周恩来到法国的目的十分明确，就是要进一步学习革命理论，寻求根本改造中国的道路。因此，他如饥似渴地阅读马克思主义书籍和进步报刊，在华工和勤工俭学学生聚居的地区从事革命活动，同时奔走于欧洲各国之间，开展革命工作。

巴黎南部的意大利广场附近有一条幽静的小街，名叫戈德弗鲁瓦街，这条小街上有一座小旅馆——戈德弗鲁瓦旅馆，就是周恩来当年生活和工作的地方。

他在这里每天都撰写文章，向国内详细介绍法国和欧洲的政治社会情况和华人的生活状况。每到星期六下午和星期天，他就到华工和勤工俭学学生集中地区的咖啡馆演说，宣传革命真理，驳斥和揭露反动派的谬论。听过他讲演的人还记得，周恩来的讲话富有说服力和鼓动性。因此，在他演讲时总是掌声不断，给当地华工和中国学生留下了深刻的印象。

1922—1924 年在法国、德国勤工俭学的周恩来

当地还流传着一个"周恩来的雪茄"的故事。巴黎市中心有一条大街，叫圣日耳曼德普雷大街，在这条街上有三家有名的咖啡馆，其中一家是春神咖啡馆。这家咖啡馆的门前悬挂的一块写有"周恩来"三个字的牌匾吸引着过往游客。据咖啡馆老板介绍，春神咖啡馆建于 1870 年左右。这个历史悠久的咖啡馆是文化艺术界人士以及政治活动家们经常光顾的地方，

周恩来便是其中的一位。

据当年在这里当过招待员的帕斯卡尔回忆，他对那些来这里一坐一整天的穷学生充满同情，有时甚至接济一下他们以解其燃眉之急。而其中这位亚洲青年尤其令人好奇，因为这位黄皮肤黑头发的年轻人的眼神似乎具有磁力。于是，他俩成了熟悉的朋友。……多少年过去了，一天，店里来了一个中国人，告诉帕斯卡尔，已经担任新中国总理的周恩来问候他，同时给帕斯卡尔带来了一盒他最喜欢的雪茄烟。

经过在法国一年多的学习和斗争实践，周恩来更加坚定了为共产主义事业奋斗的决心。他在写给天津觉悟社成员的信中指出，"我们当信共产主义的原理和阶级革命与无产阶级专政两大原则，而实行的手段则当因时制宜"。他表示，"我认定的主义一定是不变了，并且很坚定地要为他宣传奔走"。

1922年，在法国，经张申府、刘清扬介绍，周恩来加入了中国共产党。

这一年的6月和8月，中国社会主义青年团旅欧总支部（曾称"旅欧中国少年共产党"）和中国共产党旅欧总支部相继成立。周恩来担负了领导工作，周恩来曾在1922年初去德国，1923年2月以后，他又回到巴黎，专做党团工作，直到1924年秋奉召回国。

新中国成立后，担任国务院总理的周恩来虽然日理万机，但始终没有忘记在法国那段战斗生活以及与法国人民结下的友情。他在1963年会见法国记者时曾深情回忆在法国的留学经历："我和我们的外长陈毅元帅40年前都在法国勤工俭学，我们对法国热情的人民印象很深，我愿借此机会向法国人民致意。"法国人民对周恩来这位"传奇式的人物"也始终充满了尊重和崇敬。

2018 年在纪念周恩来同志诞辰 120 周年的座谈会上，习近平总书记指出，"周恩来同志是不忘初心、坚守信仰的杰出楷模"。周恩来为人民鞠躬尽瘁、无私奉献的精神，永远为中国人民所铭记。他强调，"周恩来，这是一个光荣的名字、不朽的名字。每当我们提起这个名字就感到很温暖、很自豪"。

八、从旧军人到共产党人

美国著名记者艾格尼斯·史沫特莱（Agnes Smedley）在根据朱德自述撰写的《伟大的道路》一书中写道：1922 年朱德到上海找到陈独秀，向他提出加入中国共产党的申请。陈独秀说：要参加共产党的话，必须以工人阶级的事业为自己的事业，并且准备为它献出生命。对于像朱德这样的人来说，就需要长时间的学习和真诚的申请。朱德原以为只要一提出加入共产党的申请，就可以被接受，因为国民党就是这样，只要申请便可参加。

显然，陈独秀既没有立即答应朱德的入党要求，也没有冷淡地拒绝朱德入党，只是没有立即答应朱德的入党要求而已。这说明进入中国共产党既是严肃也是规范的事。

朱德（1886—1976），四川仪陇人。自幼家境贫寒，世代以租种地主土地为生，终年劳碌仅能糊口。朱德的母亲在朱德出生之前的几个小时还在干活。朱德生在这样一个家庭，使他从小就开始干力所能及的农活。五岁时就上山砍柴、割草。

朱德因过继给无儿无女且又十分喜欢他的大伯朱世林才得以上学，从此改变了他的命运。六岁时朱德进入私塾，20 岁时入南充县高等小学堂，一年后考入四川高等学堂附设的体育学堂。由于在这里受到了资产阶级民主思想的影响，产生了教育救国的意识。

驻扎四川泸州时的朱德

1908年毕业后，朱德邀请几位同学好友一同回仪陇县城筹办高等小学堂，朱德任学校的体育教习兼庶务。学生由几人很快发展到七十多人。学校虽然办起来了，但土豪劣绅反对新思想、压制教育，社会的黑暗，民众的痛苦，统治阶级的腐朽，使朱德认识到教育无力救国。1909年，23岁的朱德毅然弃教从军，投笔从戎，走上了曲折、伟大的革命道路。

在云南讲武堂，朱德吸收新知识、新思想，并加入了同盟会。1911年提前毕业，分配在蔡锷所部任副目（副班长），不久升任少尉排长。武昌起义后，朱德在重阳节参加由蔡锷领导的云南起义，并被指派任连长，率队攻打云贵总督衙门。云南革命党人组织部队援川，朱德奉命参加援川、护国、护法诸役。

1916年至1920年，朱德率部驻防川南，在这块热土上他驰骋纵横，为保卫辛亥革命和护国运动的成果而浴血奋战。由此博得"英勇善战、忠贞不渝"的美誉，成为闻名遐迩的一代爱国将领。

驻川南泸州期间，尽管军务繁忙，朱德仍挤出时间读书、学习、研究新思想。如今泸州市图书馆所藏盖有"德字玉阶"印章的图书1596册，就是当年朱德购书、读书的见证。

正当朱德对资产阶级革命前景徘徊苦闷之时，1917年春，经朋友介绍与进步知识分子孙炳文相识。他俩一见如故，促膝倾心交谈。孙炳文剖析时政、抨击军阀混战，介绍新思想、新文化……颇富见地的一席谈，似雾中灯塔照亮了朱德苦闷已久的心怀。

在孙炳文指导下，朱德开始阅读陈独秀、李大钊等编辑的书刊和撰写的文章，也读蔡元培、高语罕、达尔文、卢梭等中外名人的著作。这些书刊文章，对朱德革命思想的进步影响很大。他决定在走上新的道路之前，先去国外亲自考察那里的思想、政治和社会制度。

冲破了云南军阀的追杀，朱德经四川来到上海。1922年6月抵沪的朱德住进圣公医院，彻底戒掉了鸦片烟瘾。他通过孙炳文得知，在1921年7月，一批先进的中国知识分子新成立了一个叫共产党的团体，奉行马克思主义，与苏俄关系密切，是共产国际在中国的一个支部；《新青年》主编陈独秀是共产党的创始人和领导人，李大钊是共产党的创始人之一……

8月，朱德和孙炳文先去拜见了民主革命先驱孙中山。

在孙中山寓所，朱德和孙炳文等受到孙中山的亲切接见。此时正积极筹划夺回广州重建共和的孙中山，见有名望的滇军名将朱德等来访极为高兴。孙中山充满期待地说：

"朱将军，你是很有能力、很有威望的滇军名将，我热切期待你能重回滇军。对现在驻扎在广西的滇军重新整编，把它改造成崭新的革命军队。然后随我们打进广州重建革命政府，待革命基地巩固后挥师北伐完成全国统一大业，再造真正的共和。"

朱德考虑良久，表示："总理先生，对不起，近期我不可能再去滇军任事了。"

"为什么呢？现在中国革命还远没有胜利，北洋军阀、南方军阀割据称雄，践踏宪法，胡作非为。作为革命军人应该挺身而出，为再造民主共和建功立业呀！"孙中山慷慨激昂地对朱德说。

"总理先生，我在旧军队中已经打了10多年仗，说实在的也浪费了 10 多年宝贵时光。我深深感到当今中国军阀割据，战乱不休，短时间很难结束这种局面。同时，国民党动辄与这个或那个军阀搞联盟，结果都失败了，我对此没有多大信心。现在我急切想到外国去留学，希望通过对外国的考察学习，为中国找到新的革命道路。"朱德回答。

听了朱德的陈述，孙中山沉默良久。看来道不同，不相为谋。

几天后，朱德、孙炳文根据打听到的地址，循着街道门牌轻轻敲响老渔阳里 2 号陈独秀寓所的门，开门迎客者正是时任中共二大中央执行委员会委员长陈独秀本人。

陈独秀认出了孙炳文，非常高兴，让进屋后他递上热茶，坐下后便问：

"找我有什么事？"

"我们出国探寻革命真理前，特来请教陈先生……"朱德说。

"走出国门了解世界，对于当下的中国青年很有必要，这也是进一步认识世界和了解世界的一个重要过程。"陈独秀表示支持。

"有个问题一直在困惑着我们，为什么俄国革命能够打败那样强大的敌人乃至西方的军队，而中国的革命却变成了现在的军阀割据、四分五裂？这明显是失败的革命！"孙炳文接着问道。

"是呀。说明我们中国革命一定在某个根本性的问题上出了毛病。我认为这根本性问题就是现在所进行的革命，还没有一个真正的无产阶级政党来领导。俄国十月革命是共产主义运动在人类历史上首次获得的胜利。因为这是由马克思列宁主义思想武装起来的政党——布尔什维克的坚强有力领导。相信十月革命必将成为人类历史的新纪元，将在世界上获得更加广泛的认同和影响。"

喝了口茶，陈独秀继续说：

"十月革命是 20 世纪国际共产主义运动的序幕，它将触发各国社会主义运动在全球范围的扩张，许多殖民地、半殖民地的解放运动，包括我们中国也会因此得到更多支持。"

陈独秀换了个坐姿，接着说：

"我想随着十月革命对中国影响的扩大，我们中国无产阶级的先锋队——中国共产党，必将在未来的革命中肩负起更多的历史重任，成为中国革命的实际领导者……在这个新兴的彻底革命政党的领导下，中国革命必将走进崭新的历史阶段。"

陈独秀的话让朱德和孙炳文热血沸腾，感到这个新生的中国共产党就是自己一直在寻找的新的政治力量。相信中国共产党一定能够带领中国走上自强自救之路，有了她的正确领导，中国革命一定能够取得最后胜利。于是，他们立即向陈独秀提出：希望加入中国共产党组织。

陈独秀望着朱德："能不能谈谈你们各自的经历？"

听了朱德的陈述后，陈独秀的表情变得严肃起来，他起身缓缓踱到窗前认真思考着。稍后转身对朱德和孙炳文说："从中国和世界的历史来看，从前有产阶级和封建制度争斗时，是掌握了政权才真正打倒封建制度，才实现争斗之目的的。现在无产阶级和有产阶级斗争，必然要掌握和利用政权来达到与他们争斗之完全目的……"

沉思良久，陈独秀又说："共产党不是国民党，她是无产阶级政党，入党要经过严格考验，这样的考验不是一个短的时间。"说着，他走到书架前抽出几本书交到朱德手里："这是马克思主义著作，你们先拿回去学习学习，一定要学好、学懂。同时我支持你们勇敢地走出国门，相信你们不但能学到知识，而且可以找到一条拯救国家和民族的

在德国哥廷根留学时的朱德

道路。"

朱德和孙炳文没想到陈独秀竟转移话题，有意回避他们的入党愿望，颇为失望，悻悻而出。不久，二人就带着强国富民的理想和追求进步的美好愿景，按原定计划从上海乘坐法国"安吉尔斯"号邮轮前往欧洲，继续探寻救国救民之道。

根据中共二大的党章，想入党者首先必须有党员做介绍人，要让党了解他；尤其朱德是从旧军队过来的，还需要考察他；而且，朱德并没有介绍人介绍他入党，只是直接向陈独秀提出了入党申请，当然不能立即入党；同时，他也没有提出让陈独秀做他入党的介绍人。即使提出让陈独秀做他的入党介绍人，陈独秀也要对他进行了解，而当时陈独秀对他还不了解。所以，陈独秀没有立即答应朱德入党，这不仅符合党章的规定，也体现了慎重的态度，完全是正常的。

1922年10月22日，朱、孙二人经法国来到德国柏林，找到住在皇家林荫路45A号的周恩来提出入党申请。周恩来没有立即答应他们的入党要求，而是同他俩作了彻夜长谈，听他们介绍了自己的身份、经历及对共产党的认识。在对朱德的经历和思想有了深入了解后，11月，周恩来和中共柏林支部实际负责人张申府决定一起介绍朱德入党。

张申府和周恩来即向国内党组织呈报介绍朱德、孙炳文入党的请示。因朱德曾为旧军人，依党章规定须经中央执行委员会审查、通过。陈独秀接到张申府报告后经过深思，认为朱德经受住了党的考验，决定由张申府、周恩来做介绍人，代表党中央批准朱德加入中国共产党组织，其中国共产党党籍对外保密。

陈独秀批准朱德加入中国共产党的材料传来柏林，张申府即与朱德和孙炳文进行入党前的谈话。要求朱德作为中国共产党秘密党员，对外仍然保留中国国民党员政治身份。

1922 年 11 月，周恩来再次来到柏林，约朱德与孙炳文举行入党宣誓。朱德和孙炳文面对鲜红的党旗，高举右手，庄重、严肃地对党进行了庄严宣誓。至此，朱德正式加入了中国共产党，成为马克思主义者。

从封建军阀转变为中共党员，这个跨度确实有点大。朱德实现了他一生中最重要的正确的选择，从此以后他就没再变化过。

北伐战争开始后，1926 年 7 月，朱德从苏联回国。他一到上海，陈独秀就在上海闸北区党中央处所会见了他，同他作了两次交谈后，立即委以重任，派他到四川军阀杨森处做统战工作，争取杨森易帜支援北伐。朱德不辱使命，说服杨森参加国民革命军，不负重托完成了陈独秀代表党中央交给他的使命。这也说明了陈独秀对朱德的信任。

九、惊艳国际政治舞台的"双子星座"

1921 年 6 月 22 日，当上海正在紧锣密鼓地筹备中国共产党第一次全国代表大会之时，远在万里之遥的莫斯科，俞秀松、张太雷正肩负着千钧压力，为襁褓中的中国共产党首次亮相国际政治舞台，进行着一场关乎合法地位的生死较量。

他俩就是新生的中国共产党首次亮相国际政治舞台的"双子星座"。事情是这样的。

共产国际第三次代表大会于 1921 年 6 月 22 日至 7 月 12 日在莫斯科大剧院举行，出席大会的有 55 个国家 103 个组织的 605 位代表。中国共产党的上海早期组织成员俞秀松和北京早期组织成员张太雷奉派参加了此次重要会议，首次亮相国际政治舞台。

令他们万万没有想到的是，与他们先后到达莫斯科的竟然还有国内其他形形色色的所谓的"共产党"组织代表，而且有两家已经获得大会的代表证。一家是由担任过全国学生联合会负责人的姚作宾等人组织的所谓"共产党"。另一家是由北大教授江亢虎组织的"中国社会党"，自称党员数达到 52 万之多，建立有 490 个支部。

情势十分紧张。如果江亢虎和姚作宾代表的组织，和张太雷、俞秀松代表的中国共产党都被共产国际承认，那么，中国日后将同时存在三个"共产党"组织，中国革命将面临更为复杂的局面。事关中国共产党的合法性问题，只能有他无我，三者取其一。俞秀松、张太雷决定主动出击，争取最好的结局：让中国共产党取得共产国际的唯一承认。

6月22日，即共产国际第三次代表大会开幕之日，俞秀松十万火急地发出《中共代表俞秀松为姚作宾问题致共产国际远东书记处声明书》，指出"自称是中国共产党代表"的姚作宾等其实并不是中国共产党党员，他们在第二次中国学生

俞秀松出席共产国际三大的委任状

大罢课期间已成为中国学生唾弃的卑鄙叛徒，没有任何资格同共产国际进行联系，并要求共产国际撤销对姚作宾所谓的"共产党"的承认，取消姚作宾出席大会的资格。

接着，张太雷、俞秀松又写下《张太雷、俞秀松给季诺维也夫的信》，揭露江亢虎是十足的政客和反马克思主义者，强烈抗议大会资格审查委员会承认江亢虎的代表资格。关键时刻，共产国际派驻远东的全权代表舒米亚茨基给予了中国共产党重要的支持。

舒米亚茨基帮助张太雷完成《致共产国际第三次代表大会——中国共产党代表张太雷同志的报告》。这份报告明确，只有中国共产党是以马克思主义为指导的无产阶级政党，而江亢虎、姚作宾所代表的组织的目标和原则同共产主义是背道而驰的。而后，舒米亚茨基力挺了张太雷的报告，称"这份报告是按纯粹的马克思主义的方式写的，没有任何陈词滥调。它的基础乃是对各种力量和形势的严肃客观

的评价"。

张太雷、俞秀松等中国共产党代表们的意见引起了共产国际高度重视，对姚作宾等冒称的"共产党"予以严厉打击。此后，在共产国际舞台上，再也未见姚作宾等人活动迹象。这次历史性的胜利，使共产国际第一次确定了中国共产党是代表中国无产阶级唯一合法的共产主义政党。后来江亢虎投入汪精卫怀抱，姚作宾在抗战前期投靠日寇成为汉奸的事实，也佐证了这场生死较量的必要性。

斗争过程惊心动魄，但结果却十分美满。主持这场较量和斗争的，是两位年仅 22 岁、21 岁的小伙子张太雷、俞秀松。这是年轻的中国共产党的国际首秀，也是他俩首次亮相国际政治舞台。他俩在关键时刻且在大是大非问题上，捍卫了年轻的中国共产党的国际地位，为新生的党赢得了尊严，所展现的勇气和智慧，都值得敬佩。

俞秀松的生平情况前文已有介绍。

张太雷的北洋大学毕业证书

张太雷（1898—1927），江苏常州人，原名曾让，字泰来，后改名太雷，寓意震醒痴顽，打击强暴，冲散阴霾，改造社会，以此铭志。1916 年 9 月考入天津北洋大学学法律，1920 年 6 月毕业。在校期间，他积极参加天津地区的五四运动，并通过俄籍教员柏烈伟接触了俄国十月革命和马克思主义学说，从此投身中国革命。

如今在天津大学校史馆张太雷纪念室，还陈列着张太雷在天津大学前身北洋大学的成绩单、毕业证书等 120 余幅历史照片和一些珍贵物品。可能是因为已经投身革命，张太雷没有领取自己的毕业证书，因而一直保存在天津大学校史档案馆，成为历史文物。

1920 年 4 月，俄共（布）远东局派维经斯基一行到北大红楼同李大钊等人会谈，讨论建立中国共产党的问题，张太雷随柏烈伟参加了会谈，并担任翻译，从此走上了一条职业革命家的道路。

此后，张太雷奉李大钊指示，负责在天津筹建社会主义青年团。10 月，天津社会主义青年团正式成立，张太雷任书记。会议通过了张太雷起草的团章，明确宣示为实现社会主义而奋斗。他还参加北京党的早期组织，并与早期党员、北大学生邓中夏等来到北京长辛店组建劳动补习学校，培养了北方铁路工人运动的第一批骨干。

"我立志要到外国去求一点高深学问，谋自己独立的生活。我先前本也有做官发财的心念，但是我现在觉悟：富贵是一种害人的东西……"这是张太雷 1921 年 2 月作为中共派往共产国际的第一位使者，前往俄国伊尔库茨克共产国际远东书记处任中国科书记前，写给在常州老家结发妻子陆静华信中的一段话。

1921 年春，张太雷被派往苏俄伊尔库茨克，任共产国际远东书记处中国科书记，成为第一位在共产国际任职的中国共产党人。

1921 年 3 月，中国社会主义青年团临时中央执行委员会在上海成立，俞秀松担任临时团中央书记。他出色的工作，得到了青年共产国际东方部书记格林的表扬，称赞他为"中国青年团中最好的一个"。29 日，俞秀松奉派带领上海外国语学社第一批学生赴苏俄留学，同时出席青年共产国际二大等有关国际会议，从而成为新生的中国共产党派出的首个出席国际重要会议的代表。

5月16日，张太雷获得共产国际执委会远东书记处签发的参加共产国际三大委任状后抵达莫斯科，与获得参加青年共产国际二大委任状的俞秀松，不仅都是共产国际第三次代表大会的代表，也是青年共产国际第二次代表大会的代表，都是双重身份。这就注定两位20多岁的小伙子必须携起手来，联袂出席，应对危局。

于是才有了本文开头出现的场景。张太雷、俞秀松这两位年轻的共产党人，共同捍卫了新生的中国共产党的政治声誉，也维护了国际共产主义阵营的纯洁。凭借两位代表坚定的政治立场和出色的应变能力，这场危局才得以有惊无险，化险为夷。

6月22日，一年一度的共产国际第三次代表大会、青年共产国际第二次代表大会将在莫斯科相继召开。这是新生的中国共产党第一次亮相国际共产主义运动大舞台，遴选出合格的代表，十分重要。但因党的全国性组织机构尚未成立，加之路途遥远，与会代表就由共产国际指定两位正在苏俄任职或学习的张太雷、俞秀松担任。他俩正好分别来自成立时间较早的上海、北京两个早期组织，权威性毋庸置疑，应是十分合适的安排。

在国际政治舞台崭露头角的两位小伙子，不仅得到了共产国际的信赖，更受到了中共中央的器重。尤其是张太雷，他不仅代表中共中央在共产国际三大上提交了《致共产国际第三次代表大会的书面报告》《关于殖民地问题致共产国际三大的提纲（草案）》两份重要文件，还于7月12日在第二十三次会议上作了发言。

此后，张太雷逐渐成长为一名出色的国际共产主义战士和中国共产党早期领导人之一。

从苏俄回国后的张太雷，首先被任命为共产国际代表马林的翻译兼助手，并被马林派往日本联络日本的共产党人，也出色地完成了任务。他还成功协调了马林与陈独秀的关系，理顺了共产国际与中共中央的关系；配合马林大力贯彻落实共产国际重要指示，成功推动国共两党实行党内合作的统一战线方针。

张太雷最悲壮的一页，就是根据共产国际指令，执行中共中央的决定发动广州起义，最终英勇牺牲在战斗第一线，为探索中国革命道路献出了 29 岁的年轻生命。他用自己的热血和青春实践了他年少时立下的"愿化作震碎旧世界惊雷"的誓言，成为中共历史上第一个牺牲在战斗第一线的中央委员和政治局成员。

张太雷牺牲后，昔日同窗、他曾亲自介绍入党、同为"常州三杰"的瞿秋白，代表中共中央在机关刊物上发表《悼张太雷同志》一文，沉痛悼念张太雷，并把张太雷与李大钊、陈延年、赵世炎、王荷波等英勇牺牲的中央领导同志并列，高度评价张太雷勇于献身的革命精神。

李大钊曾称赞他"学贯中西、才华出众"。

2009 年 9 月 10 日，在中央宣传部、中央组织部、中央统战部、中央文献研究室、中央党史研究室、民政部、人力资源和社会保障部、解放军总政治部等 11 个部门联合组织的"100 位为新中国成立作出突出贡献的英雄模范人物和 100 位新中国成立以来感动中国人物"评选活动中，张太雷被评为"100 位为新中国成立作出突出贡献的英雄模范人物"。

对于这些评价，张太雷实至名归，当之无愧。

第二章

『开天辟地的大事变』

一、来自"风车之国"的指导者

在俄共（布）中央、共产国际和苏俄政府派出的一大批代表、特使、顾问中，仅有一位身份极为特殊：他不但是革命导师列宁亲自指定的共产国际代表，而且是亚洲的印度尼西亚和中国共产党两个革命政党的创建者和指导者之一。

马林

他就是荷兰人马林（1883—1942），真名亨德利库斯·约瑟夫斯·弗朗西乌斯·玛丽·斯内夫利特，简称斯内夫利特，马林是他在中国工作时使用的别名。

马林出生于荷兰鹿特丹。17岁时进入荷兰铁路系统任工人，并加入荷兰社会民主党和铁路工会。24岁时马林成为荷兰社民党首位市议员。28岁那年，部分荷兰工会参加了国际海员罢工，但是荷兰社民党多数成员却反对。马林厌倦了两派之间无休止的争吵，决定前往荷属殖民地印度尼西亚（时称东印度）传播革命思想。

马林发迹于印度尼西亚。1914年，他前往荷兰殖民地爪哇（今属印度尼西亚），创建印尼社会民主联盟（印尼共产党前身之一）。马林在印度尼西亚积极领导工人运动，不但招致了荷兰殖民当局的反对，

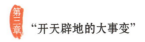
也不符合荷兰社会民主党多数成员的意见。

十月革命之后，荷兰殖民当局担心马林激进的思想和在当地居民中的声望会引起革命，于是强迫其于 1918 年离开印尼。回到荷兰后，马林继续致力于发动工人运动，与荷共领导发生分歧，逐渐被边缘化。

马林的成名之作是在中国实现的。从 1921 年 6 月到 1923 年 9 月，他在中国活动了两年多，指导了中共一大的召开和第一次国共合作建立两个重大事件。

1920 年 7 月，马林作为印尼共产党代表前往莫斯科出席共产国际第二次代表大会，并当选为共产国际执行委员和民族殖民地问题委员会书记。在会上，列宁对马林印象深刻，决定派遣其前往中国，帮助中国的共产主义者建立自己的政党。毕竟，中国是个半殖民地半封建的东方大国。虽是东方国家，但重要性自非荷属东印度可比。

为帮助马林开展在中国的工作，共产国际还选派俄共（布）党员尼克尔斯基来华，作为马林的助手。但作为国际职业革命家，马林在来华途中，还是受到了跟踪。1921 年 4 月在奥地利维也纳领取前往中国签证时被捕，获释后被西方列强列为监视目标。

1921 年 6 月 3 日，马林化名安德莱森（Andresen），乘坐意大利轮船 "阿奎利亚"（Acqulia）号客轮首次抵达上海。一到上海，他就向荷兰总领事馆登了记（否则就有被驱逐的危险），并以《地方经济学家》杂志驻上海记者身份公开活动。先住永安公司楼上大东旅社 32 号房间，不久搬到公共租界麦根路（现淮安路 32 号），后又迁到汇山路（现霍山路 6 号）。

尼克尔斯基

马林、尼克尔斯基下榻的大东旅社旧址

不过密探们很快就掌握了马林的行踪。日本警视厅 1921 年 6 月底就得到情报说，"上海支那共产党"近期将召集各地代表开会，随后通知了上海的租界当局。至于情报的来源，估计是秘密检查了上海的李达写往日本鹿儿岛通知周佛海的信件。周佛海在日本时已受到警视厅的监视，李达通知他到上海出席中共一大的信很可能受到邮检。

首次来华期间，马林指导了中国共产党第一次全国代表大会及其后的一些会议。

一到上海，马林就找到党的上海早期组织代理书记李达居住的老渔阳里 2 号。马林能说英语、德语、俄语，李达和李汉俊英语水平也不错，交谈不会有困难。上海二李向马林介绍了中国建党的筹备工作以及各地的组织状况，马林认为建立中国共产党的条件已经成熟，建议及早召开全国代表大会，宣告党的正式成立。

事关重大，李达在征得陈独秀和李大钊同意后，向各地发出信件，要求每个地区派出两名代表来上海出席中共一大，并随信寄去马林提供的差旅费每位代表100元。因最后一次会议临时改到浙江嘉兴南湖召开，马林又给每位代表追加了50元的经费。当然，这些都是共产国际的工作经费。

在中共一大的第一次会议上，马林亲临会议并发表讲话。他不仅谈到了他在爪哇的活动，并向中共一大建议，要特别注意建立工人的组织。还建议选出一个起草纲领和工作计划的委员会。这两点建议都很内行、很专业，显示了马林在东方国家丰富的地下斗争经验。

马林的致辞由李汉俊、刘仁静即席翻译。他首先指出：中国共产党的正式成立，具有重大的世界意义，第三国际增添了一个东方支部，苏俄布尔什维克增添了一个东方战友，希望中国同志努力工作，接受第三国际的指导，为全世界无产者联合起来做出自己应有的贡献。

中共一大在上海的李公馆进行到1921年7月30日，正在讨论党纲时，突然有个可疑的陌生人闯入会场，自称找错了地方。有地下工作经验的马林马上宣布散会，再改期改地点进行。代表们疏散不过十几分钟，法国巡捕便包围了会场进行搜查。

中共一大结束后，陈独秀从广州回沪主持中央工作。此时，马林力劝中共接受共产国际的经费资助，陈独秀出于独立自主的考虑，开始时不愿接受。不久陈被捕，靠马林动用了共产国际拨给的数千元活动经费打通关系才得到释放，缓和了双方的关系。从此陈独秀感到中共在自身没有经费来源的情况下接受外援很有必要，同意接受马林的指导。

马林在中国自认为最得意的成就，是牵线国共两党，助力党内合作。但此项工作从一开始就颇受非议甚至诟病，中共党内也一直评价不一。

张太雷陪同马林到桂林拜见孙中山

马林根据他在爪哇的经验，认为目前只有几十名党员的中国共产党应与号称拥有几十万党员的国民党合作，才能推动民族运动并使自身获得大发展。为此，在翻译张太雷陪同下，他于1921年末从内地前往桂林，会见了孙中山。

其实，马林是在提出中国共产党与国民党平等合作的意见被孙中山否决后，而提出党内合作的，也就是共产党员以个人名义加入国民党，兼做国民党党员。孙中山这才兴奋地表示，这与他的民生主义原则相符合。此举为后来孙中山确定"联俄容共"政策最早牵了线。

但马林此意却遭到中共党内一致的反对。陈独秀也坚决反对，并专门致信维经斯基，从六个方面论证了共产党员加入国民党的不可行性，态度十分坚决。

眼看很难取得中共中央局的认同，马林只好返回莫斯科汇报并求助。1922年7月11日，马林向共产国际执行委员会提交了一份报告，介绍中国共产党的成立和他访问过的国民党人士孙中山等情况。

共产国际执行委员会做出指示，让中国共产党立即把中央委员会驻地移到广州，同时要求中国共产党与马林密切配合开展国共两党合作的有关工作。由维经斯基签署的这个指示，被仔细地打印在一块白色的绸缎上，缝进了马林的衬衣。同时，在共产国际的安排下，马林还取得了一个可以堂而皇之活动的身份——《共产国际》和《国际新闻通讯》两份杂志派驻远东的记者。

7月24日，马林第二次登上了赶赴中国上海之路。在他返回莫斯科期间，中共二大在上海召开，确定了国共两党平等合作的"民主联合阵线"方针，而非党内合作的意见。他再来上海时，中共二大已经闭幕。

此时的马林拿出了共产国际代表的尚方宝剑。他先是要求中共二大选举产生的中央执行委员会赴浙江杭州召开"西湖会议"，继而亮出了那块缝在内衣之中的"白色的绸缎"。会议经过激烈的讨论，最终达成妥协：只有孙中山取消"打手膜"的封建仪式和宣誓效忠领袖个人的迷信做法，共产党人、共青团员才可以个人名义加入国民党。在国共合作方式这个最重大的问题上，一向坚持己见的陈独秀被降服了。

马林于1923年6月在广州参加了中共三大，会上确定了用加入国民党的形式进行国共合作，这正好与他在爪哇的经验相近。不过，对于共产党人如何保持独立性及警惕国民党右派反共，马林未能很好地认识，因此与中共领导人产生很大的矛盾。

1924年，马林被召回，由维经斯基接替。马林返回莫斯科后，与共产国际东方部产生观点分歧，便辞职回国担任荷兰共产党的领导。

1927年大革命失败后，马林曾深有感慨地对熟悉的中国同志说："中国问题，棋输一着，我们大家都有责任，今后应正视错误，努力前进。"

马林虽然返回莫斯科并最终回国了，但他对中国共产党创建的贡献是有口皆碑的。

中共一大代表、中央局成员李达回忆说："假如没有马林的机警，我们就会被一网打尽。"

中共一大代表包惠僧回忆说："他对马克思、列宁的学说有精深的素养，他声若洪钟，口若悬河，有纵横捭阖的辩才……我们在他的词锋下开了眼界。"

中共一大主持人、另一位中央局成员张国焘说："他这个体格强健的荷兰人，一眼望去有点像个普鲁士军人。""说起话来往往表现出他那议员型的雄辩家的天才，有时声色俱厉，目光逼人。他坚持自己主张的那股倔强劲儿，有时好像要与他的反对者决斗。"

张国焘还说："他是一个老资格的社会主义者，曾在荷属东印度工作多年，同情东方被压迫民族，譬如他在上海路遇一个外国人欺侮中国苦力，他竟挺身出来与那个外国人大打出手。但他的谈吐往往过分形容亚洲人民的落后，有时也谈到东方社会主义者的幼稚可笑，使人觉得他沾染了一些荷兰人在东印度做殖民地主人的习气。"

"他是共产国际东方问题的权威，并以此自傲，有时还提到他曾和列宁在共产国际第二次大会中共同制订殖民地问题决议案的事。所有这些表现，是他自居解放者的表现，在别人看来，就觉得他具有社会主义的白人优越感。"

与马林打过数年的交道，张国焘这个评价还是较为客观的。

二、望志路 106 号的风云激荡

1921 年 7 月，上海望志路 106 号（兴业路 76 号），这是中国共产党诞生的时空坐标，是百年大党壮阔征程的奋斗起点。这座典型的上海风格的石库门建筑，目睹了"雄鸡一唱天下白"的壮丽史诗，见证着"开天辟地"的沧桑巨变。

在百年迤逦的时光中，党的一大会址是如何栉风沐雨一路走来的？又有哪些过客与之风雨同行？

1920 年夏秋之间，一名陈姓女士出资在上海贝勒路和望志路交叉路口建了九幢在当时的上海流行的石库门式样的房子。这些房子每幢都是一楼一底，独门出入，黑漆大门和黄铜门环色彩分明，米色石条门框和红褐色浮雕庄重典雅，外墙以清水石砖为底，以些许红砖镶嵌着。

当时的上海华洋杂处，各方势力鱼龙混杂，既是远东的经济重心，也是全国的革命重镇，时刻涌动着变革的风云。全国各地的商贾、革命志士、政治投机者、流亡军阀等都群集上海。这些人到上海总得有落脚之处。陈女士建造的这些房子便是用来出租的。

房子竣工后不久，其中的望志路 106 号和 108 号便住进了一位李先生。这两幢房子之间的隔墙是打通的，形成了一栋二楼二底的石库门房子，人们称为李公馆。这番改造基本奠定了中共一大会址 20 世纪

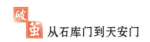
20 年代的格局，也就是此后修缮所要还原的面貌。

这位李先生名为李书城，是孙中山先生的追随者，是同盟会发起人之一、辛亥革命元老，曾担任过武昌起义时民军战时总司令部参谋长，在南北议和后，任南京留守处总参谋长，后授陆军中将衔。1917年，李书城弃职前往湖南和湖北支援孙中山先生发动的"护法运动"，被授予湘西防务督办和鄂军总司令职务。

但不久，因护法运动失败，孙中山愤而出走，李书城也在各地方军阀的排挤中无能为力，只能长期担任闲职。政治上不能一展抱负，再加上 1917 年爱妻甘氏在上海逝世，他一度十分苦闷，于是常住上海。

1919 年 5 月，李书城到上海闭门读书。一开始他与家人租住在白尔路三益里（今顺昌路、自忠路东南一带）17 号。1920 年秋，也就是陈女士的房子刚刚建好的那段时间，李书城的母亲回湖北潜江老家。考虑到家里人口减少，为了节省房租，李家便从三益里 17 号搬到了房子较小的望志路 106 号和 108 号。

和李书城一同住进望志路李公馆的，是他的亲弟弟、我党早期创建人之一李汉俊。1918 年，李汉俊毕业于日本东京帝国大学，在日本学习期间接受了马克思主义的他回国后就一直从事着马克思主义传播工作。李汉俊天资聪颖，精通英德日

中共一大代表集体下榻之博文女校今貌

法四国语言，还十分勤奋地学习马克思恩格斯原著。陈望道翻译的第一本《共产党宣言》就经他校对过，李达翻译的《唯物史观》也多得其助。

在李汉俊投身于马克思主义的宣传工作和发起创建中国共产党时，李书城提供了大量财力和物力的支持，为李汉俊解决了后顾之忧。原定6月20日开会，但直到7月23日各地代表才全部到达上海后，中国共产党第一次全国代表大会才召开，会场选在了李公馆。

选择李公馆主要是出于安全的考虑，因为李书城作为国民党元老享有较高的威望，相对安全；李公馆进出方便，适逢李书城去湖南公干，房中只剩下李书城的续弦薛文淑、大女儿李声韵以及李汉俊等五人，便于保密。

尽管中共一大在望志路召开期间的安全工作做得比较周密，但7月30日晚，仍有一名陌生的中年男子突然闯入会场，后又匆忙离去。具有长期秘密工作经验的马林断定此人是密探，建议马上中止会议。大部分代表迅速转移。稍后，法租界巡捕果然搜查了李公馆。在这种情况下，代表们商定最后一天的会议改在浙江嘉兴南湖的游船上举行。

1921年以后，李书城先后奔波湖北和北京、张家口等地继续参加国民革命，新中国成立后还担任了农业部部长。1921年以后李汉俊也奔赴武昌、北京等地积极投身于反帝反封建的斗争，惜于1927年被害。1923年初，薛文淑等也搬到了武汉。据房东陈女士的女婿徐先生在新中国成立后回忆，李家兄弟不知何时搬走的，且是不辞而别。这栋建筑与中国共产党因李家兄弟而结缘，自1921年建成后不久，红色就成为其不可磨灭的底色。

中共一大以后，望志路 106 号就从中国的政治风云中沉寂了，只有在若干与一大相关的人们的回忆录中才能找到一些蛛丝马迹。1943年，原来的望志路也被改名为兴业路。和所有上海的老房子一样，这栋石库门建筑作为见证时代变迁的一个静默"旁观者"，经历了其建成以来的所有重大事件：北伐时上海工人起义的激扬、"四一二"反革命政变的牺牲与奋起、土地革命战争时期的斗争、抗日战争的惨烈和坚定、解放战争的黎明，最终见到了新中国成立的曙光。

直到 1951 年，也就是中国共产党成立 30 周年之际，在各方人士的一系列寻找、勘查之后，这栋建筑终于抹去历史的尘埃，被重新发现并修缮恢复原貌。从 1921 年中共一大召开，到 1951 年被重新发现和保护，这幢房子已经在市井的烟火中经历了三十个春秋。

关于寻找、勘察中共一大会址的历程，上海市档案馆编纂出版的《党在这里诞生——中共一大会址、上海革命遗址调查记录》一书中有诸多细节：

1950 年，当时任上海市文化局社会文化事业管理处处长的沈之瑜委托一大代表周佛海的妻子杨淑慧到原来的贝勒路寻找时（1921 年时杨淑慧曾到过李公馆），原来的清水石砖外墙已经杳无痕迹，取而代之的是白色的粉墙，一家挂着"恒昌福面坊"大字招牌的商店正在原来李公馆的位置上。旁边的白色粉墙上还有一个大大的"酱"字，这是一家酱园店的广告。兴业路上菜场人声喧嚣。

酱园店主董正昌是这几家房子的老住户，经他回忆才找回望志路 106 号这幢房子这 28 年的记忆。原来 1924 年董正昌是在李书城搬走之后续租的，他把陈女士这五幢房子全都租住了，还进行了大范围的改造。不仅外墙墙壁被砌高了，原来的清水外墙改为混水墙，并且内部也进行了改建。106号东侧的102号、104号被打通改为两上两下有厢房的结构，董在此处开设了万象源酱园店。望志路106号的天井被改成了厢房，董将其租给亲戚居住。不久，亲戚在106号开起了当铺，后来改成"恒昌福面坊"，外墙也刷成了白色，专营挂面生意。

"不论是外部还是内部，房子已经变得面目全非。"后来，经过一大代表包惠僧、李达等人的现场勘察，确认此处为原来一大会址。1951年7月1日，当中国共产党成立30周年之时，其诞生之地望志路106号和108号仍然挂着"恒昌福面坊"招牌，门牌号也变成了兴业路76号和78号。1951年，一大会址最终得以确认，中共上海市委开始着手搬迁原居住于此的居民，修缮复原会址建筑及内部陈设。

中共一大后时隔30年，兴业路76号（望志路106号）终于得到了重视和保护，恢复了她作为中国共产党"产床"的无上荣光。

1951年10月8日，中共上海市委将中共一大会址、老渔阳里2号《新青年》编辑部和中共一大代表住所博文女校，都辟为上海革命历史纪念馆，按第一、二、三馆顺序排列。兴业路76号是革命历史纪念馆的主体内容，为第一馆馆址所在。时任上海市委宣传部部长、著名作家和艺术家、报告文学《包身工》的作者夏衍成为上海革命历史纪念馆管理委员会的首任主任，沈之瑜等为副主任。管理委员会对这栋老建筑进行了初步的修缮和布置。

1952年，中共一大会址作为上海革命历史纪念馆第一馆开始内部开放，中共福建省委副书记兼省长、福建省军区司令员兼第一政治委员叶飞成为第一位参观者。1968年，中共一大会址改名为"中国共产党第一次全国代表大会会址纪念馆"。1984年，邓小平为纪念馆题写了馆名。兴业路76号成为全国人民争相参观、接受爱国主义和红色教育的重要场所，是所有共产党人心目中的革命圣地。

2017年10月31日，习近平总书记带领十九届中央政治局常委同志集体出行，瞻仰上海中共一大会址和浙江嘉兴南湖红船。他在讲话中指出："上海党的一大会址、嘉兴南湖红船是我们党梦想起航的地方。我们党从这里诞生，从这里出征，从这里走向全国执政。这里是我们党的根脉。"

百年时光倏忽而过，如今的兴业路76号已是一栋具有百年历史的老建筑了。为了更好地展现建党时的风貌，更好地保护这栋重要历史文物建筑，更好地发挥纪念馆的功能，相关部门已经进行了多次修缮和扩建工作。

中共一大上海会场今貌

20世纪50年代的初步修缮工作基本恢复了建党当年的原貌，1998年中共一大会址扩建工程为该纪念馆建成了现代化的观众服务设施，2000年以来多次对纪念馆翻新，不断地还原建党当年原汁原味的风格。

2021 年的修缮被称为 2000 年以来最全面、最彻底的一次，主要是为老建筑"固基强本"，对外立面、屋顶、门窗、地板等进行了全面修缮。尤其是屋顶的小青瓦，工作人员为还原 20 世纪 20 年代上海青瓦屋顶的风格，特意收集了 3 万多片同时代的老瓦片进行逐片修补。此次修缮还采取了一种传承千年的"广漆"工艺，在刷广漆之前还要贴一层"夏布"。这是一种为防止木结构产生裂缝的古老工艺。

尤其令人惊喜的是，在中共一大会址纪念馆的基础上成立了中共一大纪念馆，由中共一大会址、宣誓大厅和新建展馆三部分组成，占地 1300 余平方米，是国家一级博物馆、全国爱国主义教育示范基地、国家国防教育基地。2021 年 10 月被授予"2021 年上海五一劳动奖状"称号。2022 年 5 月荣获第六届龙雀奖文旅场馆类总榜"最佳红色旅游融合发展示范区"奖项，12 月入选 2022 年 11 月 5A 级景区品牌影响力 100 强榜单。

三、一只游船掀起狂风巨浪

"烟雨楼台，革命萌生，此间曾著星星火；风云世界，逢春蛰起，到处皆闻殷殷雷。"这是曾参加过中共一大的董必武在 1963 年 12 月重游嘉兴南湖时，应当地干部之请，为嘉兴南湖烟雨楼挥笔写下的对联。这副对联，正是对中共一大南湖会议的生动描画。

中共一大在上海召开，何以转到嘉兴南湖？事情要从共产国际代表马林来华说起。

共产国际二大后，荷兰人马林受列宁亲自指派，前往中国指导中共一大。1921 年 4 月，马林前往中国途经欧洲，在奥地利维也纳领取前往中国签证时被捕，获释后被西方列强的警方列为监视目标。虽然他一到上海就向荷兰总领事馆登了记，并以记者身份公开活动，但租界当局的密探们很快还是掌握了马林的行踪。马林在上海的行动必须十分谨慎。

因此，在列席了中共一大第一次会议后，马林没有继续列席第二、三、四、五次会议。但第六次会议将要通过中国共产党第一个纲领和中国共产党第一个决议，选举党的全国性领导机构与领导人等，这最后一次会议马林还是要参加的。

然而，第六次会议遭到了租界当局的干扰和破坏。

1921 年 7 月 30 日晚上 8 点，按照规定的议程，中共一大第六次会议继续在望志路 106 号李公馆举行，马林、尼克尔斯基列席了会议。会议刚开始，便有人闯入会场。此人的突然光顾引起有丰富地下工作经验的共产国际代表马林的高度警觉，他断定此人是租界巡捕房的暗探（事后证明此人是法租界巡捕房的探长程子卿），当即决定中止会议并马上疏散。

十几分钟以后，法租界巡捕房派出的两辆警车在望志路口停下，车上冲出十多个人包围了李汉俊的住宅。三名法国巡捕带着四个中国密探进入了室内，他们首先监视了李汉俊、陈公博的行动，接着进行了搜查。这些巡捕除了查到一些介绍和宣传社会主义的书籍外，并没有发现什么有价值的文件。室内桌子抽屉里放着的一张党纲草案，因为涂改很乱，字迹不清，搜查中幸未引起巡捕的注意。

法国巡捕在搜查后开始审问，先问明谁是这所房子的主人，李汉俊用法语作了回答。巡捕问："这里在开什么会？"

李汉俊沉着地说："我这里并没有开会，而是我们邀请北京大学的几位教授和学生，在此商谈编辑《新时代丛刊》问题。"

巡捕又问："两个外国人来这里干什么？为什么家里藏有社会主义书籍？"

李汉俊说："那两位是英国人，北大的外籍教授，暑假来上海交流学术。至于这些书籍，因为我是教师并兼任商务印书馆翻译，必须有大量图书作为研究参考之用。"

其实，法租界巡捕房当时并不知道这里在召开中共一大，只是接到使馆和租界的通报，得知共产国际派人到了上海，可能在开一个东亚地区革命团体的会议。法国巡捕观察陈公博穿着整齐，语言和情态不像是本地人，怀疑他是日本革命分子，于是开始用法语问陈公博是

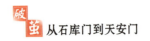

不是日本人。

陈公博说："我是广东法专的教授，这次暑假是来上海会朋友的。"

法国巡捕一行在搜查中未发现政治活动的证据，又得知此处是李汉俊的哥哥，曾任北京政府陆军总长的李书城将军的公馆，紧张的气氛开始有所缓和。

法租界巡捕房这批不速之客在撤出时还发了一通议论，以带有警告的口气对李汉俊说：知道你们都是知识分子，大概有某种政治企图。现在中国教育尚未普及，民众也没有知识，谈不到什么革命举动，希望你们今后专在教育上多下功夫，不要参与政治活动。

随后，法国巡捕带着搜查的密探离开了室内，但在周围布下暗探，继续监视。

搜查事件结束后，陈公博出了李汉俊家门后，倏见一个人隐身在弄口，似乎在侦察。他向前走了几步，那人居然跟踪而来，并故意保持几步距离，忽快忽慢，步步紧跟。陈公博心里明白，暂时不能回大东旅社。恰巧路边有一家商店，还灯火辉煌陈列着许多商品，陈公博就装作看商品，一面思量怎样脱身。后灵机一动，记得去年由北京转沪回粤，在上海曾逛过一次大世界。大世界在夏天有两场电影，光线较暗，容易脱身。

陈公博主意既定，立刻叫了一辆黄包车前往大世界，谁知那人也雇了黄包车跟在后头。为了脱身，陈公博到大世界后什么地方都逛一逛，书场、戏场，又踱至屋顶的露天电影院，在人丛中绕了一圈，终于摆脱了跟踪的密探，从别门下楼雇车回了大东旅社。

当日晚间，多数代表集中在老渔阳里 2 号李达的住处，商讨下一步代表大会如何进行的问题。大家一致认为，必须改变开会地点。

这时，有人提出转移到杭州，但大家觉得杭州过于繁华，易暴露，不合适。在场的李达夫人王会悟提议，可以转移到她的家乡——浙江嘉兴。嘉兴的南湖游人不多，环境幽静，而且距离上海又不远，到南湖开会比去杭州更为适宜。南湖位于嘉兴城南，又名鸳鸯湖，湖中有岛，岛上建有烟雨楼，素以风光瑰奇而闻名遐迩，是著名的游览胜地。

王会悟的意见立即被代表们所采纳，并且决定第二天就去嘉兴南湖继续开会。当晚还做了转移的准备，王会悟专程去上海北站，了解第二天由上海开往嘉兴的客车班次时间。其他代表也分别做了必要的准备。31日上午，王会悟与部分代表乘火车到达嘉兴。

8月1日清晨，多数代表从上海北站乘车出发，10时许即到嘉兴。共产国际代表马林和尼克尔斯基，因过于引人注目，行动不便，未去嘉兴出席会议。陈公博则由于在李汉俊家受了一场虚惊，加上次日黎明他所在的大东旅社又发生了女青年孔阿琴被杀案件，一夜之间先后发生的两起突发事件，吓得陈公博夫妇不敢再在上海停留，当日即乘车避走杭州。

王会悟为会议做了精心的安排。她先在南湖附近的鸳湖旅馆定下两间客房，又委托旅馆账房代租了一艘画舫。第一批代表到嘉兴后，先在鸳湖旅馆稍事休息。王会悟还带着几个人登上南湖名胜烟雨楼，借以观察周围环境，选择画

南湖上的中共一大纪念船内景

舫划行路线和停靠地点。第二批代表到达以后，大家一起来到湖畔，通过摆渡的小船，登上了事先租定的画舫。

为了会议的安全，代表们带着乐器和麻将牌，并在中舱的桌面上备有酒菜，以游山玩水作为掩护。王会悟也装扮成歌女模样，坐在船头遥望，继续充当会议的"哨兵"。

这次会议继续上海7月30日晚未能进行的议程。对于中国共产党的第一个纲领和第一个决议，由于在上海的前五次会议已经有过充分的讨论，本次会议首先予以表决通过。又着重讨论了党在今后的工作部署问题，比较具体地研究和安排了以工人运动为中心的各项实际工作，并将讨论结果形成党的决议。

最后，会议选举产生了党的中央领导机构。结果其实并无悬念，但需履行程序。会议通过选举，选出陈独秀、李达、张国焘三人组成中央局，陈独秀为书记，张国焘为组织主任，李达为宣传主任。这是中共第一个全国性的中央领导机构①。南湖会议完成了预定的议程，宣告结束，同时宣告中共一大闭幕。以此为起点，中国共产党开始了伟大的航程。

嘉兴南湖会议虽仅一天，但内容丰富且重要。历史在一个偶然的情况下把机会留给了浙江嘉兴，使嘉兴成为中共一大的会场之一。当然，偶然之中也有必然的因子。无论如何，嘉兴圆满完成了自己的使命——在完成了会议的全部议程后胜利闭幕。

---

① 中央局是党的一大的中央领导机构，党的二大则以中央执行委员会作为中央领导机构。党的三大在中央执行委员会之下设立中央局，是中央日常工作机构。党的四大继续在中央执行委员会之下设立中央局作为中央日常工作机构。党的五大则在中央委员会之上设立中央政治局及其常委会。

浙江嘉兴南湖红船今貌

　　为纪念中共一大在南湖游船胜利闭幕这一历史性的事件，在党中央和浙江省委指示下，1959年仿制了一条当年一大开会的游船（当年南湖的游船已在抗战时期绝迹），作为一大会议的纪念船，静静地停泊在湖心岛烟雨楼前的水面上。

　　这条一大纪念船被称为"南湖红船"。60多年来，"小小红船"早已变成"巍巍巨轮"，接受了数千万人次瞻仰。世上再没有第二条船，能像它一样享有如此盛誉。

　　1964年4月5日，董必武由杭州前往上海途中，在嘉兴作短暂停留，又重访了嘉兴南湖烟雨楼，看了中共一大南湖会议乘坐的画舫，写下《清明节车过嘉兴访烟雨楼》：

　　　　　　　　革命声传画舫中，

　　　　　　　　诞生共党庆工农。

　　　　　　　　重来正值清明节，

　　　　　　　　烟雨迷蒙访旧踪。

现在南湖革命纪念船停泊处岸上，建有一座"访踪亭"，亭内竖立董必武诗碑，亭额"访踪亭"三字由杨尚昆题写。

改革开放以来，邓小平、江泽民、胡锦涛等党和国家领导人，亲切关怀党的诞生地，或瞻仰红船，或亲笔题词，勉励我们"沿着南湖红船开辟的革命航道奋勇前进"。

2005 年 6 月 21 日，时任浙江省委书记的习近平在《光明日报》发表了《弘扬红船精神　走在时代前列》的署名文章，将"红船精神"概括为"开天辟地、敢为人先的首创精神，坚定理想、百折不挠的奋斗精神，立党为公、忠诚为民的奉献精神"。并系统阐述了"红船精神"的历史意义和现实意义。2021 年 7 月 1 日，习近平总书记在庆祝建党 100 周年的大会上，首次提出了伟大建党精神的概念和内涵，并强调是中国共产党人的精神之源。

2017 年 10 月 31 日，党的十九大闭幕后仅仅一周，习近平总书记就带领全体中央政治局常委，从北京专程来到上海，再从上海来到嘉兴，瞻仰了红船。习近平总书记感慨："小小红船承载千钧，播下了中国革命的火种，开启了中国共产党的跨世纪航程。"

2020 年，红船所在的南湖革命纪念馆入选第四批国家一级博物馆名单。

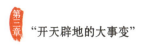

四、24 岁的中共一大主持人

"南陈北李相约建党"，这是尽人皆知的事实。但是，标志着中共正式成立的第一次全国代表大会，其主持人竟然既非"南陈"也非"北李"，而是一个年仅 24 岁的北大学生。他不仅自始至终主持了大会，还被选举为中央局成员和组织主任。

"南陈"没来，"北李"未到。马林奉命来华推动召开全国代表大会，中共一大召开在即，筹备者也分别向二位精神领袖做了汇报和请示。然而，陈独秀表示正忙于广东全省教育工作，无暇前来，即便派来专人迎接也不愿放下工作与会。李大钊也因正值北大年终结期间，校务繁忙，不能抽身前往。

谁来主持党的诞生这一"开天辟地的大事变"？历史的重担落到了张国焘这位年仅 24 岁的北大在籍学生之身。小小年纪，他能担当得起来吗？

其实，张国焘还真有这个组织能力。

张国焘（1897—1979），又名特立，江西萍乡人。出身于江西萍乡的官绅世家，家世显赫，生活富足。张国焘是家中长子，格外受到器重。

1916 年 10 月，张国焘考入北京大学理科预科读书。入学之初，正值陈独秀和《新青年》进入北京大学。张国焘常常把自己阅读的

《新青年》之类的进步书刊寄给父亲，进行思想交锋，并坚决回绝了家里安排的亲事。张国焘的口才很好，在北大，他积极参加学生运动，四处进行革命宣讲。对于他的口才，后来红四方面军的老人回忆道："张主席的战前动员是最好的，每个指战员听了都热血沸腾，斗志昂扬。"

1919年的五四运动把张国焘推上历史前台，他开始崭露头角。

五四运动爆发时，张国焘表现积极，被推为北京学生联合会讲演部部长。他把游行学生分别组成若干讲演团和讲演小队，到北京城内外街道、火车站以及集镇等地露天讲演，散发及张贴宣传品，宣传抵制日货，揭露北洋政府和亲日派。而在由游行最终演变为痛打卖国贼的事件中，张国焘始终冲在前面，并成为第一批被抓的学生领袖。

1919年6月7日，北京大学门口，全体学生热烈欢迎张国焘等出狱。张国焘挺着胸膛，昂首迈步，走在队伍最前排，像个从前线凯旋的英雄。张国焘的能力和才华是出类拔萃的，但他为人心胸狭窄，虚荣心强，争强好胜，容不得别人对他的反对。

6月中旬，全国学联在上海成立，张国焘作为北京学联的代表前往上海出席大会，他被推选负责总务工作，对此职务，张国焘十分不满。而此时，有"五四运动总司令"之称的陈独秀和北京学联11位重要负责人被北京政府逮捕。消息传到上海，在沪的北京学生代表决定，派不愿在全国学联就职的张国焘立即返京，组织营救工作。当时北京学联正群龙无首，张国焘旋即被推为总干事。

对于北京学联总干事这个新的职位，张国焘很满意，颇有成就感，工作十分积极。他不仅主持会议，指导内部工作，还负责对外通信联络，沟通各校学生意见等，忙得不亦乐乎。他后来在回忆录中写

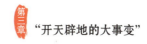

道："我忙得有一个月没有回到自己的寝室了，疲倦了就在办公室的睡椅上躺一会儿，吃饭也在办公室，每天工作十六个小时。"

但是，由于领导学生运动，张国焘已经被当局列入黑名单，不得不转移到上海，经历了短暂的流亡岁月。

在上海，张国焘曾在老渔阳里陈独秀寓所居住多时，与陈独秀畅谈救国理想，创建中国共产党。张国焘在《我的回忆》中说，在上海和陈独秀谈到党纲、党章等许多具体问题，陈独秀"希望李大钊先生和我从速在北方发动，先组织北京小组，再向周边城市发展"。回到北京后，在李大钊的引导下，张国焘大量阅读介绍马克思主义的书籍，历经流亡失落的他重拾信心，正式登上了政治舞台。

1920年10月，中国共产党北京支部成立，李大钊为书记，张国焘负责组织工作，主要是指导工人运动。

在李大钊的指导下，北京共产党早期组织的工作开展得有声有色，其中最显著的要数张国焘负责的长辛店工人运动。长辛店距北京城21公里，京汉铁路北段的修车厂设在这里，有工人3000余名。张国焘经过调查，决定在长辛店创办劳动补习学校，让工人及其子女接受教育，这是发动工人运动的最佳方式。

为办好长辛店劳动补习学校，张国焘有感于李大钊捐钱为党的高风亮节，将当年家中邮寄给他的一年生活费300块钱捐出来。北京支部的同志都尽力捐款，此后这项制度逐渐沿袭下来，最终成为中共北京支部党费的来源。

张国焘、邓中夏、张太雷等人乘火车来到长辛店，动员工人及其子弟踊跃报名参加补习学校。张国焘口才出众，演讲受到了工人的热烈欢迎。补习学校开办初期，张国焘、邓中夏、罗章龙等轮流担任教

长辛店劳动补习学校旧址

员，李大钊也曾到学校讲课。这一时期，张国焘常常替李大钊接待前来借阅书刊、展开辩论的师生。

由于表现出色，张国焘首先当选为北京支部出席中共一大的代表。

在张国焘的回忆里，中共一大时"北京支部应派两个代表出席。各地同志都期盼李大钊先生能出席；但他因为正值北大学年终结期间，校务繁忙，不能抽身前往。结果便由我和刘仁静代表北京支部出席大会"。张国焘晚年能说出这话，说明他还是谦虚的。

出席中共一大，作为年仅24岁的北大学生，已是十分荣幸的事。虽然他的年龄不是最小的，但比13名代表的平均年龄还小4岁，当然属于比较年轻的。

如此年轻的张国焘何以能够担任中共一大主持人的重要角色？个中原因并不复杂。张国焘来自新文化运动的中心和五四运动的策源地北大，学生领袖的良好形象、工人运动的宝贵阅历和相对突出的组织能力，使张国焘不仅成为青年一代共产党人的代表，而且也进入了"南陈北李"的视野。从当时看，他是"南陈北李"都很赏识的学生。所以，当陈独秀、李大钊都不能出席时，主持人的角色落到张国焘之身，也就不奇怪了。

应该说，张国焘的主持还是中规中矩的。首次主持就在第一次会议上正式宣布中国共产党诞生，并说明了这次代表大会的意义、大会必须制定纲领和实际工作计划，这是必不可少的重要宣布。会议分工让李汉俊、刘仁静担任翻译，让毛泽东、周佛海担任记录，也显得有板有眼；会议日程中既有大会讨论，也有休会以起草文件；会议过程中让代表们畅所欲言充分讨论，而且把没能达成一致的意见空缺处理；等等。

中共一大的中央局成员

尤其值得称道的是，当7月30日会议遭遇突发情况难以继续进行时，他尚能处变不惊，在李达夫妇的提议下，能及时决策转移到嘉兴南湖完成最后一次会议。

主持中共一大给张国焘带来了巨大的政治利益。中共一大选举他为中央局成员、组织主任，也就顺理成章了。年纪轻轻就能超越比他年长一些的党内著名理论家和实干家，奠定了建党初期张国焘的政治地位。此后很长时间，除中共三大由于反对国共党内合作而落选中央委员外，他一直是中国共产党的领导人之一，以至于1938年4月当张国焘脱党出走来到武汉时，周恩来曾当面严肃地对他说："这个党是你创建的，你不能离开啊！"

但是，张国焘也有很多让人诟病之处，首先是人品问题。1924年张国焘被捕，在敌人严刑逼供下所写的供词中，排在前面的就是李大钊，这间接导致了李大钊1927年被敌人杀害。这个隐藏了多年的秘密，直到新中国成立后北洋政府的京师警察厅档案解密后才真相大白。老战友徐向前曾评价他：张国焘这人不是没有能力，但品质不好。

张国焘也是傲慢的。1919年张国焘与毛泽东在北大图书馆首次相遇，当时张国焘是学生领袖，而毛泽东是北大图书馆助理员，李大钊向毛泽东介绍张国焘后，毛泽东迎上前，热情地同张国焘握手，自我介绍说："我是湖南毛润之。"张国焘点点头，然后旁若无人地与李大钊高谈阔论起来。许多年后，毛泽东在陕北接受美国记者斯诺采访时，谈及这次相识，深有感触地说："他们看不起我这个乡下土包子。"

张国焘更是残忍的。徐向前在《历史的回顾》中记述："将近三个月的'肃反'，肃掉了两千五百名以上的红军指战员。"而当时的红四军不过1.5万人，还有数字是：12个团，被杀害的竟达6000人。

五、他是中国"理论界的鲁迅"

1956年7月，毛泽东来到武汉。甫一到达，就对身边工作人员梅白特别嘱咐："我知道，我是要遵守中央和省委为我制定的那些'纪律'的。但我可有一句话说在前头，以后我来武汉时，有一个人，白天除了我上厕所外，随时可以来见我。"

梅白知道毛泽东在说谁，但他还是试探着问："主席，你说的这个人是不是武汉大学校长李达同志？"

毛泽东点了点头："对！他是一大代表，党的一大的筹备者和组织者，一大中央委员，我党第一任宣传主任。"第二天，他就要梅白去请李达到东湖宾馆见面。

"毛主……毛主……"也许是不习惯的缘故，李达见了毛泽东后，一连说了几次"毛主"，可就是那个"席"字跟不上来。

毛泽东见李达那副窘态，忙握住老朋友的手说："鹤鸣兄，不要自己难为自己了。你主、主、主什么，你曾当过我们党的第一任宣传主任，那时我叫你主任没有？没有啊！我们还是过去那样，你叫我润之，我叫你鹤鸣兄。"这番话打消了李达的窘态。

宾主坐定后，毛泽东与李达谈起了他们大革命失败后，在武汉分手时说的那些话。李达惭愧地说："润之，我很遗憾，没有和你们一同上井冈山，没有参加二万五千里长征。"

毛泽东不同意李达的话："你看，你看，鹤鸣兄，怎么又说起这话来了？我们在北京香山彻夜长谈时，不是已经说清楚这些事情了吗？我还是那句话，你在国统区，冒着生命危险宣传马克思主义，也是难得的呀！你还遗憾什么？我看你是黑旋风李逵。但你可比他李逵厉害，他只有两板斧，而你鹤鸣兄却有三板斧。你既有李逵之大义、大勇，还比他多一个大智。你从'五四'时期传播马克思主义算起，到全国解放，可称得上是理论界的'黑旋风'。胡适、梁启超、张东荪、江亢虎这些'大人物'，哪个没有挨过你的'板斧'？鹤鸣兄，不要再自责了，你就是理论界的鲁迅，我一直就是这么个看法！"

鲁迅是谁？毛泽东对鲁迅又有怎样的评价？

鲁迅（1881—1936），原名周樟寿，后改名周树人，字豫才，浙江绍兴人。著名文学家、思想家、革命家、民主战士，新文化运动的重要参与者，中国现代文学的奠基人之一。代表作有《呐喊》《彷徨》《朝花夕拾》《野草》《华盖集》《中国小说史略》等。

毛泽东与鲁迅虽然未曾谋面，但在公开评价鲁迅时，称他为"中国的第一等圣人"，并自称"贤人"，"是圣人的学生"。

1938年10月9日，陕北公学纪念鲁迅逝世两周年大会上，毛泽东发表演讲，谈到心目中鲁迅的崇高地位："鲁迅在中国的价值，据我看要算是中国的第一等圣人，孔夫子是封建社会的圣人，鲁迅是新中国的圣人。"

1940年1月，毛泽东发表《新民主主义论》这篇全面阐述新民主主义阶段中国革命和中国文化的重要文献，更进一步认为，鲁迅是"中国文化革命的主将，他不但是伟大的文学家，而且是伟大的思想家和

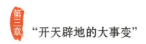

伟大的革命家……空前的民族英雄。鲁迅的方向，就是中华民族新文化的方向"。

毛泽东曾亲自对延安鲁迅艺术学院的师生们说："我们决定创立这所艺术学院，并且以已故的中国最大的文豪鲁迅先生为名，这不仅是为了纪念我们这位伟大的导师，并且表示我们要向着他所开辟的道路大踏步前进。"艺术学院以鲁迅命名，本身就包含着毛泽东对抗战文艺乃至新中国文艺事业发展的期望。

毛泽东推崇鲁迅，主要有三点：一是"他的政治的远见"，"他用显微镜和望远镜观察社会，所以看得远，看得真"；二是"他的斗争精神"，"他看清了政治方向，就向着一个目标奋勇地斗争下去，决不中途投降妥协"；三是"他的牺牲精神"，"他一点也不畏惧敌人对于他的威胁、利诱与残害，他一点不避锋芒地把钢刀一样的笔刺向他所憎恨的一切。"还说："鲁迅的骨头很硬，半殖民地的国家有像鲁迅这样硬的骨头是很可贵的。"

毛泽东对鲁迅评价之高，在古今文化人当中，无出其右。

毛泽东称李达为"理论界的鲁迅"，当然就是中国理论界的"第一等圣人"。

中国革命胜利前夕，毛泽东当然不能忘记他的"鹤鸣兄"。1948年11月，全国性政权建立在即，毛泽东专门用暗语致信李达，邀请他参与新政权。

当天，两位老朋友边谈边开

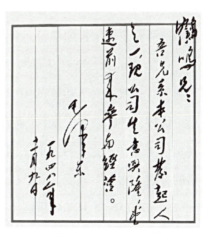

毛泽东给李达的暗语信

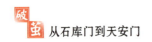

玩笑，一谈就是一下午。

李达走后，梅白乘兴问毛泽东："主席，你能否公开评价一下李达同志，或者把你刚才说的话发表出去？"

毛泽东回答："他是理论界的鲁迅，还要我评价什么？历史自有公论！小梅，你也许还不太了解李达同志，我也不可能给你说得太多。你最好去看看他的那几本书，特别是那本《社会学大纲》。这样，你就可以理解我对他的评价了。"

就这样，李达是"理论界的鲁迅"一说，就在党内外传开了。

李达（1890—1966），号鹤鸣，湖南零陵县人。自幼天资聪颖，除了熟读老师指定的教材外，还阅读了大量古典文学名著，同时对数学和自然常识也特别喜爱。

1913年和1917年，怀抱实业救国理想的李达两次东渡日本，先后考入东京高等师范和第一高等学校，学习理工科。1918年5月，段祺瑞政府与日本秘密签订丧权辱国的《中日共同防敌军事协定》后，中国留日学生群情激愤，李达率留日学生救国团到北京请愿。但其"预定唤起国内学生大搞救国运动的希望终于没有实现"。回到日本后，李达毅然放弃了理工科的学习，全力研读马克思主义。

1920年8月，李达从日本"回国寻找同志"。不久，他就参与到陈独秀、李汉俊等人组建的中国共产党上海发起组。李达充分发挥了理论优势，被陈独秀安排到《新青年》月刊和《劳动界》周刊的编辑部，还担任了《共产党》月刊的主编，成为中共早期"三刊一社"宣传网络的关键人物。"一社"，就是社会主义研究社。

在1920年11月7日俄国十月革命三周年纪念日之际，党的上海发起组在陈独秀寓所创办了半公开的《共产党》月刊，李达任主编，第一次在中国大地上打出"共产党"的旗帜，甫一出刊便如石破天惊。刊物专门介绍马克思主义理论和各国共产党的实践，在分辨无政府主义与非马克思主义时，《共产党》表现出深刻的批判精神。

而在这时，李达与王会悟的爱情也已成熟，就在陈独秀寓所的亭子间举行了简单的婚礼。因主人陈独秀正在广州，为李达和王会悟操办婚事的是女主人、陈独秀夫人高君曼，新房设在《共产党》月刊编辑部所在地，婚后继续住在陈独秀寓所的亭子间。

对于《共产党》月刊，长期担任中共中央宣传部部长的著名理论家蔡和森在《中国共产党史的发展（提纲）》中指出："党的出版物，除《新青年》外还有《共产党》，销数很广，宣传亦很有力量。"

《李达传记》作者、武汉大学教授宋镜明说："李达那时不仅是《共产党》月刊主编，又是《新青年》编辑，还要写文章，他哪有那么多时间？没有王会悟帮助，李达不可能完成那么多任务，也做不好那么多事情。"

1921年4月，共产国际代表马林到上海，推动召开中国共产党第一次全国代表大会。李达作为中国共产党上海发起组的代理书记，承担了中共一大的主要筹备工作。李达与李汉俊分头写信给北京、长沙、武汉、济南、广州等地的组织或党员，通知各派两名党员来上海，参加党的全国代表大会。由于新婚妻子王会悟长期在上海工作，李达请她帮忙选定中共一大会址和安排外地代表的住宿等。

在李达夫妇的筹备下，中共一大于7月23日顺利召开。而当最后一次会议遭遇危险之时，李达夫妇及时组织大家转移到浙江嘉兴南湖的一艘游船上继续举行，直至完成全部使命胜利闭幕。

中共一大选举李达为中央局成员、宣传主任，也是实至名归。李达因负责中共一大的筹备工作，又是上海发起组的代理书记，《共产党》月刊的主编，还曾著译过大量介绍马克思主义的文章，擅长理论研究和宣传组织工作。

李达确实是典型的学者型人物，爱坦率地表明观点，不喜欢随声附和，所以在党内树敌颇多。他曾在中共二大上当众顶撞张国焘，随后又与陈独秀在建党和发展党等问题上激烈争论，并决然脱离中国共产党。他瞧不起陈独秀的马克思主义理论修养，认为只是当时一个新闻记者水平。也不满陈独秀在党内的霸道作风等，甚至曾当面骂陈独秀："你这个家伙要有了权，一定是先把人杀了再跟人家认错。"

李达的寓所成为中共二大的会址

其实，李达自己也是这样的性格。在中共一大代表的有关记忆中，李达"是一个学者气味很重、秉性直率的人，有一股湖南人的傲劲，与人谈话一言不合，往往会睁大双目注视对方，似乎怒不可遏的样子。他的简短言辞，有时坚硬得像钢铁一样"。

但作为"理论界的鲁迅"，李达著作等身，成就斐然。其《现代社会学》《社会学大纲》《经济学大纲》《社会进化史》《货币学概论》《法理学大纲》《〈实践论〉解说》《〈矛盾论〉解说》《唯物辩证法大纲》等

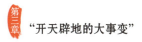

著作，都是中国马克思主义史上的名典。他在哲学、经济学、政治学、历史学、法学、社会学、教育学等众多领域都取得了开创性成就，实现了对马克思主义理论的整体探索和综合创新，堪称百科全书式的名家大师。

六、从清末秀才到中共一大代表

中共一大代表都是知识分子，主要有两个来源：留学归来或名校出身。但是，获取秀才功名的仅有一人，就是董必武。其实，董必武不仅留学归来，具有秀才功名，而且还有中国同盟会和中国国民党的革命经历。后来在延安，他与吴玉章、林伯渠都是从资产阶级革命者转变为共产党人的，他们三位与徐特立、谢觉哉，合称"延安五老"。

董必武（1886—1975），原名董贤琮，又名董用威，字洁畲，号壁伍，湖北黄安（今红安）人。1903 年，17 岁的董必武应黄安县试和黄州府试，考取了秀才。1905 年 11 月考入湖北文普通中学堂，1910 年毕业，获清朝学部授予的拔贡学衔。后在黄州任教员。

在文普通中学堂，他入学后写的第一篇论文是《伍子胥申包胥合论》，接近桐城派文风，学监看后，十分欣赏，在卷子上批道："锲而不舍，他日必成文学名家。"

董必武学习专心致志，国文、修身、历史、地理、经学等方面的基础很好，到文普通中学堂后，便把全部精力用在数学、英文等课程上。因此，每次考试都名列第一。

1910 年，文普通中学堂已改为湖北省城第一中学堂。同年 10 月，董必武在该学堂毕业，由于学业最优，被列为最优等五名中的第一名。

当时的湖广总督瑞澂在给宣统皇帝的奏折中，保奏董必武为"拔

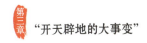

贡"。宣统年间，拔贡是对学业最优等学生的一种最高荣誉和奖励，由此可充任官职。

1911 年董必武参加了辛亥革命，同年加入中国同盟会，并在武昌军政府中担任工作。武昌起义后的第三天，董必武闻讯连夜赶赴武昌投奔军政府任秘书官，担任过同盟会湖北支部评议员、军政府总务科长。

然而，同孙中山和多数资产阶级革命者的革命经历相似，董必武的资产阶级革命经历也颇为坎坷。考验的是革命的精神和意志，这一点董必武做到了。

1913 年，"二次革命"失败后，董必武在湖北省立第一师范担任了一段时间的英文教员。1914 年 1 月和张国恩、张谐英东渡日本，考入东京神田区日本大学法律科，从此开始了留学生涯。

在日本留学期间，董必武谒见了孙中山先生，在反对袁世凯的"二次革命"失败后的险恶环境下，他毅然参加孙中山重建的中华革命党。

1915 年，董必武回国，策动讨袁的军事活动，两次被捕入狱，1916 年出狱后再次赴日本，继续坚持学习和斗争。1918 年回国，董必武在武汉开办律师事务所并办学，成为湖北颇有名气的教育家和律师。他参加了护法运动。

1919 年董必武又在上海参加了五四运动，开始转向信仰共产主义，进入到一个崭新的事业中。在十月革命和五四运动的影响下，董必武开始接受马克思主义。他总结中国旧民主主义革命的教训，对比俄中两国革命成败的经验，从中认识到，"中国的独立，走孙中山的道路是行不通的，必须走列宁的道路"。由此他逐步实现由激进民主主义到共产主义的重大思想转变。

　　1919 年，寓居上海的董必武通过研读马克思主义理论书籍，结合自己投身民主革命的经历，以及对俄国十月革命和五四运动的深刻思考，逐步认识到：中国革命要取得成功，必须走俄国十月革命的道路。自此，董必武义无反顾地踏上了无产阶级革命的征途。而要实行阶级革命，走俄国道路，必先要唤醒和组织群众。董必武与李汉俊等人经过精心筹划，决定从宣传新思想、提高民众的阶级觉悟入手，立即着手办两件事：一是办报，二是办学。

武汉中学旧址

　　1919 年 8 月，董必武由上海返回武汉，开始了全新的革命事业。由于资金募集困难，办报的计划中途搁浅，董必武遂将精力集中在创办一所中学上。在董必武的艰辛筹措和众多热心同人的大力支持下，私立武汉中学（今武汉中学）于 1920 年 3 月正式开始招生。学校成立后，董必武为利于办学，提议由当地知名的教育界人士担任董事长和校长，而自己则实际主持学校的各项工作。

　　为了更好地发挥武汉中学在教育、宣传和组织群众方面的作用，董必武采取了一系列措施。

　　一是努力降低费用，吸收更多的贫困家庭子弟和农村子弟入学。学校董事会办学章程规定：报考武汉中学的费用比本地区同类学校低六分之一，学费低三分之一。同时，教职员工只拿低薪或不支薪，在工作中一人身兼数职，以尽可能减少开支。

二是十分注重学生的思想进步和道德提升。董必武以"朴诚勇毅"为该校校训，亲自教授两个班的国文课，采用白话文教学，并精心挑选了古今中外具有人民性的优秀诗文作为教材内容，以培育和启迪学生的新思想。

三是引导学生逐步树立革命思想。董必武"设法为学生购买了《共产党宣言》《新青年》《湘江评论》《武汉星期评论》等书刊"，并指导学生编写了《政治问答》等，引导学生关注时事政治；邀请李汉俊、钱介磐、恽代英等先后到校作演讲，向学生传播革命思想，"使学生得以在学业和思想上并进"。

在董必武的努力下，武汉中学成为培养革命骨干的摇篮，不少师生先后加入了中国共产党和社会主义青年团。据统计，武汉中学教师中有5位成为武汉共产主义小组的成员；在1927年冬爆发的鄂东"黄麻起义"总指挥部的10名领导人中就有5名毕业于武汉中学。

在中共一大讨论、制定党的第一个纲领、作出第一个决议时，丰富的革命经历和社会经验让董必武发挥出独特的作用。

1921年7月，董必武和陈潭秋作为武汉共产党早期组织的代表抵达上海，参加中国共产党第一次全国代表大会。按照议程，各地党组织先汇报工作。董必武向大会全面汇报了武汉共产党早期组织的筹建和本地区党团的活动情况，得到了与会代表的肯定。

但在讨论中国共产党的第一个纲领时，代表们在党的奋斗目标和组织原则上发生了意见分歧，董必武发挥革命实践丰富的优势，为中共一大纲领中最核心的第二条内容的正确制定，发挥了积极作用。

会上，李汉俊等在党的奋斗目标上提出要"实现资产阶级民主政治"，在党的组织原则上提出"主张团结先进知识分子，公开建立广泛的和研究马克思主义理论的政党"。而刘仁静等则主张"以无产阶级专政为直接斗争的目标，反对参加资产阶级民主运动，反对任何合法运动，认为知识分子都是资产阶级的思想代表，一般应拒绝其入党"。董必武根据自己多年的革命实践和独立思考，与大多数代表一道批评了李汉俊、刘仁静等的错误意见，保证了中共一大纲领的正确确定。

在讨论如何对待孙中山的问题上，包惠僧等认为"孙中山与北洋军阀一样，甚至比北洋军阀还要危险，与孙中山联合，容易使群众彷徨"。董必武则结合自己的革命经历认为，孙中山与中国共产党在革命的目标和策略方法上虽然存在不同，但不能把孙中山与北洋军阀相提并论；孙中山自成立兴中会以来所开展的一系列革命活动是应该肯定的。他还主张为了反对革命阶级的共同敌人——北洋军阀，应当联合孙中山。董必武的意见实质上提出了共产党在领导革命时要建立统一战线来反对共同敌人的正确思想。

然而，此次大会所形成的决议却主张对现有其他政党"采取独立的攻击的政策"，"不同其他党派建立任何关系"。这种脱离实际的主张，到中共三大才得以纠正。

会后，董必武和李汉俊起草了给共产国际的报告，总结了大会讨论的主要问题，他还旗帜鲜明地提出了"打倒帝国主义""打倒军阀"的战斗口号。董必武以其丰富的革命实践经验，坚持真理、不盲从他人的优良政治品格为中共一大作出了重要贡献，并为中共三大提出实行国共合作的政策提供了有益的思想借鉴。

中共一大闭幕后，董必武返回湖北武汉，公开职业是继续主持武汉中学，隐蔽身份是中共武汉地方委员会书记、中共湖北省委委员。

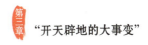

他在校内秘密向学生进行革命教育，从而在省内发展了中共一大后最早的一批党团员。

当时的武汉中学太牛了！除了董必武、陈潭秋、李汉俊三位同时成为中共一大代表的老师外，学生也很厉害，黄麻起义、南昌起义、秋收起义中的不少骨干人物出自这里。

中共创建时期，党的领导人有"南陈（独秀）北李（大钊），两湖毛（泽东）董（必武）"的说法，流传甚广。确实，毛泽东与董必武都是党内特别注重革命实践的实干家，也是中共一大代表中最终走上天安门城楼、实现"从石库门到天安门"仅有的两位。

信仰是人的精神之钙，只有信仰坚定的人才能行稳致远。董必武具有坚定的共产主义理想信念。在他60多年的革命生涯中，始终抱定革命必胜的信念，即使在革命遭到严重挫折时也矢志不渝。大革命失败后，他被敌人重金通缉，家中房屋被拆毁，亲友亦被株连，这些都没有动摇他坚持革命的意志和决心。硬是坚持革命到底，从石库门最终走上了天安门。

董必武育有三名子女：董良羽、董良翚、董良翮。三个名字之所以都带"羽"字，是因为董必武深感旧中国的"落后就要挨打"，希望中国自己制造的飞机早日飞上蓝天，期待他们兄妹志存高远，为国家建设作贡献。

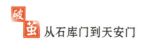

七、第一个纲领少了一条内容

政党的纲领是政党的灵魂。每个政党都有自己的纲领，以确定本政党的性质、地位、宗旨和目标。中国共产党也不例外。党在创建过程中就制定和实施正确的纲领，对于马克思主义政党及其领导的夺取政权的事业，都至关重要。

在共产国际指导下，党从创建之时起，就注重制定自己的纲领。

如前所述，中国共产党第一个组织出现在中共一大之前，而且出现了一批早期组织，那么，党最早的纲领也相应地出现于中共一大之前。

据解密档案和早期党员回忆，在党的上海发起组酝酿阶段，陈独秀就曾委托戴季陶起草党纲，但因戴关键时刻掉链子而作罢。1920 年 6 月 19 日，陈独秀召集李汉俊等 5 人开会成立社会共产党时，决定由李汉俊起草党纲。由李汉俊用两张八行信纸写成，有六七条（也有人回忆说有十余条），内容有"中国共产党用下列的手段，达到社会革命的目的：一、劳工专政；二、生产合作"等。

这个党纲应该是第一个纲领，并曾由陈公培带到法国，施存统带到日本。可惜岁月荏苒，这份党纲已经难觅任何版本的文字材料了。

现存第一个正式纲领，是中共一大正式通过的中国共产党第一个纲领。这个纲领经过一大第三、四、五次会议专门的讨论甚至激烈的辩论，才得以形成文字并获得原则性通过。但它仍然存在多个谜团，

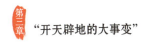

包括：为何没有中文版？为何有俄文、英文两种版本？为何第十一条都没有内容？这些问题，有的至今没能得到合理的破解。

第一个问题：为什么没见到中共一大纲领的中文本？

既然是中国共产党自己的会议，会议材料就不可能不用中文本。何况一大代表们都记得，中共一大曾通过一个纲领和一个决议——中国共产党的第一个纲领和第一个决议。那么，中文本究竟哪里去了？原来是被陈公博带到广州又带到美国去了。

现在就让我们一起来追踪中共一大党纲的中文本的来龙去脉。

南湖会议通过了中国共产党第一个纲领，并选举陈独秀为中央局书记。但由于陈独秀人在广州，不能立即履行书记职责。也因留日学生周佛海尚未返回日本，且要留在上海与上海女子杨淑慧谈恋爱，于是南湖会议就请周佛海临时代理中央局书记。如此一来，中共一大的文件就交由周佛海从嘉兴带回了上海。这些文件当然都是中文本。

由于代理书记周佛海将要返回日本，也是出于对陈独秀的尊重，周佛海就将文件交给将要返回广州的陈公博，请他将包括党纲在内的文件带到广州，面呈陈独秀。

这一切都是按照组织程序进行的，无可非议。

然而，返回广州的陈公博却与陈独秀失之交臂。陈公博返回广州后，并没把这批重要文件交到陈独秀之手，而是赶写了洋洋洒洒的《十日旅行中的春申浦》，公开发表在1921年8月出版的《新青年》第9卷3号上。至9月初，陈独秀离开广州回到上海，这批中共一大的文件最终竟没能交到陈独秀之手，而是继续保留在广州的陈公博处。

这篇《十日旅行中的春申浦》虽然用了很多暗语，不过，它确实

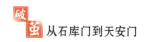

是关于中共一大最早的文章。

随后，陈公博与中共中央在对待孙中山和陈炯明的问题上发生了严重分歧，受到了中共中央的纪律处分，便开始心灰意冷，与党渐行渐远，准备赴美留学事宜。他于1922年11月先到了日本横滨，次年2月12日带着中共一大的文件，从横滨搭乘美国"总统"号邮轮赴美，28日注册进入哥伦比亚大学文学院，开始攻读硕士学位。

关于这段历史，陈公博20年后回忆道："我抵美之后，接植棠（作者注：即谭植棠）一封信，说上海的共产党决定我留党察看，因为我不听党的命令，党叫我到上海我不去，党叫我去苏俄我又不去。我不觉好笑起来，我既不留党，他们偏要我留党察看，反正我已和他们绝缘，不管怎样，且自由他。"

不过，陈公博对于中共一大的记述，不仅仅是写了《十日旅行中的春申浦》，而且还写了一篇重要的论文。这篇论文是在大洋彼岸的美国哥伦比亚大学图书馆发现的。

那是1960年，美国哥伦比亚大学中国史教授韦慕庭（C.Martin Wilbur）获悉，哥伦比亚大学图书馆在整理资料时，从尘封已久的故纸堆里发现一篇该校1924年1月的硕士学位论文，英文题为 *The Communist Movement In China*（《共产主义运动在中国》）。作者署名"Chen-Kungpo"。经考证，就是后来做了汉奸的中共一大代表陈公博。

此文的重要性还不在论文本身，而在于它的附录。附录全文收入6篇文献，它们是：

附录一　中国共产党的第一个纲领（1921年）

附录二　中国共产党关于党的目标的第一个决议案（1921年）

附录三至附录六分别是中共二大通过的《中国共产党宣言》《中国

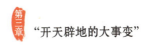

共产党第二次全国代表大会决议案》《中国共产党章程》和中共三大通过的《宣言》。这六篇附录中，附录一、二、四、五是散失多年、连中国国内也未曾找到的有关中共创建的重要历史文献。

得到哥伦比亚大学社会科学研究会的赞助，1960年，哥伦比亚大学出版了《共产主义运动在中国》一书，收入韦慕庭的绪言和陈公博1924年1月的毕业论文。作为附录一的中国共产党的第一个纲领继续被附录在后。中共一大的党纲终于浮出水面！

不过这份党纲是否真实，尚需得到进一步的佐证。

众所周知，中共一大是在共产国际的指导和资助下召开的，一大纲领也明确做出了"联合第三国际"的决定，因此，大会的重要文件当然要报送共产国际。实际上，一大代表们返回上海后，自然要向马林提交一套文件材料，被译成俄文后上报莫斯科。从当时党内职责分工看，译成俄文者应该是马林的翻译兼助手张太雷。

这套俄文本材料得到了妥善的保存。1956年12月，苏共中央把原中共驻共产国际代表团的档案移交给中共中央。时任中共中央办公厅主任的杨尚昆派人到莫斯科接收了这批共计18箱的文件，其中就有俄文版的《中国共产党第一个纲领》。

中央档案馆筹备处曾将此件和《中国共产党第一个决议》及《中国共产党第一次代表大会》一并送请董必武帮助鉴别。董必武在1959年9月5日的复信中说："我看了你们送来的《党史资料汇报》第六号、第十号所载：'中国共产党第一次代表大会'、'中国共产党第一个决议'及'中国共产党第一个纲领'，这三个文件虽然是由俄文翻译出来的，在未发现中文文字记载以前，我认为是比较可靠的材料。"

需要说明的是，虽然俄文本比英文本早一年面世并被确认，但由

中国共产党的第一个纲领（由俄文本译成中文本）

于俄文本的影响仅局限于高层内部，并没有扩散到社会，并未立即造成政治或学术影响。而英文本在美国出版后，迅速在西方国家产生影响，是先被社会知晓的一个版本。

1980 年 7 月，人民出版社同时出版了由俄文本和英译本翻译的中译本，统一编入中国现代革命史资料丛刊《"一大"前后（一）》中，不仅都是 15 条内容，而且各条内容基本一致，尤其都缺第 11 条。学者们经过对两个版本内容的对比，恍然大悟，确认无误。

至此，真相大白！中共一大通过的党纲都是中文本，一份被陈公博带到美国翻译成英文作为自己硕士论文的附录了，另一份被翻译成

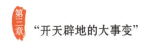

俄文报送共产国际了。现在，"出口转内销"的这两个版本，不仅条数完全相同，而且语言都基本一致。终于可以确认无误了。

英、俄两个文本都缺少第11条，且至今仍有多种推断而未能确定。那么，其内容究竟是什么呢？迄今为止，有"宣传工作说""与其他政党关系说""与共产国际关系说""经费说""民主集中制说"等多种说法，可谓众说纷纭，莫衷一是。

其实，只要翻阅一下相关的解密档案资料就不难发现，1956年12月苏共中央移送中共中央的原中共驻共产国际代表团档案中，就有一份《中国共产党第一次代表大会》，这是中共一大报送共产国际的一份工作报告。它就是中共一大代表董必武1929年12月31日在给另一位代表何叔衡的信中提到的那份报告，信中说"向国际作了一个中国情形的报告，报告是李汉俊和董必武起草的，经大会通过（这份材料不知国际还保存着没有？）"。

对于第11条的内容问题，报告的原文中有专门说明："有些问题经过长时间辩论以后，做出了最后的决定，只有引起热烈争论的一点除外。这一点就是，党员经执行委员会许可能否做官和当国会议员。"会上形成两种截然对立的意见：

> 对这个问题有两种意见，一方坚持认为，我们的党员做官没有任何危险，并建议挑选党员做国会议员，但他们必须在党的领导下进行工作。另一方则不同意这种意见。在第三次会议上，代表们没有得出任何结论。在第四次会议上，辩论更加激烈。
>
> 这个问题我们还是不能作出结论。只好留到下次代表大会去解决。至于谈到我们是否应该做官的问题，这个问题有意识地回

避了。但是，我们一致认为不应该当部长、省长，一般说不应当担任重要行政职务。在中国，"官"这个词普遍应用在所有这些职务上，不过，我们允许我们的同志当类似厂长这样的官。

因此，第11条应该是"关于党员经执行委员会许可能否做官和当国会议员"。因为没能达成一致意见，所以实事求是地选择空缺。党的二大确实做出了明确的规定。

显然，中共一大纲领第11条不是"遗漏""丢失"，而是"有意识地回避"，是故意空缺。这份《中国共产党第一次代表大会》文献，新时期40多年来一直都呈现在我们的眼皮底下：

如，中国科学院现代史研究室、中国革命博物馆党史研究室选编，人民出版社1980年7月出版的《"一大"前后（一）》，第20—23页；

又如，中央档案馆编、中共中央党校出版社1989年出版的《中共中央文件选集》第一册，第556—559页；

又如，中共中央文献研究室和中央档案馆编、中央文献出版社2011年出版的《建党以来重要文献选编（一九二一——一九四九）》第一册，列在第五篇，第21—24页；

再如，中共中央党史研究室和中央档案馆编、中共党史出版社2015年出版的《中国共产党第一次全国代表大会档案文献选编》，第26—28页。

如此等等，版本多多，可惜被我们疏忽了。

从内容看，中共一大纲领是党的创建者们集体智慧的结晶，也是马克思主义中国化的成果。

中共一大的纲领是在《共产党宣言》《共产主义者同盟章程》《共产国际宣言》《共产国际章程》等确定的原则和要求的指导下起草的，其名称和内容是以《美国共产党党纲》和《美国共产党宣言》为蓝本，结构形式则是以当时的中国国民党等其他党派章程流行的范式为参照，同时采纳了陈独秀让陈公博带到会上的"四点意见"。

原来，由于陈独秀不能与会，所以当广东代表陈公博来到上海出席中共一大时，陈公博拿出陈独秀交给他的亲笔信，陈独秀在信中谈了对建立中国共产党的四点意见，即"一、党员的发展与教育；二、党的民主集中制的运用；三、党的纪律；四、群众路线"。从中共一大党纲的内容看，这"四点意见"的精神基本得到了体现。

众所周知，中共一大没有制定党章，一大纲领实际上起了党章的作用，因为一大纲领是一个结构精致、内涵丰富、针对性强的有机整体。

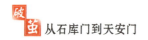

八、香港海员吹响冲天号角

毛泽东说过：自从有了中国共产党，中国革命的面貌就焕然一新了。

工人阶级是中国革命的领导阶级和党的根本依靠力量，党是中国工人阶级的先锋队。党成立后，首先成立的就是领导全国工人运动的组织——中国劳动组合书记部，中央局组织主任张国焘任书记。各地成立分部，直接领导工人运动，尤其是组织工人罢工。

1922年1月12日至3月8日的香港海员大罢工，是在中国共产党的影响和推动下，为反对英帝国主义的压迫，要求改善待遇而举行的罢工。

在中国共产党成立仅仅半年之时，当时仅有100来名党员的中国共产党，就发动和领导了气势壮阔的香港海员大罢工。

冰冻三尺，非一日之寒。香港海员罢工的原因，客观原因不外有以下几点。

首先是中国海员工资微薄。普通工人每月工资在二十元以下。而香港的日用消费品主要靠从外埠运来，如梧州的鸡鸭，广州的猪、牛肉，汕头的水果，上海的纺织品等。这些物品运到香港，加上运费、关税，因此价格比内地高了许多。而且物价飞涨，如大米，1922年时上海大米的卖价上涨12.5%，而香港则上涨15.5%。根据当时的生活水平，如有三四口之家"非每月华币二九元五角不能维持生计"。

其次是包工制剥削。当时在香港凡要上船当海员的，必须经过"馆口"的介绍。"馆口"分三种。第一种叫作"洗马沙馆"，由包工头设立，他们与船东勾结，包揽介绍海员工作。凡经"洗马沙馆"找到工作者，必须贿赂工头数十元钱，上船做工后，海员还要从工资中抽出13元或15元给工头。第二种叫作"君主馆"，由个人设立，也和船东勾结，凡加入者须先缴纳入馆费数十元，才有候工资格。介绍上船工作，并不按先后次序，而由馆主随心所欲来定。第三种叫作"民主馆"，又叫作"兄弟馆"，是由海员合股组织的。类似公共宿舍性质，比前两种公平，但因海员多数不识字，故必须请识字的人做"管理先生"，时间久了，"管理先生"把持馆务，从中渔利，剥削海员。上述三种"馆口"，在香港一地即有130余处。海员就遭受这些馆主和船东的双重剥削。

再次是帝国主义的种族歧视。香港存在严重的种族歧视和民族压迫。一组数据很能说明问题，中国海员与白种人海员做同样的工作，待遇却不一样，工资一般是2∶10。香港白种人海员的工资本来已经比中国海员高了许多，但1921年冬白种人海员的工资又增加了15%，而中国海员的工资仍和第一次世界大战前一样。因此，中国海员当然对轮船公司不满。其他方面，如住房，白种人海员一二人住一间，中国海员五六人住一间，而且都是一些条件不好的房间。沿海和内河轮船上的海员，没有房间住，货堆上、通道旁、煤堆里，便是他们的住处。而且经常遭到打骂、缴罚金等虐待。

最后是失业的威胁。自帝国主义侵入中国以来，农民和手工业者大批地破产，失业的人群涌入城市去寻找工作，于是大城市有着广大的劳动后备军。仅香港一地，经常就有失业的海员一两万人。船主与包工头乘机压低海员工资，无情地剥削他们，海员稍有不满，不是遭到毒打，就是开除。这些痛苦，就是点燃海员反抗怒火的根本因素。

另一个重要原因，是当时国内外革命潮流的影响。俄国十月革命胜利了，当时世界革命潮流非常汹涌。海洋轮船来往东、西洋，他们受此潮流的激动，独得风气之先，哪有不发生阶级觉悟的道理？就是内地也发生不断的自发的罢工斗争，香港机器工人罢工更给海员以眼前的实例。因此香港海员首先便掀起中国第一次罢工高潮的第一怒涛了。

其实，香港从来没有离开过中国共产党的视线。从 1920 年 8 月陈独秀等人在共产国际帮助下在中国成立第一个共产党早期组织开始，有资料显示香港就依靠 30 个工会组织中的 12 个工会组织，开始建立了共产党的早期组织，而且还同汕头、福州、澳门等城市的工人保持着联系。

以上应是导致香港海员大罢工的客观原因。

香港海员罢工的主观原因，是海员已经成立了自己的工会组织。经过海员中苏兆征、林伟民等积极分子的宣传和组织，1921 年 3 月成立了海员工会，定名"中华海员工业联合会"。海员工会虽已成立，但由于帮口观念很深，难以团结一致，工会刚刚成立，在海员中还没有树立起威信。因此，海员工会成立之后，就以工会的名义向轮船公司作了几次交涉，如抗议殴打海员，要求恢复海员工作等，结果都取得了胜利，于是海员对工会的信任日益加深，入会的海员也越来越多，从而为大罢工做了组织准备。

香港海员罢工的过程，堪称"惊涛拍岸，卷起千堆雪"。

海员们最初希望通过合法斗争实现要求，但殖民者的高傲自大和

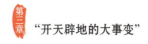

狂妄藐视激怒了广大的海员。

1921年9月，香港海员工会向轮船公司提出三项要求。一是增加工资。工资10元以下者增加五成，10元至20元者增加四成，20元至30元者增加三成，30元至40元者增加二成，40元以上者增加一成。二是工会有介绍职业权。三是雇工合同签订时，工会有代表权。

平心而论，这些要求并不过分。然而，傲慢自大的轮船公司对海员工会提出的要求拒不答复。11月，香港海员工会再次提出要求，又未获得答复。

1922年1月12日，香港海员工会第三次提出要求并申明限轮船公司在24小时内答复，否则举行罢工。结果，海员工会对轮船公司复函不满意，被殖民者的傲慢激怒了的海员一方在13日晨有90余艘轮船1500人首先举行罢工。一星期后，参加罢工的轮船增至123艘，人数增至6500人。

香港的海员工人在英帝国主义的直接压迫下生活非常困苦。后来成长为中国共产党早期重要领导人的苏兆征，与后来也加入了中国共产党的林伟民等同志直接领导了这次大罢工。香港英国当局对工人的罢工极为恐慌，到1月底，包括运输工人在内的罢工人数增至两三万人。

2月1日，港英当局以武力封闭了海员工会和运输工会，并逮捕了罢工领袖。工人群众联合起来，组成纠察队，奋起反抗。从2月27日起，香港各工会陆续开始罢工，到3月初，罢工人数激增到10万人以上，其中包括邮局和银行职员、仆役、厨役、轿夫等，罢工浪潮席卷了整个香港，使繁华的香港成为"死港"和"臭港"。

英帝国主义开始进行野蛮镇压，3月4日，工人们成群结队徒步返回广州，行至离香港6公里的九龙沙田地区时，遭到英国军警的开枪射击，当场打死打伤数百人，造成"沙田惨案"，英帝国主义的屠杀行为更加激起了广大工人的义愤。

中国共产党领导工人运动的中国劳动组合书记部号召全国工人支援香港海员大罢工。上海、湖北、河南等地以及京奉、京汉、陇海、京绥等铁路工人，纷纷成立香港海员罢工后援会。香港各行业的中国工人为支援海员斗争，于2月底实行总同盟罢工。到3月初，罢工总人数达10万人，香港完全陷入瘫痪状态。党领导内地工人阶级齐心协力支持香港的阶级兄弟，在道义上、物质上极大地支持了香港工人的罢工斗争。

香港海员的罢工斗争坚持了56天，使英帝国主义在华经济利益遭受巨大损失。3月8日，罢工谈判协约签字，港英当局被迫接受海员们提出的条件，明令取消2月1日公布的封闭中华海员工业联合会的反动命令，送还被拆除的工会牌子，释放被捕工人，并答应抚恤在沙田惨案中死难的工人，增加工资15%—30%。至此，香港海员大罢工宣告胜利结束。

当重新挂上工会招牌时，罢工全体海员及香港全市工人都来庆贺，人数有十余万人，把街道挤得水泄不通，在高呼"海员工会万岁"的欢声雷动中，一致仰着头，看招牌徐徐地挂上去。爆竹连天，声震全港。

香港海员大罢工是尚在襁褓之中的中国共产党领导取得巨大胜利的第一次大罢工，展示了新生的中国共产党作为工人阶级先锋队的领导力和意志力，也展现了党对香港这位被西方强盗从祖国母亲怀里夺走的孩童的始终不离不弃的关心。

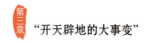

在党的领导下，依靠工会组织，罢工终于取得了最后的胜利，这对苦难深重的中国工人大众是一个极大的鼓励。罢工影响及于全国，在中国工人运动史上也具有开创性意义。而且罢工斗争中成长起来的苏兆征、林伟民等工人领袖，后来都作为中国工人阶级的优秀代表，担任过党的中央领导职务。

九、衙前村建立起农民协会

自从有了中国共产党，中国革命有了正确的前进方向，中国人民有了强大的凝聚力量和光明的发展前景。就时间而言，农民阶级是第一个被党组织起来的阶级。

农民阶级是中国传统的革命力量，历来人数最多、力量最大，是工人阶级天然的同盟军。创建之初，党就旗帜鲜明地宣告代表中国劳苦大众的利益，组织和领导工农大众进行斗争。斗争的形式，在城市是成立工会组织工人罢工，在农村则是成立农会组织农民土地革命。

在中国共产党成立前夕的 1921 年 4 月，上海《共产党》月刊就发表《告中国的农民》一文，这是中国共产党关于农民运动最早的历史文献。它号召农民组织起来，依靠自己的力量，争取翻身得解放。

也是同年同月，中共上海发起组党员沈玄庐从上海回到老家浙江萧山县衙前村，开展教育农民、组织农民的农村革命斗争。他身穿普通农民衣服，操着家乡方言，用农民常见的事例作比喻，不仅使农民听得懂，也说到了农民的心坎上。

在创立时期，共产党人就认识到农民在中国革命中的重要地位和作用，并根据中国国情对农民问题提出了不少新的理论，这为共产党人深入农村从事农民革命斗争指明了方向。

8 月 19 日，沈玄庐在凫山做了题为《谁是你们的朋友》的演讲，从"金钱的发生"揭露剥削的秘密，提出"世界上一切东西，都应该归劳动者所有"。9 月 23 日，在船坞山北做了《农民自决》的演讲，进一步揭露了地主剥削的残酷，亮出了"废止私有财产"、实现"土地公有"的政治主张，使农民听了"如见天日"。

沈玄庐为了迅速建立农民组织，出资兴办了衙前村小学，邀请原浙江一师的进步师生刘大白、宣中华、徐白民、唐公宪等到衙前任教，俞秀松 1920 年七八月间也去过。他们在传授文化知识和实用技术的同时，向广大农民宣讲革命道理。

在沈玄庐等人的共同努力下，党在衙前村培养和团结了一批农民积极分子，如萧山的李成虎、绍兴的单夏兰等。沈玄庐支持李成虎等贫苦农民开展了两起保卫自身利益的斗争。

一次是打米店。这年 5 月，正值青黄不接之时，粮商乘机抬高米价，引起农民的气愤。在沈玄庐等支持下，李成虎把围身布绑在竹竿上当大旗，带领农民捣毁凫山"周和记米店"及附近哄抬物价的米店，迫使粮商恢复原价。另一次是争得了被绍兴县官绅把持的西小江的养鱼权和捕鱼权。这让农民看到了自身团结的力量，提高了斗争的信心和勇气。

1921 年 9 月 27 日，萧山县衙前村成立了农民协会，发表了《衙前农民协会宣言》和《衙前农民协会章程》，并按章程规定选出 6 名农协委员，推举贫苦农民李成虎为领导人。至此，中国共产党建立并领导的中国第一个新型的农民组织正式成立。衙前农民协会影响波及萧山、绍兴、上虞 3 个县 82 个村的 10 多万名农民，掀起了轰轰烈烈的减租斗争。

在衙前农民协会的领导下，各地农民开展了减租斗争。农民协会作出了"三折还租"（按原租额三折交租）、取消"车脚费"（地主下乡收租时由佃农负担的路费）、反对交预租等规定。

针对农民协会的减租要求，地主联合起来收租。他们一次集合了80余条收租船，分头向农民逼租。农民协会闻讯后，鸣锣聚集了千余名农民，高呼口号并向收租船投掷石块，收租船只得空船而归。农民群众的减租斗争，使地主豪绅失去了往日的威风。有的不敢出门收租，有的同意"三折还租"。

衙前及周围地区农民的斗争，使地主阶级极为恐慌。他们联合向当局写信，说农民的斗争是"以共产主义煽惑愚众"，要求"严惩祸首"。12月8日，自恃有权有势的地主周仁寿，无视农民协会"三折还租"的规定，依然耀武扬威，带领一帮人马收租，蛮横辱骂并捆绑抗租农民，被农民协会领导单夏兰和数百名农民围追痛打。他逃回家后就向县公署控告，要官府查办。

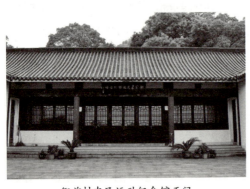

衙前村农民运动纪念馆正门

12月18日，各村农民协会正在衙前东岳庙开联合会，当局派兵包围了东岳庙，逮捕了单夏兰等人，搜去了各村农民协会委员的总名册。此后，当局到处张贴布告，强令解散各地农民协会，又派军警弹压，对各村农民协会领导人按名追究，还派军警随地主下乡逼租。27日，农民协会主要领导之一的李成虎在田里耙泥时被捕。入狱后遭受严刑审讯，于次年1月24日被凌虐致死。农民运动暂时转入低潮。

衙前村的农民运动虽然时间不长，但影响很大，它揭开了中国现代农民革命斗争的序幕，显示了农民群众中蕴藏的巨大革命力量。衙前农民运动引起了地主阶级的恐惧与镇压，虽然最后失败，但是作为中国共产党领导的第一个有组织、有纲领的农民运动而载入史册。

萧山农民运动也是党领导的最早的有组织、有纲领的农民运动。农民运动很快因遭到封建势力和反动军警的镇压而失败，但为后来大革命时期尤其是土地革命战争时期大规模的农运提供了经验。

至此，我们已多次提及上海发起组的党员沈玄庐，这里有必要介绍一下他的最终去向，真有不少的故事值得一提。

沈玄庐（1892—1928），浙江省萧山县人，原名沈定一，是中国近代史上一个比较复杂而又有重要影响的人物。可以这样说，他的前半生，走在了共产主义的前头；后半生，竟然成了屠杀共产党的刽子手。

说他复杂，是因为此人在很多方面属于两面派。他既参与了中国共产党的创建工作，又是国民党浙江省清党委员会的主任委员，是杀害共产党人的刽子手；他是地主出身，但同时又是20世纪中国第一个号召农民起来与地主斗争的领导人；他高举妇女解放运动的旗帜，但又妻妾成群。

他展现了多样性和复杂性，因为在他身上发生了很多有意思的事情。

1923年6月，作为浙江代表的沈玄庐却拒绝参加中共三大。他虽是中共早期党员，但他在党内未能担任任何领导职务。他是领袖欲很强的人，为此耿耿于怀，大为不满。

沈玄庐还借口所谓"党内同志拐走了他的儿媳"，写信给陈独秀表示要求退党。他的儿媳上海大学社会系学生杨之华改嫁给了社会系教授瞿秋白。这种事情在当时很常见。毕竟，恋爱自由深入人心。当然，这种恋爱自由是一夫一妻制，并不是沈玄庐的一夫多妻做法。

更令今天人大为不解的是，1924 年 11 月某天，《民国日报》上同时刊登了三篇文章：一是沈剑龙（沈玄庐的儿子）和杨之华离婚的声明；二是杨之华与瞿秋白结婚的声明；三是瞿秋白与沈剑龙结为好友的声明。这也成了当时一大趣闻。

1923 年 6 月，沈玄庐参加了访问苏联的孙逸仙博士代表团。在历时 75 天的访苏过程中，他亲身感受了苏联取得的成就，认为列宁领导下的苏俄共产党的方针和路线是正确的。于是，他打消了退出共产党的念头。

国共合作后，沈玄庐奉命回到浙江，组织中国国民党浙江临时省党部，担任国民党浙江省党部的负责人，成为当时浙江政治舞台上极为活跃的领导人之一。1925 年 7 月 5 日，他与戴季陶密谋策划，在萧山衙前召开临时浙江省执行委员会全体会议，沈玄庐主持会议，竭力鼓吹"共产主义不适合中国国情，三民主义为最高原则"，鼓吹"单纯的国民党运动"等。在沈玄庐控制下，还通过了否定阶级斗争和攻击中国共产党的宣言。

鉴于沈玄庐的背叛行径，中共中央决定开除他的党籍。此后的他参加了西山会议派，在浙江屠杀共产党和革命人士，在反动的道路上愈走愈远，从建党功臣转变为反共先锋。

第四章

在上海租界里破茧成蝶

一、"红色恋人"的血色浪漫

在中共党内，曾有无数对志同道合的"红色恋人"，他们或在建党过程中志同道合，如缪伯英与何孟雄结成'英''雄'夫妻；他们或在敌人的刑场上举办婚礼，如周文雍与陈铁军；或长期分居却彼此忠贞不渝地守候着对方的归来，如俞秀松与盛世同；等等。但最著名和最浪漫的，要数法国的蒙达尼街头这对 25 岁的中国男女。

他们的婚礼是西式的、浪漫的。1920 年 5 月，蔡和森与向警予打破陈旧的婚姻制度，在法国蒙达尼自由结婚。这场简单的婚礼轰动了蒙达尼全城。看热闹的和祝贺的人不仅有留法勤工俭学的中国同学，还有许多素不相识的蒙达尼人。其结婚照为二人捧着一本打开的马克思的《资本论》，表明他们的结合不仅仅是男女之间爱情上的同盟，更是革命理想事业上的同盟。婚礼上，二人还将恋爱过程中互赠的诗作结集《向上同盟》分赠给大家。人们把他们的结合称为"向蔡同盟"。

这对同为 25 岁的"红色恋人"被一代青年奉为榜样和偶像。

蔡和森，又名蔡林彬，祖籍湖南湘乡县，1895 年 3 月 30 日诞生在上海，4 岁随母亲葛健豪返回湖南双峰老家。向警予与蔡和森是同年出生，只小 5 个月零 4 天，即 1895 年 9 月 4 日出生在湘西溆浦县城。

"恰同学少年，风华正茂"之时，毛泽东在长沙的挚友便包括蔡和森与向警予。1912年春，向警予考入湖南省立第一女子师范学校，两年后，转学至长沙私立周南女校，与蔡畅是同学。她通过蔡畅结识了蔡和森与毛泽东等进步青年，并结下了深厚的友谊。

1918年4月14日，毛泽东、蔡和森等在湖南长沙刘家台子的蔡和森家发起成立新民学会。不久，蔡和森受学会委托，前往北京联系湖南青年赴法勤工俭学事宜，毛泽东等也相继去了北京。向警予得到消息，很想跟他们干一番"真事业"。于是，她也来到北京，先拜访北大校长蔡元培，再赴河北布里村留法工艺学校会晤了蔡和森，二人加深了友谊。

向警予是新民学会第一个女会员。1919年7月，向警予应蔡和森的妹妹蔡畅之邀，离开家乡溆浦，赴长沙发起女子赴法勤工俭学行动，并加入毛泽东、蔡和森主持的新民学会，成为第一个女会员。12月25日，蔡和森、向警予、蔡畅及蔡母葛健豪等30余人远涉重洋，赴法国勤工俭学。于是，"向蔡同盟"的爱情之舟扬帆启航了。

"向蔡同盟"

在漫长的航程中，在政治问题和学术问题的研究学习当中，在你争我论的雄辩里，共同的革命理想，使蔡和森和向警予两颗青春火热的心，怦然跳动在一起、融合在一起。从此，蔡和森和向警予开始了恋爱。经过35个昼夜的海上航行，他们于2月2日抵达巴黎，在巴黎逗留 5 天后，到达法国的一个小城蒙达尼，正式开始了勤工俭学生活。在激情澎湃的日子里，他们两人各自交换诗作，表达彼此的爱恋和对革命的向往。

1920 年 5 月，蔡和森和向警予在法国蒙达尼正式结婚。这次婚礼既新潮又浪漫，受到如潮好评。"红色恋人"结成美满姻缘。

留法期间，蔡和森与向警予致力于俄国十月革命经验与马克思主义的研究。蔡和森与毛泽东、陈独秀等保持通信联系，信中第一个提出"明目张胆正式成立一个中国共产党"，并系统阐述了有关建党的理论、路线、方针和组织原则。他还与向警予、周恩来、赵世炎、邓小平、李富春等一起筹建中国共产党旅欧的早期组织，是党的创始人之一。

1921 年年底，旅法的蔡和森等人因参加领导学生运动而被法国当局遣送回国。不久，已怀孕的向警予也回到上海。回国后，他们都加入了中国共产党，成为中共最早的一对夫妻党员。在 1922 年 7 月召开的中国共产党第二次全国代表大会上，蔡和森当选为中央委员，向警予则当选为候补中央执行委员会委员。同时，蔡和森还担任中央宣传部第一任部长。

党的二大决定在党中央直接领导下创立妇女部，开展妇女运动。向警予担任党中央妇女部第一任部长。夫妻俩都成了中国共产党早期卓越的领导人。

在艰难困苦的革命岁月里，蔡和森与向警予育有一女一子：蔡妮、蔡博。1922 年 4 月 1 日，向警予在上海生下第一个孩子妮妮。由于革命工作的需要，孩子被母亲送回湖南，住在长沙五舅向仙良家。1924 年 5 月，怀着身孕的向警予和蔡和森一同回到湖南老家探亲。

5月25日，向警予在湘雅医院生下儿子博博。出生不到1个月，就由蔡和森的姐姐蔡庆熙哺养。这两个孩子都被誉为"红色恋人"的爱情结晶。

由于生活习性不合等原因，1926年，向警予与蔡和森在莫斯科分手。蔡和森在与李一纯结合后，恩爱有加，直至被叛徒出卖而牺牲。

1928年3月20日，因叛徒出卖，留在武汉组织并参加地下斗争的向警予不幸被捕。敌人三番五次对她审讯和毒打，但她坚贞不屈，对党的秘密一字不供，表现了共产党人的崇高气节和优秀品质。

5月1日，在全世界无产者的节日——"五一"国际劳动节，向警予被残酷杀害，年仅33岁。就义前向警予曾留下这样的遗言："人都应该珍惜自己的生命，然而到了不能珍惜的时候，只有勇敢地牺牲生命。人迟早是要死的，但要死得明明白白，慷慷慨慨。"

蔡和森得知向警予被捕后，想方设法去营救。惊闻向警予牺牲噩耗，蔡和森悲痛不已。作为曾经最为亲密的爱人，蔡和森把难言的悲痛埋藏在心底，和着泪水写下感人至深的《向警予同志传》，称赞向警予"将全部热情集中于共产主义事业"。

《向警予同志传》以朴素温馨的笔调追忆了向警予不平凡的人生，称赞向警予在少女时代就是"新式的活泼可爱的小女孩"，志向远大，"她自早到晚想做'天下第一个伟人'，睡梦中都是这样的想着"。"警予责任心极重，同时好胜的'野心'亦极强。"在学校以及在每次全县学生比赛运动中，向警予总是"文武双全"的第一名。

"初到法国时，她勤工俭学，白天打工，晚上学习法文，短短几个月后就能读法文版的《共产党宣言》《家庭、私有制和国家的起源》等著作。即使是如此奋进，她仍不满足，1920年在给毛泽东的书信中

蔡和森、向警予和同学们在法国蒙达尼

写道：'此后驾飞艇以追之，犹恐不及；而精力有限，更不足以餍予之所欲，奈何？计惟努力求之耳！'"

"回国后，向警予更是把全部精力投入了中国人民的解放事业当中。直到1928年被捕，面对敌人的酷刑，她大义凛然，看守们都对她肃然起敬；在去刑场的路上，她向人们高唱《国际歌》并呼喊口号，敌人慌忙向她嘴里塞石头，并用皮带勒住她的双颊……怀抱一种信仰，并用激越的精神去践行，至死不渝，这就是向警予！"

文末他深情地表达了恋人之爱、战友之爱："伟大的警予，英勇的警予，你没有死，你永远没有死。你不是和森个人的爱人，你是中国无产阶级永远的爱人！"

三年后，蔡和森在香港参加海员工会一次重要会议时，不幸被叛徒顾顺章认出而遭到反动派的逮捕。6月12日，港英当局将他引渡给广东国民党反动政府。在狱中，蔡和森受尽各种酷刑，但他横眉冷对，坚贞不屈。不幸于8月4日在广州英勇就义，时年仅36岁。这对红色伴侣，都兑现了曾经许下的革命诺言。

"有的人死了，他还活着。"1936年，毛泽东评价向警予是中国共

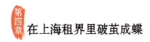

产党"唯一的一个女创始人"。1939年"三八"妇女节时，毛泽东在延安发出号召："要学习大革命时代牺牲了的模范妇女领袖、女共产党员向警予，她为妇女解放、为劳动大众解放、为共产主义事业奋斗了一生。"这是对向警予最好的评价。

◗ 二、辅德里创造出多项"第一"

上海原公共租界南成都路辅德里 7 弄 625 号（今静安区老成都北路 7 弄辅德里 30 号）这条石库门弄堂，位于今天上海"红色一公里"区域内。这里有人民出版社、中国劳动组合书记部和平民女校等多个红色遗址。其中最著名的当数中共第二次全国代表大会旧址。

只有在这里，中国共产党才真正完成了创建大业。党到这里才最后搭建起作为一个先进无产阶级政党的基本框架结构，表现为创造了多项党史上的"第一"。

1922 年 7 月 16 日至 23 日，中共中央局书记陈独秀在这里主持召开了党的第二次全国代表大会，会期 8 天。出席大会的有中共一大中央局成员、党的地方组织的代表和参加远东各国共产党及民族革命团体第一次代表大会后回国的部分代表。他们是陈独秀、张国焘、李达、杨明斋、罗章龙、王尽美、许白昊、蔡和森、谭平山、李震瀛、施存统等 12 人（尚有 1 人姓名不详），代表全党 195 名党员。

共产国际代表马林返回莫斯科，没能出席中共二大。所以，中共二大不仅是陈独秀第一次主持召开、也是中国共产党第一次独立自主召开的全国代表大会。马林是在中共二大闭幕后的第二天，即 7 月 24 日从莫斯科返回上海的。

中共一大代表毛泽东没有出席二大。1936 年在陕北的黄土高原上，毛泽东曾对来访的美国记者埃德加·斯诺讲过："第二次党代表大会在上海召开，我本想参加，可是忘记了开会的地点，又找不到任何同志，结果没有能出席。"

中共二大召开时，上海的政治环境十分严峻，中央局选择这里作为开会地点，颇费一番心思。中共二大会址曾是中央局成员、宣传主任李达的寓所，深巷内前门后门都可通行。周围整片相同的石库门房屋，使得这一处淹没其中，并不显眼，便于隐蔽。而党创办的平民女校正对李达家的后门，万一有突发情况便于疏散。

据曾担负党的一大后勤保障的李达夫人王会悟回忆，中共二大没有正式布置会场，比较朴素简陋，就是加了几张凳子。两只柳条箱放在窗口，上面铺一块布，当桌子用，"他们持续不断地开，下楼吃饭的时候，也在饭桌上讨论会务"。

中共二大会址纪念馆今貌

第一天全体会议结束时，陈独秀、张国焘和蔡和森被推举组成起草委员会。陈独秀为执笔人，负责起草宣言和其他决议案，陈独秀用了两天时间完成初稿，提交起草委员会讨论。随后的小组讨论安排在附近党员家中，后两次全体会议都在公共租界的其他地方举行。

在为期8天的会议上，中共二大创造了至少八个"第一"。

发表了党的第一个宣言。这是中国共产党公开发表的第一个宣言，是新生的党首次公开亮出自己的声音。由陈独秀领头起草的《中国共产党第二次全国代表大会宣言》，是中共二大最主要的成果之一。

该文件原名为《中国共产党宣言》。1920年11月中共上海发起组就曾起草过同题"宣言"，在发展中共早期党员中发挥了一定的作用，但并没有公开发表。中共一大召开期间，由于与会代表对中国政治经济状况的认识局限，导致意见分歧，"宣言"未获通过。因此，中共二大"宣言"，实际上是中国共产党公开发表的第一个宣言。

据张国焘回忆："起草一个政治宣言确是这次大会唯一重要的任务。我和蔡和森又推陈独秀先生为执笔人。他花了约两天的时间起草好了第一次的初稿，提交起草委员会讨论。起草委员会又连续开了好几次会议，蔡和森提出了许多补充和修正的意见，我也参加了一些意见。大会停顿了约一个星期，又再度举行，通过了我们所提出的宣言草案。"

宣言很接地气，初步阐明了现阶段中国革命的性质、对象、动力、策略、任务和目标，指明了中国革命的前途。宣言指出，革命的性质是民主主义革命；革命的对象是帝国主义和封建军阀；革命的动力是工人、农民和小资产阶级，民族资产阶级也是革命的力量之一；革命的策略是组成各阶级的联合战线；革命的任务和目标是打倒军阀，推翻国际帝国主义的压迫，实现中华民族的独立和中国的统一；革命的前途是走向社会主义、共产主义。

诞生了百年党史上第一部党章。大会通过的《中国共产党章程》，是党成立后的第一个党章，对党员条件、党的各级组织和党的纪律作了具体规定，明确地体现了民主集中制原则。这是中共二大完成建党伟业最重要的标志。

对于现代政党，党章的重要性不言而喻。党章规定了严格的入党手续，主要是为了从组织制度上保证把确实具备党员条件的优秀分子吸收到党内来。因此，入党时，须有党员介绍，并要经过逐级上报的

陈独秀　　蔡和森　　张国焘　　高君宇　　邓中夏

中共二大选出的中央执行委员会成员

审查手续。这对防止投机分子和不够条件的人入党，是十分必要的。对真正的无产阶级政党来说，党员的质量标志着党政治上的先进性和组织上的纯洁性。

　　党章对于纪律的规定也十分严格。首部党章共 6 章 29 条，其中第四章"纪律"就占 9 条，几乎是首部党章条目总数的三分之一。党章规定：无故连续四个星期不为党服务，三个月不交纳党费的，要开除出党。再如，言论和行动有违背党的章程和各执行决议案，无故两次不参加大会，泄露党的机密的党员等都必须开除。

　　这是新生的中国共产党第一次明确了党的纪律。在当年那样严峻的政治条件下，一个新生党组织对一名党员的要求如此严格，有这样的魄力，非常不容易。这是中国共产党良好党风的开端，也是中国共产党与国民党和其他政党的显著区别。

　　由于党处于幼年时期，理论准备不足，实践经验少，中共二大党章难免存在一些不足，比如规定了对党员的纪律处分，但只有简单的一档，就是"开除党籍"。因此，建党初期被开除党籍者为数不少。但与中共一大纲领相比，中共二大党章从内容到结构，从实体规定到程序规定，都有长足的进步。从根本原则到具体制度，初步形成了一套相对完整的体系。

更为重要的是，我们党第一次有了自己正式的党章，反映出党的理论的进一步发展和实际工作经验的增多，对于规范党员和党组织行为、健全党内生活、促进党组织的巩固和发展、提高党的战斗力都起到了积极的作用。

总之，中共二大党章的制定，既标志着建党伟业的完成，也标志着党的建设的开端。

第三个"第一"是首次提出了党的民主革命纲领。大会发表的宣言通过对中国经济政治状况的分析，实际上揭示出中国社会的半殖民地半封建性质。

宣言在分析国际国内形势和中国社会性质的基础上，提出在目前的历史条件下，党的奋斗目标是：消除内乱，打倒军阀，建设国内和平，推翻国际帝国主义的压迫，达到中华民族完全独立；统一中国本部（东三省在内）为真正民主共和国……这就制定出了党在当前阶段的反帝反封建的民主革命纲领，即党的最低纲领。

宣言又指出：党的目的是要"组织无产阶级，用阶级斗争的手段，建立劳农专政的政治。铲除私有财产制度，渐次达到一个共产主义的社会"。这又指明了党的最高纲领。

这次大会还第一次提出组成"民主主义的联合战线"。大会指出，为了实现反帝反军阀的革命目标，必须组成"民主主义的联合战线"。大会在对中国社会各阶级的状况进行初步分析后指出，中国的广大农民有极大的革命积极性，是"革命运动中的最大要素"；小资产阶级的大量群众因遭受极大痛苦，会"加入到革命的队伍里面来"；"中国幼稚资产阶级为免除经济上的压迫起见，一定要起来与世界资本帝国主义奋斗"；工人阶级有伟大的势力，这种势力"发展无已的结果，

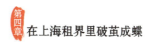

将会变成推倒在中国的世界资本帝国主义的革命领袖军"。

大会还提出，要联合全国一切的革命党派，联合资产阶级民主派，组织民主的联合战线，并决定邀请国民党等革命团体举行联席会议，共商具体办法。

中共二大还第一次明确地阐释了党的民主集中制原则的基本思想，第一次比较完整地对工人运动、妇女运动和青少年运动提出要求，第一次喊出了"中国共产党万岁！"，第一次决定加入共产国际……成为百年党史的重要里程碑。

中共二大通过的关于工人运动、青少年运动与妇女运动的三个决议，对于党有效领导开展群众运动作出了前瞻性的规划。这三个决议针对中国群众运动现状，及时总结了建党以来领导群众运动的经验，并且参照近代欧洲工运的教训，分别提出了许多原则的和具体的规定，为工运、青运与妇运的进一步发展指明了方向。

共产国际又名第三国际，是国际共产主义运动的统一组织，具有严格的纪律约束。1919 年成立，1943 年解散。党的二大举行之后的21 年间，中国共产党就成了共产国际的下级组织，就必须无条件地服从它的指示，执行它的命令，无论正确还是错误。

总体而言，共产国际对于中国革命，既有正确的帮助，也有错误的瞎指挥。但是对于创建初期、处于幼年的中国共产党，这种帮助是十分必要的。

中共二大制定出这八个"第一"，都是党领导中国革命和开展自身建设必须回答的重大问题，是新生的党对中国革命认识的一次新飞跃。所以有相当多的学者认为，党的二大才是马克思主义中国化的真正开端。

三、最年轻代表的坎坷人生

1987 年 8 月 5 日凌晨 5 时 20 分左右，首都北京一个普通的盛夏清晨，一位身材较小、白发稀疏的老人，手里拿着一柄长剑。老伴陆慎之曾是医学院学生，重复着日复一日的那句叮嘱："过马路的时候要小心点。"老人应了一声，像往常一样走出北师大校门上了人行道。老人在穿越马路刚到黄色隔离线时，被一辆 22 路公交车撞倒，头上血流不止，长剑甩到数米之外。当天，医院传来老人去世的消息。

公交车司机后来才知道，自己撞的是中共一大最年轻的党代表。他就是刘仁静，是中共一大代表，也是中共一大 13 名代表中最后一个离世的。从此，包括共产国际代表马林和尼克尔斯基在内的中共一大 15 名出席者都已离开了人世。

刘仁静与他的夫人陆慎之

刘仁静（1902—1987），湖北应城人，出生于一个晚清秀才之家。父亲刘世芳，考中秀才后在家开起私塾，以教书为生。刘仁静自幼聪慧过人，3 岁开始读"四书""五经"，成为私塾里最小最特殊的弟子，并被父亲寄予科举高中、光大门楣的厚望。

据家乡人介绍，刘仁静 10 岁时就曾应邀充当"枪手"，替人考试，被代替者顺利入学。好在科举制度废除后不久，私塾停办，刘仁静插班进了县立高小。1914 年，高小毕业，就读武昌博文书院。在这所英国人办的教会学校里，他打下了良好的英文基础。后因家里无法负担昂贵的学费，刘仁静转入中华大学附中就读，开始接触各种思潮，阅读《新青年》等刊物。受陈独秀等人的影响，他开始反对尊孔，赞成妇女解放。

在中华大学附中，刘仁静结识了大名鼎鼎的青年楷模恽代英。1917 年在恽代英的组织下，他参加了互助社。关于刘仁静初入互助社时的样子，恽代英在 1917 年 11 月 1 日的日记中写道："刘仁静君，年少甚有志，然容貌甚黄瘦，岂用心过度欤？倘另有其他原因欤，吾必设法助之。今日彼加入互助社，观其发言，似真可为互助之友。此人或将于此社有益乎！"可见，恽代英是十分器重刘仁静的。

1918 年 10 月，16 岁的刘仁静考入北大物理系。本想当个中学物理老师，因受新思潮影响，后转入哲学系，后又入英文系。入学之初，他博览马列群书，得到陈独秀、李大钊器重。

事实上，此时的刘仁静已是才子，与比他年长 5 岁的张国焘和年长 8 岁的邓中夏并称"北大三杰"。"从小孤僻，口才不好，不擅于鼓动"的他，此时主动报名参加北大讲演团，培养辩才。而早在中华大学附中时，大学部的学长恽代英就认为，刘仁静虽"容貌甚黄瘦"，但谈吐不凡，可为有用之才。

刘仁静崭露头角，还是在五四运动中的欲以剖腹换觉醒的血性表现。

1919 年 5 月 4 日，北大学生在天安门集会，学生领袖罗家伦正在发表"五四宣言"演讲。刘仁静怀揣尖刀悄悄挤进了会场，只见他拔刀猛地刺向腹部，被身边同学夺下。"当时父亲试图效仿谭嗣同以热血唤起民众觉醒。"其子刘威立这样解释父亲的举动。

刘仁静随游行队伍来到赵家楼胡同曹汝霖住宅。曹宅大门紧闭，无法入内。刘仁静站到同学肩上，翻入曹宅，打开大门。学生们冲入宅内，痛打章宗祥，火烧赵家楼。

"父亲后来讲，爬窗户时手被玻璃割了，伤得不重。"刘威立还回忆，父亲当时个子小，以至于前来抓捕的军警都没有注意到他，也没有抓他。

刘仁静在此后的历次行动中，都冲在前面。

1919 年 6 月 3 日，为反对北洋政府卖国，北京各校数百名学生上街游行。北洋政府出动军警抓走 178 名学生。被激怒的刘仁静，不顾成群军警，坚持上街，被捕入狱。张国焘回忆："那位书呆子刘仁静被捕时，曾因爱国狂热与军警大闹。"

一个月后，在拒绝北洋政府更换北大校长的斗争中，刘仁静更是不惧坐牢。

当年，北洋政府为分化教育界，欲解除蔡元培北大校长职务，委派胡仁源接任。为挺蔡拒胡，刘仁静再次参加运动。

7 月 17 日，数十名被政府收买的北大学生秘密集会，商量推翻北大学生干事会及迎接胡仁源上任的办法。刘仁静获知后，率 200 余人到场，扣下秘密集会的 5 人，并令其写下悔过书。

5 人被放回后，到警察厅状告刘仁静充当"敢死队"非法押送。刘仁静和其他参与押送的同学一起到警察厅投案。行前，刘仁静写下告别书，希望其他同学"各尽所能，勿令我神圣之大学、神圣之教育界陷入黑暗势力圈内"。

刘威立曾评价他的父亲：因一时找不到其他斗争方式，而依旧选择坐牢抗议来表示"我以我血荐轩辕"的爱国热诚，以不妥协的姿态应对刑讯招致"受虐最甚"。入监后的刘仁静，在"腥秽四塞、湿热蒸腾"的狱中，虽"一日未得一食"，仍拒绝取保。就是这种不怕牺牲

刘仁静（左后第一人）陪同陈独秀（左前第一人）出席共产国际四大

的革命斗志，赢得了李大钊的夸奖："小小年纪肯奋斗。"

真正让刘仁静走入马克思主义者队伍的，还是他熟读马列著作，并主张在中国建党。

从北大物理系转到哲学系再到英文系，社会上什么热，刘仁静就读什么。凭着极好的英语基础，刘仁静阅读了《共产党宣言》《社会主义从空想到科学的发展》等十多种马列经典著作英译本。

刘仁静还加入了李大钊发起筹建的马克思学说研究会。因大量阅读了英译本的马列著作，能够大段大段背诵马列著作原文，入迷时张口就是"马克思说……"

有一次，在研究会组织的演讲报告上，刘仁静不顾低年级学生身份，大胆登台宣读马克思的学说和自己的学习体会，举座皆惊，众人为他的理论功底所折服，称他为"小马克思"。

刘仁静后来说，这是无意义的玩笑，不值一提。但当时他被视为理论家，却是不争的事实。

在朋友引荐下，刘仁静认识了胡适。一个是参加社会活动热情高

涨的学生，一个是主张"多研究些问题、少谈些主义"的教授，刘仁静虽多次拜访胡适，但两人话不投机。此后，刘仁静仍登门欲与胡适辩论，都被拒绝，胡适还扔下一句"密斯特刘，你有野心"。

在马列著作的刺激下，刘仁静确实有了"野心"，他与陈独秀、李大钊等人不谋而合，认为当时必须酝酿建党，而不是仅仅研究马列主义。

"那位书呆子刘仁静……现在却在埋头读马克思的《资本论》，见着我便表示：笼统的学生运动已不济事了，现在要根据马克思的学说来组织一个共产党。"张国焘回忆说。

随后，陈独秀发出号召立即建党。在共产国际帮助下，由党的上海发起组负责人写信通知各地派代表参加。信寄到北京已是1921年夏天，刘仁静正在北京西城为考大学的青年补习英文。信中称，北京选派两名代表赴上海参加建党会议。

刘仁静回忆，当时大家一致推选张国焘当代表。选第二个代表时，曾提出邓中夏和罗章龙，他们都以工作忙为由辞谢，"最后才确定我当代表"。其实，张国焘擅长工运，刘仁静长于理论。因此，两人代表北京支部出席中共一大，也并不显得太唐突。

让刘仁静在党内出名的，是中共一大上所谓"书呆子"少年舌战理论家一幕。雄辩口才加上理论水平，让刘仁静在一大上"光彩照人"。

1921年7月中共一大召开时，在全部13名代表中，刘仁静年仅19岁，是最年轻的一位，也是唯一的20世纪出生的人。即使在此后的中共二大、三大直到六大、七大上，刘仁静19岁的年龄纪录一直未被打破。

虽然年轻，但刘仁静在党的一大上表现得十分活跃。他一边做着翻译，一边以初生牛犊不怕虎的闯劲，竟敢与被誉为"马克思主义播火者"的理论家李汉俊进行辩论，尤其是就党纲与政策等问题展开激烈的争辩。

李汉俊在党内的地位不言而喻，公认为仅次于陈独秀。他主张先派人到俄国和欧洲考察革命成果，等待孙中山的革命成功后，再加入议会开展竞选。

刘仁静不以为然，并针锋相对地提出以武装暴动建立无产阶级专政，反对以任何形式与孙中山的国民党合作，"无产阶级专政问题，是个重大的原则问题"。

年龄相差 12 岁的两个湖北老乡唇枪舌剑，互不相让，而且是整段整段地引用马克思的原著，还背下《共产党宣言》中的许多章节，让在场的其他人瞠目结舌。

刘仁静的观点得到了与会多数代表的赞成和支持。通过投票表决，中共一大通过的党的纲领中确定，直至阶级斗争结束为止，承认无产阶级专政。

然而，当会议闭幕代表们以无记名的方式选举中央领导机构时，刘仁静还投了李汉俊一票，李汉俊也只得了这一票。据说在选举前，会议主席张国焘已提前商定了应该选举谁，刘仁静选举李汉俊让所有人吃惊。当唱票的董必武问谁选了李汉俊一票时，刘仁静爽快地答道："是我选的！"足见刘仁静是一位有个性的、有主见的"小马克思主义者"。

他俩在党的纲领问题讨论中"关于党员经执行委员会许可能否做官和当国会议员"的分歧，直到南湖会议最终表决时还是谁也没能说服谁，以致中国共产党的第一个纲领第 11 条被迫"空缺"，成了中国共产党的百年之谜。

　　会后，毛泽东在即将返回湖南的前一天，找刘仁静谈话，对他说："你今后要多做实际工作。"意在告诫刘仁静多做实际工作，克服不能结合实际而空发议论的弱点。当时，刘仁静并未将劝言放在心上，直到多年以后，他才认识到毛泽东对他的善意批评是一针见血的。

　　后来的历史证实了毛泽东的远见卓识，注重实际工作的毛泽东从石库门走上了天安门，而只重理论的刘仁静最终脱离了中国实际，走上了另一条道路。

● 四、被陈独秀称赞的"好人"

"天上九头鸟，地上湖北佬。"中国民间很久以来一直流传着这个说法，意思是湖北人聪慧、精明，不好惹。多有贬义。

对此说法，中共一大前后的陈独秀曾有明确回应："不见得，包惠僧、刘伯垂就是好人。"

如今，在中共一大 13 名代表名单中，包惠僧赫然在列。说包惠僧身份特殊，是因为他是唯一在中共一大前后两次奉派从上海前往广州迎接陈独秀返沪，并最终与陈独秀同船返回的。这是个"特殊待遇"。

包惠僧（1895—1979），号栖梧老人，湖北黄冈人。1917 年，提前毕业于湖北省立第一师范，在武昌教书半年，后任《汉口新闻报》《大汉报》《公论日报》《中西日报》等报记者。1919 年在北京参加了五四运动，同年肄业于北京大学文学系。

1920 年初，两次不寻常的采访，使陈独秀成了包惠僧革命道路的引路人。包惠僧政治生涯的转机，是从采访陈独秀以后开始的。

1920 年 2 月 2 日，陈独秀应武昌文华大学的邀请，从上海乘坐沪宁铁路列车到达南京，转乘"大通轮"溯江而上，于 4 日下午抵达武汉。

陈独秀是新文化运动的旗手、五四运动的总司令，是全国性的公众人物。他的风采言论，早已为武汉进步人士所仰慕，得知他来武汉的消息，一时邀请他演讲的人和采访他的记者络绎不绝。据当时报刊报道，陈独秀在武汉 4 天日程安排得十分紧凑。

包惠僧怀着崇敬的心情聆听了陈独秀在文华大学的演讲，又以记者的身份专程到文华大学访问了陈独秀。

"我叫包惠僧，湖北省立第一师范毕业，因毕业后找不到工作，当了记者。"包惠僧见到陈独秀，首先做自我介绍，言谈中流露出自卑的神情。

"当记者也好！"陈独秀热爱青年，鼓励包惠僧说，"当记者也能为社会服务。"

"先生《社会改造的方法与信仰》的演讲太精彩了！"包惠僧说，"您所讲的社会改造的方法，必须打破阶级的制度，实行平民社会主义，人人不要有虚荣心，必须打破继承制度，实行共同劳动工作，不使无产的苦、有产的安享。必须打破遗产制度，不使田地归私人传留享有，应归为社会的共产，不种田地的人，不应该享有田地的权利。这三个打破，卓识谠论，颇受青年学生欢迎，我是没有一个字不赞成的。"

"中国社会的改造，要靠青年。"陈独秀对包惠僧的评论颇感满意，接着说，"我在去年 6 月就讲过，世界文明的发源地有二：一是科学研究室，二是监狱。我们青年要立志出了研究室就入监狱，出了监狱就入研究室，这才是人生最高尚优美的生活。从这两处发生的文明，才是真文明，才是有生命、有价值的文明。"

随后，陈独秀与包惠僧又谈了五四运动、火烧赵家楼、婚姻自由等问题。包惠僧还向陈独秀请教学汉学的门路，请求陈独秀指导他读书自学。

一个多小时的采访很快就过去了，包惠僧感到受益匪浅。他本来想更多地聆听一些陈独秀的教诲，又不忍心占去这位"圣人"更多的时间，于是起身告辞。

"太打扰先生了，不知以后什么时候能再见面。"通过这次采访，包惠僧愈益崇敬陈独秀，惜别时无限深情地说。

陈独秀显然被眼前的这位青年感动了，目送包惠僧时，一再安慰他说："以后一定还有见面机会的，一定还有。"

8日晚上，陈独秀乘车北上返京。包惠僧又特地赶到汉口火车站为陈独秀送行。这样，包惠僧的名字便深深地印在了陈独秀的脑海中。

不久，包惠僧的一位同乡族人包彦臣从上海回到武汉。包彦臣是同刘伯垂一道从广东经过上海回到武汉的。刘伯垂先将陈独秀写的一封信交给包惠僧，然后才说明自己的来意。他说，他这次路过上海时，拜会了陈独秀，陈独秀介绍他参加了他们创建的共产党组织，并要他回武汉找几位同志，一起创建湖北的共产党组织。

像在暗夜里突然看见一线曙光，包惠僧心里有一种说不出的惊喜和激动。他一遍又一遍地看着陈独秀的来信。包惠僧当然不知道，刘伯垂在找他之前，已经找到了正在湖北筹建共产党组织的董必武和陈潭秋。

刘伯垂找到包惠僧之后，又去找了郑凯卿。很显然，这都是陈独秀的安排。

1920年秋，董必武、陈潭秋、刘伯垂、张国恩、包惠僧、郑凯卿、赵子健聚集在蛇山北麓的抚院街97号董必武和张国恩合办的律师事务所里举行会议，正式成立共产党湖北早期组织。会议由刘伯垂主持。他宣读了一份他带来的上海共产党早期组织的组织大纲草案，报告了上海发起组的组织和活动情况。接着，会议研究了小组的组织生活制度和工作计划。会上选举包惠僧为书记，陈潭秋负责组织工作。

1921年1月，包惠僧由武汉到上海准备去苏俄留学，因为缺少路费而滞留上海。上海发起组代理书记李汉俊让他留沪工作，于是，他便留下来参加党组织的活动，与杨明斋负责教育委员会的工作，还参加上海小组对印刷工人、烟草工人、纺织工人的组织工作和一些对广大群众的宣传鼓动工作。

1921年5月1日，上海小组组织了一次庆祝"五一"国际劳动节的活动，惊动了上海的反动当局。法国巡捕房派来武装巡捕搜查了外国语学社。新渔阳里6号待不下去了。李汉俊对包惠僧说，这里人都走了，经费也没有，工作没法干下去了，要他去广州向陈独秀汇报，要么请陈独秀回来，要么把机关搬到广州去。

包惠僧到广州后，在《新青年》发行部住了两个来月，不仅跟陈独秀一起参加了广州共产党早期组织的活动，而且担任了由广州共产党组织创办、陈公博任总编辑的《广东群报》编辑。更重要的是，包惠僧没事就到陈独秀处去谈天，"几乎天天见面"，"无话不谈"，两人关系因此更加亲近。包惠僧说："我与陈独秀的关系就是在这段时间建立起来的。"

看来，陈独秀与包惠僧确实私交甚厚。包惠僧能在群英荟萃的湖北党的早期组织担任书记，就是陈独秀的意见。中共一大召开前夕，陈独秀因分身无术，又提议刚来广州的包惠僧与陈公博一起作为广东代表出席，更显示了陈独秀对他的信任。

究其原因，除思想相近的因素外，性格相投也是重要因素。

陈独秀性格特立独行，嫉恶如仇，爱憎分明。他自称"我有手足，自谋温饱；我有口舌，自陈好恶；我有心思，自崇所信；绝不任他人之越俎，亦不应主我而奴他人"。友人评价他"不羁之马，奋力驰去，回头之草弗啮，不峻之坂弗上，气尽途绝，行与凡马同踣"。这种性格脾气正好与包惠僧合拍，"陈独秀不讲假话，为人正直，喜怒形于色，爱说笑话，很诙谐，可是发起脾气来也不得了。不怕得罪人，办事不迁就"。

青年包惠僧性格热情奔放，情绪亦易激动，话不投机就可能吵架，甚至动手。敢于直言，不计后果，因此时人送他一个绰号，叫"包大炮"。所以，他与陈独秀这样个性鲜明的人谈起话来十分投缘，自然就多了几分亲近感。

当然，革命者之间允许存在私人友谊。

中共一大后，共产国际代表马林与一大选出的中央局成员张国焘、李达及候补中央委员周佛海开会，决定派包惠僧去广州，请陈独秀返沪主持中共中央日常工作。于是，包惠僧再次南下广州，又获得了与陈独秀深谈的机会。返程途中，从广州经香港到上海，在漫长的海上漂泊中，他们一路所谈仍不外是中国革命问题，但比起几个月前在广州时，陈独秀在一些重要问题的认识上显然已经深入了一步。

包惠僧参加了中共一大全部七次会议，在南湖会议上曾参与讨论，讨论的问题是怎样对待孙中山。包惠僧认为孙中山也是军阀，不同意联合孙中山。他说："孙中山代表资产阶级，作为一个无产阶级政党的政治宣言，还能对他表示丝毫妥协吗？"当时很多同志同意他的意见，可董必武反对这个意见。董必武数次发言，认为孙中山与军阀不同，孙中山不是军阀。有趣的是，这场争论双方的代表人物又都是

法租界巡捕房旧址

湖北人。

9月9日，在包惠僧陪同下，陈独秀回到上海寓所。包惠僧也住进了老渔阳里2号，并在此与陈独秀等共同经历了一次被捕和牢狱。

10月4日吃过午饭，包惠僧和杨明斋来到陈独秀家，却不幸与陈独秀、杨明斋、柯庆施、高君曼一起被捕。陈独秀被捕的消息，各大报纷纷登载，闹得满城风雨。经马林等全力营救，陈独秀夫妇和包惠僧、杨明斋、柯庆施先后被保释出狱。

出狱后，包惠僧奉中央局安排回到武汉，担任中共武汉支部书记。不久，他又兼任刚成立的中国劳动组合书记部长江支部主任。这两个机构，实际上是一套人马。包惠僧与陈潭秋、黄负生商定，区委的工作除发展党的组织以外，重点放在组织发动工人运动上。

显然，在陈独秀的教育和提携下，包惠僧的党内地位得到了显著提升。

然而，大革命失败后，包惠僧对党的前途悲观失望，自动脱党，成为国民政府的一名职员，生活也很艰难。他与被开除党籍的陈独秀成了无话不谈的老友，一直保持着深厚的私交。尤其值得一提的是，1942年5月，一个长途电话，使包惠僧成了陈独秀人生道路的送终人。陈独秀叹息道："要是惠僧来了多好啊！"说完就昏死过去。

1949年10月，收音机里传来毛泽东在天安门城楼上讲话的声音。

接下来的报纸上登着毛泽东、朱德、刘少奇、周恩来、董必武等的照片，包惠僧百感交集，彻夜难眠。28 年前和自己一起创建共产主义小组和共产党的朋友、同事、部下和学生，当上了国家主席、总理、部长、司令，而自己却只能栖身澳门，既不是共产党也不是国民党，真是令人感慨万分。

新中国成立后，他从澳门回到北京，终于走上了回归之路。长期担任中央人民政府内务部研究员、国务院参事，1979 年 7 月在北京病逝，享年 85 岁，成为最后一位去世的中共一大代表。

五、背离中央被清除出党

在 13 位中共一大代表中，有这样一位奇葩之人：出身于官宦家庭，自幼家庭溺爱、性格放纵。青年时毕业于北京大学，思想激进，参加广东建党；出席中共一大，却带着新婚夫人开会兼度蜜月；随后意志消沉，留学美国哥伦比亚大学，把党的重要文献写进毕业论文作为附录；因违反党纪不仅被共产党开除党籍，而且被国民党两次开除党籍；最终投靠日寇被以汉奸身份处决。这不仅在中共党内，恐怕在近代中国也算独一无二。

陈公博（1892—1946），广东南海人。由于是晚生和独子的关系，自幼受到父亲的钟爱和放纵。因此，他幼年的学习生活也与一般的官宦子弟有所不同。这对他后来的人格养成和人生道路，尤其是被国共两党开除党籍，显然都有一定的影响。

南海是康有为的故乡，近代以来一直得风气之先，教授陈公博的就是自命为"康梁传人"的梁雪涛。他在讲解经义和历史的时候，也不时说些康有为、梁启超变法维新的故事和资产阶级改良主义的思想，使陈公博在接受正统的封建传统教育的同时，也接触到一些新思想、新学说。

1917 年，陈公博从广州法政专门学校毕业后，又考入北京大学哲学系。1920 年夏，陈公博结束了在北大的求学生活，带着极不定型的

新思想和急于施展才华的抱负，
返回广东，开始步入政治舞台，
接受和宣传社会主义学说。

10月20日，他联络同学和
一些进步知识分子创办了以宣
传新文化、新思想为宗旨的《广
东群报》，自己任总编辑。《广
东群报》一经正式发刊，便以
崭新的面貌大张旗鼓地宣传社
会主义新思想、新文化，在广

广东共产党早期组织所在地今貌

东思想界引起巨大震动，受到进步人士的普遍欢迎，也为中共广州支
部的建立做了思想理论上的准备。

1920年12月，陈独秀受邀担任广东教育委员会委员长之职来到
广州，帮助广州方面建立真正的共产党组织。在此之前，两名苏俄代
表联络广州的无政府主义者建立了"无政府主义的共产党"。

1921年3月，陈独秀与陈公博、谭平山、谭植棠等经过几次酝酿，
组建了新的共产党广州支部，谭平山任书记，谭植棠管组织，陈公博
负责宣传。共产党广州支部成立后，陈公博继续任《广东群报》总编
辑，在陈独秀的指导下，开辟了许多专栏，宣传马克思主义。《广东群
报》成了广东地区传播马克思主义的一个重要阵地。

此后，陈公博主持宣传员养成所，招收进步青年入所学习马克思主
义，培养了一批具有共产主义理论知识的革命骨干。陈公博还参与了党
的外围组织，如广州马克思主义研究会的组织工作。

1921年7月23日，中共一大在上海举行。陈公博作为广州共产

党组织的代表出席了会议。不过，陈公博贡献归贡献，但其会前、会上和会后的行为都有些特别。

按说，陈公博与包惠僧同从广州前来上海参加中共一大，但二人却并未同船抵达。包惠僧是 7 月 20 日到达上海的，而陈公博则是 23 日才抵达的，是最后一个到会的代表。他一到达，中共一大立即开幕。

还有，他是带着新婚夫人李励庄同来上海的，把出席中共一大与新婚度蜜月混在一起了。因而会议期间他就不便住进统一安排的博文女校，而是陪夫人住进上海最高档的酒店之一大东旅社，很难把精力都放在会上。

在会上，陈公博一开始就表现得趾高气扬，自以为是。他总是与众不同，固执己见。在讨论斗争方针和斗争策略时，代表们发表一些不同意见是正常的，而他却标榜"我是一个硬邦邦的人，我的脾气是很疏阔的"。陈公博不是心平气和讨论问题，而是动不动就疏阔起来，把别人的争议说成是"我看上海已然分开两派，互相摩擦，互相倾轧"。他的内心感到"冷然，热情冷到了冰点，不由得起了待机而退的心事"。

20 世纪 20 年代的上海大东旅社

另外，他没能出席最后一天的南湖会议。为了迷惑租界当局，转移嘉兴开会的车票都买到了杭州。其他代表都按约定在嘉兴下车，唯有陈公博带着新婚夫人去了杭州。其实，这是最能考验党性的时候，在嘉兴下车到南湖开会，这是革命；在杭州下车到西湖游玩，那就是旅游了。陈公博没去嘉兴南湖而去了杭州西湖，就是旅游。陈公博成了中共一大代表中一个半途而退的逃兵。

更严重的是，陈公博还是假公济私、公费旅游。如前所述，共产国际代表马林提供给每位中共一大代表的参会差旅费先是 100 元，后又追加每人 50 元。[①] 马林的经费当然来自共产国际，共产国际的经费主要来自苏俄政府拨款，当然是公费。因此可以说，陈公博是中共党内第一个公款旅游的党员。

但是，真正导致陈公博被开除党籍的还不是公款旅游，而是他拒绝服从中共中央的指示，在大是大非问题上没与中央保持一致。

中共一大闭幕后，陈公博对马克思主义的政治热情急剧下降，以至于返回广州后，没有及时将一大的重要文件报送中央局书记陈独秀，甚至在随后几个月的时间内，对共产主义学说的正确性产生怀疑和困惑。而且，陈公博还拒绝中央要他赴苏学习的安排，一门心思准备去美国留学。这些错误的想法和做法，理所当然地受到中共中央的批评甚至纪律处分。

按陈公博自己的解释，他是对中共一大讨论党在现阶段的目标和策略，特别是党员能否当议员或到政府里去做官等问题时出现的分歧感到失望。其实，中共一大讨论中出现意见分歧，这本来是十分正常的事，但陈公博却视这种争论为两派互相摩擦，互相倾轧而"心内冷然"，从而导致"不由得起了待机而退的心事"。

以参加中共一大为转折点，陈公博对于马克思主义、中国共产党

---

① 一说中共一大代表差旅经费 200 元。

和党的事业，态度上都出现了明显的转变。正在陈公博"困惑"之际，1922年6月，陈炯明发动叛乱，炮轰孙中山的总统府，广东局势出现大变动。如何对待这一事件，是一次对共产党员党性的考验。

针对陈炯明兵变，中共中央在杭州西湖会议上决定联孙反陈。会后，中共中央要求广州党组织断绝与陈炯明的关系。但陈公博破坏党纪，写文章支持陈炯明，这理所当然遭到中央的批评，中央要求陈公博去上海，回答党内的质疑。陈公博采取了与中国共产党分手的态度。他写信给陈独秀，指责党干涉他出国留学，并且声明，绝不受党的羁束，接着他召集广东共产党组织会议，声明他与中共中央决裂，不再履行党的任务。

从此，他经日本到美国留学去了，实际上脱离了中国共产党。

中共中央为了挽救陈公博，特派张太雷去广东，要求他立即去上海向党组织做出解释。陈公博不但断然拒绝，还在给陈独秀的信中说："我不再履行党的任务。"甚至还扬言，"拟离党而另组广东共产党"。鉴于陈公博分裂党组织，错误严重，而且不思悔改，影响恶劣，中共中央于1923年春决定将其开除出党。

1925年4月，陈公博结束在美国的留学生涯，回到广州，立即受到国民党当局的重视。国民党左派领袖廖仲恺约他面谈，极力劝说他从政。最终，经廖仲恺介绍，陈公博在脱离中共三年后加入了中国国民党，并担任国民党中央党部书记长，再次登上政治舞台。

此后，陈公博先紧紧追随汪精卫，后又与蒋介石打得火热。由于蒋介石与汪精卫的矛盾十分尖锐，陈公博反复权衡，还是选择到武汉，投入汪精卫的怀抱。在武汉期间，陈公博不仅支持汪精卫反蒋、讨蒋，同时也公开分共、反共。在演绎了宁、汉分裂与合流的丑剧与恶剧之

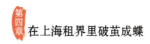

后，蒋介石东山再起，派军队去抓陈公博，吓得他只身逃往香港。

陈公博卷土重来，于1928年冬又邀集"粤方委员"顾孟余、王法勤等人成立"中国国民党改组同志会"，自己为负责人，公开打出改组国民党的旗号，与蒋介石对着干。蒋介石恼羞成怒，于是1929年初召开的国民党三大作出决定，永远开除陈公博党籍。

全国抗战爆发后，陈公博追随汪精卫投降日寇，在汪伪政权担任立法院院长、军事委员会副委员长兼训练部长，是仅次于汪精卫的第二号大汉奸。鉴于陈公博卖国投敌，成了民族败类，在全国人民声讨的怒潮中，国民党中央在五届八中全会上，再次把陈公博开除出党。

汪精卫死后，陈公博接任伪国民政府主席、行政院长等职，成了汪精卫的继承人。日本投降后，陈公博被江苏省高等法院判处死刑。1946年6月3日，时年54岁的陈公博被执行枪决。

六、拒交党费被开除出党

如果说陈公博是因信仰不坚定而被开除党籍，那么，另一位中共一大代表周佛海则是民国时期最活跃的政治投机分子。其政治投机活动变化多端：早年参加中国共产党的创建，是中共一大的代表；在日本学成归来后，就脱离共产党而投入国民党怀抱；抗战爆发后转而又与大汉奸汪精卫同流合污，组成汉奸卖国政府，成为历史唾弃的大汉奸。

但是，造成他离心离德的源头，还是他因拒交党费受到党的批评。

周佛海（1897—1948），出生于湖南沅陵县一个偏远的山村，初名周福海，后改周佛海。

少年周佛海曾在乡下读私塾。在上中学的时候，周佛海便是一个"不安分的青年"，曾在龙兴寺墙壁上题上这样一首诗："登门把酒饮神龙，拔剑狂歌气似虹。甘为中流拦巨浪，耻居穷壑伴群峰。怒涛滚滚山河杳，落木萧萧宇宙空。不尽沅江东逝水，古今淘尽几英雄。"那时，他已颇为"留心政治"，所以诗中透露出雄心勃勃的气概。

1917年5月，因为一次学校提前上课，家住远处的学生赶不上课期，周佛海就带着学生去找学校评理。青年时期的周佛海年轻气盛，一拳击落了老师办公桌上的水杯和文具，后来又扯掉学校给他记大过的公告牌。此事在校园造成很大的影响，周佛海因此被第八联合中学开除。在好友邓文伟、何亚雄、谢伯林等人的资助下，他先后到长沙、上海等地谋生求学。在上海的湖南会馆，有老乡建议他去日本勤工俭学。

1917 年初夏，周佛海从上海的黄浦港乘船去了日本，进入鹿儿岛第七高等学校学习。成长和求学环境的变化，激起了周佛海拼搏奋斗的豪情壮志。周佛海在日本学习时，开始接触、阅读社会主义方面的书籍，对国际形势较为关注，对西方历史，尤其是俄国和德国革命产生了浓厚兴趣，并开始信仰共产主义。

1920 年，周佛海利用暑假回上海。其间，周佛海拜访了《解放与改造》的主编张东荪。周佛海在张东荪办的《解放与改造》上发表过不少介绍社会主义的文章。陈独秀通过张东荪，约见了周佛海。就这样，周佛海参与了陈独秀在上海的建党活动。暑假结束后，他返回日本继续学习。回到日本后，周佛海组织旅日共产主义小组。

1921 年 7 月，周佛海在日本鹿儿岛接到赴上海参加中国共产党成立大会的信件，成为唯一从境外赶回来的中共一大代表。他参加了中共一大所有的会议，被选为候补中央局成员。因陈独秀暂时不能返沪，周佛海便留在上海任中央局代理书记。陈独秀到任后，周佛海奉党的指示，参加了上海劳动组合书记部的领导工作，后又奉命前往长沙、武汉、安庆等地，负责挑选各界民众代表，准备出席共产国际召开的远东弱小民族会议。

在出席中共一大期间，周佛海就看上了年轻貌美的杨淑慧，而抛弃了已为他生育一子一女的结发妻子郑妹。周佛海任代理书记在上海停留期间，常去湖南老乡李达家做客。李达的新婚夫人王会悟在启明中学读书时最要好的同学叫杨淑慧，杨淑慧是湖南湘潭人，与李达又是同乡，杨淑慧的家住在卡德路富里 106 号，与李达住的老渔阳里相隔很近，所以杨淑慧常去李达家里串门，就这样与周佛海相识了。

在上海，杨淑慧应算富裕人家的女子。她的父亲杨卓茂是上海总商会的主任秘书，是当时大上海的闻人，杨淑慧又受过良好的教育，绝非一般女子可比。但她十分清楚站在她眼前的这位穷酸的留学生，虽然身穿一身脏兮兮的白西装，瘦瘦的、高高的，但关心政治，她读过周佛海发表在《解放与改造》上的不少文章，她知道这个年轻人是个"潜力股"，政治前途会一片光明。

然而，在周佛海与杨淑慧打得火热之时，上海《时事新报》不指名地刊登了一条新闻，大意是："有一位湖南青年，自称是最进步的社会主义信徒，已早在乡间结过婚，听说还有了孩子，现在又在上海与其同乡商界某闻人的女公子大谈恋爱，看来又要再度作新郎了。"

当杨淑慧父母看到这则消息后，顿时感到名誉受到伤害，便拿着报纸找周佛海算账。恰巧周佛海外出，刘仁静就把杨卓茂带到张国焘的住处，杨卓茂跳起来大骂周佛海，说周佛海犯了诱骗良家妇女罪，并声言要到法庭上控告周佛海。好在张国焘苦口相劝，周佛海才没被告上法庭。

为阻断女儿与周佛海往来，杨卓茂夫妇把女儿关在自家的阁楼上。但在被关的第三天，杨淑慧就跳窗逃了出去，找到周佛海后，二人于 1921 年 11 月初悄悄离开了上海，前往日本鹿儿岛的日本第七高等学校读书。他们生有一子一女，还算和睦。

周佛海于 1922 年 3 月从日本鹿儿岛第七高等学校毕业后，通过在东京京都帝国大学读书的湖南老乡的帮助，也考入该校。此时周佛海信仰发生动摇，逐渐与共产主义背道而驰。返回国内后，他实际上与党组织脱离了关系，不再从事党的任何工作。

周佛海留学之日本第七等学校旧址

1924 年 1 月，国共合作形成，中国革命形势发生重大变化。时任国民党中央宣传部部长的戴季陶以每月 200 银圆的高薪，邀请周佛海出任广东国民党中央宣传部秘书。广东大学校长邹鲁又以每月 240 银圆的高薪聘他兼任广东大学教授。戴季陶、邹鲁都是国民党右派，都极力反对国共合作。周佛海受他们的影响，革命思想动摇，与共产党的理论分歧越来越大。

月薪达到 440 元，按照中共二大党章的规定："党员月薪在五十元以内者，月缴党费一元；在五十元以外者，月缴党费按月薪十分之一计算。"周佛海每月需要缴纳党费 40 元，这可是笔不小的数字。周佛海迟迟不交。1924 年 9 月的一天，中共广州区执行委员会负责人周恩来亲自上门做周佛海的思想工作，争取将周佛海挽留在党内。

但周佛海是个见利忘义之人。他不听组织劝告，第二天即给中共广州执委写信要求与共产党脱离关系。中共中央为纯洁党的组织，准其脱党。刚一脱党，周佛海就走向了反共反人民的道路，成为国民党右派营垒中的干将，宣称自己要做一个"国民党忠实党员"，叫嚷"攻击共产党，是我的责任，是我的义务"，成为蒋介石翼下一得力谋士。

周佛海一加入国民党就得到了重用，并一路飞黄腾达。1926年北伐军攻占武汉后，周佛海任国民党中央军事政治学校秘书长兼政治部主任。以后历任国民党南京政府训练总监部政治训练处处长、江苏省政府委员兼教育厅厅长、国民党第四届中央执行委员、国民党中央党部民众训练部长。全国抗战爆发后出任蒋介石侍从室副主任兼第五组组长，国民党中央宣传部副部长、代理部长等职。

1939年12月，周佛海随汪精卫、陈公博等人逃离重庆投靠日本，在南京组建起汪伪政权，周佛海是汪伪政权的主要组织者，握有实权。他直接掌握汪伪政权的外交、金融、财政、军事、物资和特务大权，直接掌握一支伪税警团，死心塌地为日本帝国主义侵华服务。

抗战胜利后，在"快惩汉奸，严惩汉奸"的正义呼声中，国民党和蒋介石不得不把周佛海送上法庭审判，国民党首都高等法院对周佛海作出判决：周佛海通谋敌国，图谋反抗本国，处死刑，褫夺公权终身。1947年3月27日，根据蒋介石的指示，周佛海被改判为无期徒刑，收押在老虎桥监狱。

周佛海死里逃生，不禁感慨万千。在狱中，他赋诗一首：

> 惊心狱里逢初度，放眼江湖百事殊；
> 已分今生成隔世，竟于绝路转通途。
> 嶙峋傲骨非新我，慷慨襟情仍故吾；
> 更喜铁肩犹健在，留将负重度崎岖。

从这首诗我们不难看出，周佛海虽被改判无期徒刑，但心仍不死，希冀有朝一日，东山再起，继续为蒋介石卖命。但历史没有再给这个投机分子机会，1948 年 2 月 28 日，周佛海在南京老虎桥监狱结束了反复无常的罪恶的一生，时年 51 岁。

走笔至此，关于党的诞生，尤其是对中共一大代表的介绍暂告一个段落。笔者想起了鲁迅先生说过，"因为终极目的的不同，在行进时，也时时有人退伍，有人落荒，有人颓唐，有人叛变"。陈公博、张国焘、包惠僧、刘仁静、周佛海便是如此。其中陈公博、周佛海、张国焘背弃信仰，叛变投敌；包惠僧、刘仁静历经曲折，迷途知返。

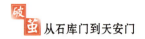

七、"关捐行"里隐藏的秘密

半夜里，几个大聊牌经的人走出上海公共租界一条小弄堂，口中还念叨着，似乎麻将打得意犹未尽。看弄堂口的帮他们打开铁门，对这样的牌友聚会习以为常。没有人意识到，这户住着几家湖南人的"关捐行"（帮人填写外文表格到海关报税的机构）有何异常。

其实，这个挂牌"关捐行"的石库门房屋里隐藏着一个巨大的秘密，这里正是中共三大中央机关驻地——香山路三曾里，位于今天上海静安区临山路202—204号。

前面说过，中共一大、二大的中央机关都曾设在法租界的老渔阳里2号，现在迁到这里。

中共三大是1923年6月在广州召开的，也是中共诞生以来首次在上海以外的地方召开党代会。根据得票，中共三大选出陈独秀、毛泽东、罗章龙、蔡和森、谭平山5名成员的中央执行委员会，陈独秀为委员长，毛泽东为秘书。这也是毛泽东首次进入中央领导行列。中共三大时的秘书相当于秘书长，拥有与委员长联合签名发文的权力。

中共三大在广州召开是上级机关共产国际的意思，在广州可以合法存在并公开活动。也是中共中央出于自身安全做出的决定，因为在中共一大、二大之后都发生过中央机关被抄家、领导人被巡捕房关押等危险情况。

　　但陈独秀坚持将中央机关迁回上海，理由有很多：上海是党的诞生地，有产业工人集中、交通便利、通信发达等有利条件。连共产国际执委会远东局负责人维经斯基都说，"我不能想象，中央将如何从广州领导运动，广州与上海、汉口没有铁路交通，通过海路需要走5天时间，建立书面联系也相当困难"。于是，中央机关迁至上海，就顺理成章了。在中央机关驻地问题上，老朋友维经斯基是站在陈独秀一边的。

　　对于中央迁回上海，陈独秀还有个重要考量：中央机关应通过空间上拉开一定距离，保持国共党内合作后的共产党的相对独立性。若按另一位更具实权的共产国际代表鲍罗廷的想法，中共中央放在国民党的机关驻地广州，总让人有一种当附庸的感觉。

　　此时，上海已是一座国际化大都市，仅租界就有公共租界和法租界，呈现出"四国三方"的政治格局。自从1922年10月陈独秀奉派率团赴俄出席共产国际四大、中央机关离开上海暂时迁至北京再迁广州以来，法租界环龙路老渔阳里2号就结束了作为中央机关驻地的使命。此次中央机关重返上海，显然不能再回到那里，毕竟那里早已暴露，很不安全。于是，1923年，为中共三大中央机关觅得一处安全驻地，就显得迫在眉睫。

　　中共三大刚闭幕，中央执行委员、农工部部长王荷波（后增补为中央局成员）受中央委派到达上海，

上海北火车站旧址

负责寻找办公地点。他发现闸北公兴路与香山路口有个小弄堂，里面只有三个门牌，原住着三户曾姓人家，俗称"三曾里"。此地闹中取静，靠近火车北站，对外交通联络方便，而且毗邻的宝山路又与公共租界北区挨着，万一发生紧急情况，还可以向租界转移。就租下了其中一幢两厢房的石库门房屋，作为中央执委会机关秘密办公处。

7月至9月，中央执委会5名成员中除谭平山留驻广东外，陈独秀、毛泽东、蔡和森、罗章龙等先后由广州来到上海，在此办公和居住。毛泽东与夫人杨开慧、蔡和森与夫人向警予以及罗章龙等，他们都是湖南人，"化身"为王姓兄弟一家人，并在此房门口挂上"关捐行"的招牌，对外宣称帮人家填写外文表格报关作掩护，实为党中央机关。"一大家子"天天合吃大锅饭，由一名可靠的女工负责伙食。

住在三曾里的毛泽东、蔡和森、向警予、罗章龙等人，每天要阅读《申报》《新闻报》等十余种中外报纸及杂志。同时，其他中共早期重要领导人也都来此开会。据早期共产党人、记忆力超群的郑超麟回忆，陈独秀等人常开会的地方，是宝山路南边某同志家里（即三曾里），大多夜里开会。以打麻将的名义举行会议，这是陈独秀进行地下活动的惯用方式。

为了节俭，更为了安全，这群年轻的革命者约定：不准上餐馆、不看戏、不看电影、不到外面照相、不在街上游逛等。严格自律和严肃纪律，让这个隐蔽的中央机关直到搬离也没有暴露。在繁华都市能保持洁身自好，只有中国共产党人能够做到。

为了掩护工作，中央领导们开会常借打麻将之名。在地下工作情况下，麻将往往是一种很好的掩护。但也有失手的时候。1927年6月中共五大后，新任中共江苏省委书记陈延年奉派从武汉到上海开展工作，也是通过打麻将掩护江苏省委开会，不料因叛徒告密遭到破坏，新成立的中共江苏省委几乎被一网打尽，陈延年也被捕牺牲。

罗章龙也曾著文回忆说，经常到三曾里的有王荷波、恽代英。陈独秀是当时的中央执行委员会委员长，虽然不住在这里，但常来此办公，这里还专门为他留了床位，方便留宿。罗章龙曾经写了一首诗，记述革命者在此地"静思澄虑直至深夜"的工作热情和豪情万丈的革命理想："亡秦主力依三户，驱虏全凭子弟兵。谊结同心金石固，会当一举靖夷氛。""三户楼"，即是罗章龙对三曾里3号的别称。

中央执委会机关迁至闸北三曾里后，上海的国共合作迅速展开。中共上海地方委员会和青年团上海地方委员会根据党中央的指示，建立了国民党改组委员会，在全国范围内推进国共合作的工作首先在上海展开。

1923年9月到1924年上半年，从三曾里发出大量的中央通告和文件。当时中央的一般信件仅署名中央的代号"钟英"，正式发出的中央文件由委员长和秘书联合署名。此前的中共三大选举毛泽东为秘书。从现存的1924年7月21日中共第十五号通告可以看到，这份通告由陈独秀、毛泽东共同签发，签名用的都是英文。陈独秀是T.S.Chen，而毛泽东的英文签名则是T.T.Mao。

从1923年7月到1924年7月底，在三曾里的一年多时间里，中共中央制定了一系列推进国共合作，促进党的自身

三曾里遗址模型

建设，加强国民革命运动等方针的中央文件，如《中国共产党对于时局之主张》《关于国民运动及国民党问题的议决案》等30多份文件。同时，在党的理论刊物《向导》周刊上发表了200多篇理论文章。

1924年6月至7月间，因毛泽东、杨开慧、蔡和森、向警予以及罗章龙先后搬离，三曾里作为中共三大中央机关驻地的历史使命宣告结束。地下斗争形势危险，不可能在同一个地方长期驻留，经常需要"打一枪换一个地方"。

由于原址在1932年"一·二八"淞沪抗战中被日军炸毁，确定遗址的难度很大。关于三曾里遗址的发现，经历了一个艰难的历程。

上海解放后，三曾里中央机关遗址究竟在何处，长期是一个谜团。直到1970年，上海房管部门查到一张绘于1929年的房屋地形图，图上明确标示三曾里的所在位置。1977年，时任中共一大纪念馆馆长任武雄至武汉，拜访了曾驻留三曾里的罗章龙。经罗老回忆三曾里的详细情况，最终得以确认其具体位置：在今天临山路象山小区202—204号一带。2011年夏，中共闸北区委联合市委党史研究室、市文物局，在遗址西南侧约百米处的闸北区第三中心小学（永兴路211号）小花园内设置纪念标志。

中共三大中央机关旧址——上海三曾里

中共三大后中央执委会机关历史纪念馆于2007年1月12日在遗址附近的一幢老式小楼开馆，有5个展厅，分布在三层楼面，共收集历史照片500多张，复制品90多件，生动再现了中共三大之后，中央执委会机关在上海开展工作的情况等。展馆中还陈列了已被日军炸毁的三曾里办公楼的模型、毛泽东等人的仿真人像、党中央领导机关在三曾里的历史足迹等重要内容，以及中国共产党在闸北这片热土上领导一系列革命斗争的"红色闸北"史料。

八、建设一个群众性的大党

中共四大是中共在上海召开的第三次党代会，也是最后一次。今天的上海都有这三次党代会的纪念馆，但名称稍有不同：中共一大、二大都叫会址纪念馆（从 2021 年 6 月起，中共一大会址纪念馆扩建为中共一大纪念馆），但四大只叫"中共四大纪念馆"。

何以如此？因为中共四大纪念馆不是四大的原址。像中共三大中央机关三曾里一样，原址在 1932 年"一·二八"淞沪抗战中被日本飞机炸毁，后来在原址附近建起了纪念馆。

根据中共二大的决议，党代会每年定期召集一次。因此中共四大将于 1924 年召开。但 1924 年 8 月，中共中央以"钟英"的代号发出《关于召开四大致各地党组织的信》，要求各地对于一年来党的政策及实际活动的意见写成报告汇寄中央局。9 月，"钟英"又向各地方委员会发出《关于召开四大的通知》，明确指出中共四大定于 11 月开会，并分配了代表名额，要求各地方党组织提交议案。后因种种原因推迟到 1925 年 1 月。

显然，中共四大召开的背景并不简单。四大召开于复杂的国际国内大背景下，中共中央准确地判断了国际国内形势。

在国际上，1924 年前后，欧洲一些国家无产阶级革命运动遭到统治集团镇压，暂时处于低潮。资本主义国家在摆脱战后经济、政治危机之后进入相对稳定时期。而苏俄在彻底粉碎帝国主义武装干涉和国内反革命势力武装叛乱后，苏维埃政权得到进一步巩固。

这种国际形势，有对中国有利的一面，也有不利的一面。

1924 年 1 月中国国民党第一次全国代表大会的召开，标志着第一次国共合作的正式形成。此后，工人运动逐渐恢复，农民运动日益兴起，全国革命形势迅速高涨，形成了以广州为中心的反对帝国主义和封建军阀的革命新局面。

但是，这场以党内合作特别方式进行的国共合作，从一开始就不会是一帆风顺的，在波澜壮阔的大革命洪流中也潜伏着令人不安的暗流。

国民党方面从一开始就很不消停。1924 年 6 月，国民党内的右派分子邓泽如、张继、谢持向国民党中央执行委员会提出《弹劾共产党案》，声称共产党员加入国民党"于本党之生存发展，有重大妨害"，"绝对不宜党中有党"。8 月，张继等又抛出所谓《护党宣言》，诬蔑共产党员加入国民党的目的是消灭国民党。

面对国民党右派的进攻，中共中央针锋相对，要求各级党组织坚决揭露国民党右派的反动活动。陈独秀、恽代英、瞿秋白、蔡和森等连续发表文章，痛斥国民党右派违背国民党一大政纲、破坏革命队伍内部团结的反动言行。此刻，摆在共产党人面前的重要问题是：在这场日益高涨的大革命浪潮中，共产党人是应当在国民党的旗帜下为了国民革命运动去组织中国工人、农民以及青年，还是应当由共产党直接去组织群众？

难题一个接一个地向年轻的中国共产党提了出来，需要"中枢"机关及时做出正确的回答和决策。

　　为总结国共合作一年来的经验，加强对革命运动的领导，回答党所面临的许多新问题，1925 年 1 月 11 日至 22 日，中共四大在上海一条逼仄的弄堂内秘密举行。

　　为保障会议的安全，中央宣传干事张伯简几经周折，终于找到这个公共租界与华界的"三不管"地界，租借了一栋石库门房子。他还将二楼的会场布置成英文补习班课堂的样子，有黑板、讲台和课桌课椅，每人有英文课本。

　　出席大会的有陈独秀、蔡和森、瞿秋白、谭平山、周恩来、彭述之、张太雷、陈潭秋、李维汉、李立三、王荷波、项英、向警予等 20 人，其中有表决权的代表 14 人，代表全国 994 名党员。共产国际代表维经斯基参加了大会。毛泽东继党的二大后再次缺席党代会。有人注意到，民主革命时期的全部七次党代会，毛泽东参加了第一、第三、第五、第七共四次，但第二、第四、第六这三次都没参加，缺席了 3 次。

　　在寒风呼啸的 11 日午后，大会的向导、中央宣传部秘书郑超麟陆续将 20 名代表带入会场。在三张八仙桌拼接成的会议桌旁，陈独秀端坐正中，用铿锵有力的语调做了第三届中央执委会的工作报告。他虽然只有 46 岁，但由于是党的主要创始人，并一直担任共产党的领袖，被党员们私下称为"老头子"。

　　会上出现了几个朝气蓬勃的新面孔，颇为引人注目。

　　彭述之。30 岁的彭述之早年曾在外国语学社学习，并与刘少奇等一起被派赴苏俄留学，曾任中共旅莫支部推选的代表，也是共产国际指派的人员，此次新从莫斯科回国，未经选举便直接参会。彭述之向大会做了关于共产国际五大的情况和决议精神的报告，并且当选中央宣传部主任。从中共四大到五大的两年多时间内，彭述之主管中央宣传工作，领导蔡和森、瞿秋白，是陈独秀的得力助手。当然，大革命失败后随陈独秀黯然下台。

瞿秋白。26岁的瞿秋白此前曾长期驻留苏俄，写下《赤都心史》《饿乡纪程》等介绍俄国十月革命的书，并在莫斯科担任出席共产国际四大的陈独秀的翻译。后经陈独秀安排回国，在上海大学任教授和社会学系主任，擅长马列经典著作的翻译和研究。此次共产国际派遣维经斯基带来了两项政治议决案，就由瞿秋白译成中文。这次会议上，博学多才的瞿秋白第一次当选中央委员，八七会议后代替陈独秀成为临时中央政治局负责人。

周恩来。27岁的周恩来担任了大会主席，这位年轻人1924年8月刚从巴黎回国，10月份便担任了黄埔军校的政治部主任。初次主持会议的周恩来，明敏干练，应付自如，对大会上的许多问题给予很好的总结提炼，充分表现出出色的领导才能，给与会代表留下了深刻印象。尤其军事能力得到党内公认，稍后出任新成立的中央军事部部长，领导南昌起义。广州起义前夕，身为中共两广区委书记的张太雷曾请求中央加派周恩来前来指挥。

李维汉。湖南代表李维汉工人出身，他不苟言笑，每遇争论时，先不说话，到最后才站起来斩钉截铁地总结，因此被张太雷戏称为"实力派"。果然，在三年后的八七会议上，

中共四大会场

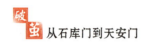
李维汉就升任中央政治局常委。

中共四大堪称百年党史上第一次团结的大会、胜利的大会。

在维经斯基指导和陈独秀的主持下，平静的中共四大诞生了14项不平凡的决议，还首创性地提出多个新鲜理论。第一次提出无产阶级要掌握民主革命运动的领导权，第一次提出工农联盟问题，第一次将党的基层组织确定为"支部"，规定"有党员三人以上均得成立一个支部"。党支部作为党的基层组织单位一直沿用至今。第一次将党的最高领导人由委员长改称为"总书记"，各级党的领导人称为"书记"。这一称呼也沿袭至今。

此外，大会围绕当前的中心工作，选出了新的中央领导机构。新当选的中央执行委员共9人：陈独秀、李大钊、蔡和森、张国焘、项英、瞿秋白、彭述之、谭平山、李维汉，1925年5月增补向警予；候补执行委员5人：邓培、王荷波、罗章龙、张太雷、朱锦棠。在随后举行的中央执行委员会第一次会议上，陈独秀当选为中央总书记兼中央组织部主任，彭述之任中央宣传部主任，张国焘任中央工农部主任，蔡和森、瞿秋白任中央宣传部委员，以上5人组成中央局。

酝酿已久的中共四大，没有出现前三次代表大会上激烈争论的场面，整个会议过程非常平静，犹如当时严寒冬日的肃静。"在讨论国民革命问题时，几乎毫无争议地通过了陈独秀同志的提纲"。彭述之称："在此次大会上的空气极好，现出和衷一致的精神。""现在可以说自经此次大会之后，我党已由小团体而转入真正的党的时期了。"

中共四大最重要的贡献，是第一次明确提出了无产阶级在民主革命中的领导权和工农联盟问题。会后，党领导的工农青妇等群众运动蓬勃发展，最终推动了1925年以五卅运动为标志的大革命高潮到来。

中共四大不仅内容丰富，而且意义不凡、影响深远，有效地推进了党的事业。

1925年，在共产党的领导下，工农运动风起云涌般发展起来。上海掀起的五卅运动迅疾席卷全国，五卅运动后，共产党领导的工会已达160多个，有组织的工人约54万人。1925年6月，广州和香港爆发了规模宏大、时间最长的省港大罢工。1925年，返回湖南的毛泽东创办了韶山农民夜校；广东省第一次全省农民大会召开，成立了广东省农民协会。一年后，国共合作开展的北伐运动席卷江南半壁河山。

在工农运动的熊熊烈火中，中国共产党的力量不断发展壮大。1925年1月中共四大召开时，共产党员共有994名，至年底党员人数达到1万名。到1927年中共五大召开时，党员人数已发展至5.79万名。中国共产党已经从一个宣传性的小团体发展为群众性的大党。

中共四大纪念馆今貌

"国际悲歌歌一曲，狂飙为我从天落。"上海小弄堂里秘密召开的中共四大，为新民主主义革命理论的确立奠定了重要的思想基础，使中国共产党真正意义上走出了孔夫子书斋，迈向更广阔的历史时空。

中共四大是百年党史上一次重要会议，它统一了全党思想，对中国革命的性质和前途等作出了新的阐述，特别是在理论上提出了新民主主义革命的几个基础观点，并将组织建设提升为党的生存和发展最重要的问题，它为新的革命高潮做了政治、理论和组织准备。

此后，全国的革命形势迅速发展，工人运动风起云涌，农民运动轰轰烈烈，大革命的高潮来临了。

1928 年 6 月 18 日—7 月 11 日，中共六大在苏联莫斯科召开，参会代表 142 人，其中有选举权的代表 84 人。全国党员人数 4 万多。

1945 年 4 月 23 日—6 月 11 日，中共七大在延安召开。全国党员人数 121 万。

1956 年 9 月 15 日—27 日，中共八大在北京召开。全国党员人数 1073 万。

……

1982 年 9 月 1 日—11 日，中共十二大在北京召开。全国党员人数 3900 多万。

……

1997 年 9 月 12 日—18 日，中共十五大在北京召开。全国党员人数 5800 多万。

……

2022 年 10 月 16 日—22 日，中共二十大在北京召开。全国党员人数 9600 多万。

中国共产党已经成为世界上最大的执政党。

后记

讲好中国共产党人自己的故事，不仅是习近平总书记的嘱托，也是每个党史学者的心愿。

2019 年 3 月 18 日，习近平总书记在学校思想政治理论课教师座谈会的讲话中指出，"会讲故事、讲好故事十分重要"。2021 年 2 月 20 日，习近平总书记在党史学习教育动员大会上又指出，要鼓励创作党史题材文艺作品，特别是影视作品，抓好青少年的学习教育，让红色基因、革命薪火代代相传。

在庆祝中国共产党百年华诞之际，人民日报出版社和上海市创意产业协会红色文创专业委员会约我写一本讲述中国共产党创建历史故事的书，以青少年尤其是大中学生为主要读者对象。作为长期研究中共创建史的学者，我既感到使命光荣，又感到压力山大。说压力，是因为写法上有新要求，要写成党史类纪实文学作品。对我而言，这是一个新的尝试。好在经过数年的不懈努力，这本小书终于出版面世了。

既为党史作品，就要兼具党性与科学性，以"出乎史入乎道""以故事讲党史""知史爱党、知史爱国"为宗旨，力求学史明理、学史增信、学史崇德、学史力行，具有思想性和育人性。既为纪实文学，就要注重有文学作品的生动和情节，具有故事性和可读性。

因此，本着"大党史观"的要求，我试图按照宏观的中共创建史观构建本书内容体系，把中共创建这一伟业纳入一定的历史进程和广阔空间：时间上主要从 1920 年 6 月中共上海发起组成立起，经 1921 年 7 月中共一大，到 1922 年 7 月中共二大，以"两年三会"为主线。空间上从北大红楼讲起，以上海新老渔阳里为圆心、半径约一公里的"红色一公里"区域为范围，重点叙述这"两年三会"期间发生在"红色一公里"区域内的建党故事。

党史人物是党史活动的主角。本书主要以中共创建过程中的人物活动为载体，既遴选了发生在李汉俊、李达、毛泽东、董必武、张国焘、刘仁静、包惠僧、陈公博、周佛海等中共一大代表身上的故事，也选取了中共主要创始人陈独秀、李大钊，以及蔡元培、维经斯基、杨明斋、马林、陈望道、蔡和森、俞秀松、张太雷、沈玄庐、刘少奇、任弼时、陈延年、周恩来、向警予、陈乔年、苏兆征、王会悟等中外历史人物与中共创建有关的故事，不求全面，但求典型。

衷心感谢邵维正将军拨冗审稿并欣然作序。感谢中共中央党史和文献研究院审稿专家的精心审阅和提出的修改意见。感谢中共上海市委党史研究室《精神之源　力量之基——解码伟大建党精神》四集系列短视频作为配套资料附在书中。感谢上海市少工委、上海市龙华烈士陵园（龙华烈士纪念馆）、上海市红领巾理事会在《致敬先驱　强国有我》多媒体视频拍摄过程中给予的大力支持。感谢章百家、忻平、徐建刚、严爱云、解超、薛峰、俞敏、徐云根、李文亮、叶海涛、尤玮、童科、洪颖哲等领导和专家的指导和鼓励。感谢上海市创意产业协会红色文创专业委员会的鼎力支持，尤要感谢人民日报出版社的辛勤工作。

　　本书既有个人研究心得的转化，也吸收了国内外党史学界的最新研究成果。特此鸣谢！文中一定存在错讹之处，竭诚欢迎方家学者的批评指正，期待读者朋友的宝贵意见。